금빛
슈발리에

· · · ✦ · · ·

키아르네
장편소설

금빛 슈발리에 외전

초판 1쇄 인쇄 2018년 7월 24일
초판 1쇄 발행 2018년 8월 13일

지은이 키아르네
발행인 오영배
기획 박성인
책임편집 김수현, 김소빈
디자인 권지연
제작 조하늬

펴낸곳 (주)삼양출판사 · 피오렛
주소 서울시 강북구 도봉로 173
대표 전화 02-980-2112 팩스 / 02-983-0660
편집부 전화 02-980-2116 팩스 / 02-983-8201
블로그 blog.naver.com/dan_gul
출판등록 1999년 3월 11일 제9-00046호.

ISBN 979-11-283-9512-3 (04810) / 979-11-283-9506-2 (세트)

fio ret 은 (주)삼양출판사의 로맨스 판타지 문학 브랜드입니다.

금빛
슈발리에

외전

키아르네 장편소설

fio
ret

Contents

결혼식

"그래서, 지하는 그대로 두는 게 어떨까 해요."

방 안에서 세이레나가 말했다. 그녀는 방금, 드래곤이 빠져나간 지하를 메우려면 어마어마한 공사가 필요하다는 설명을 한 뒤였다. 그녀의 머리카락을 만지작거리고 있던 애쉬가 빙그레 웃으며 말했다.

"그럼 그렇게 해."

"그리고 지하 통로를 만들어서 여차할 때 쓸 수 있는 도주로로 사용하면 어떨까요."

이어진 그녀의 제안에 애쉬의 고개가 기울어졌다. 그는 드러난 세이레나의 목에 가볍게 입을 맞추고 물었다.

"거긴 이미 사람들에게 알려졌는데?"

"눈속임용으로요. 출구를 완전히 반대쪽으로 만들면 괜찮지 않을까 해서요."

가능하면 그럴 일이 없기를 바라지만, 왕궁은 여차하면 도망칠 수 있도록 도주로를 만들어 놓기 마련이다. 이미 지하까지 뚫어 놨으니 다른 탈출로와 반대로 통로만 약간 더 만들면 된다.

아니면 아예 미로로 만들거나.

세이레나의 말에 애쉬는 다시 그녀의 목에 입을 맞췄다.

"좋은 생각이야."

목이 간지러워서 세이레나는 저도 모르게 몸을 비틀었다. 하지만 애쉬의 무릎 위에 앉아 있는 상태로는 몸을 비트는 게 그리 쉬운 일이 아니다.

그녀는 애쉬의 입술을 손바닥으로 막으며 말했다.

"당신은 원하는 거 없어요?"

애쉬는 세이레나의 손바닥에 입술을 눌렀다. 그녀가 손을 빼려 했지만 이미 그녀의 손은 그의 손 안에 잡힌 상태였다.

"글쎄."

검정색 눈동자가 진득해졌다. 그의 입술이 닿은 손바닥이 데일 것처럼 뜨겁게 느껴져서 세이레나는 어깨를 움츠렸다.

질문을 잘못했다. 아니면 그의 무릎에 앉은 거부터가 잘못이었는지도 모른다.

세이레나는 당황스러운 마음에 건축가가 가져온 도면으로 시선을 돌렸다.

이럴 줄 알았으면 데니스에게 들어와 달라고 할 걸 그랬다.

왕궁 건축 건으로 이야기하는 자리라 참석할 수 있는 사람이 적었다. 아주 가까운 사람만 불러야 한다.

하지만 데니스라면 분위기가 이렇게 되자마자 갑자기 할 일이 생각났다면서 자리를 피해 줬을 게 분명하니…… 상황은 똑같았으려나.

"레나."

애쉬는 고개를 기울여 세이레나의 시선을 따라왔다. 두 사람의 입술이 부딪쳤다. 애쉬는 세이레나의 입술을 빨고 가볍게 깨물었다.

안 되는데. 세이레나는 애쉬의 어깨를 끌어안은 채 왜 키스하면 안 되는지 필사적으로 생각했다. 이유가 있었는데 그의 입술이 닿자마자 휙 날아가 버렸다.

뱃속에 찌르르하게 뭔가가 울리는 느낌에 그녀는 저도 모르게 신음을 내뱉었다.

그 순간, 애쉬가 우뚝 멈췄다. 그는 입술을 떼고 세이레나의 이마에 자신의 이마를 댄 채 눈을 감았다.

마치 기다렸다는 듯이 누군가 문을 두드렸다.

"공작 부인, 의상실에서 사람이 왔습니다."

애쉬의 어깨에 매달려 있던 세이레나는 시종의 말에 눈을 깜빡였다. 뭐라고? 시종이 뭐라고 했는지 머릿속에 빠르게 들어오지 않았다.

눈앞에서 애쉬가 천천히 눈을 뜨는 게 보였다. 진득한 욕망이 고여 있던 검정색 눈동자는 언제 그랬냐는 듯 산뜻했다.

"맙소사."

세이레나는 눈을 꽉 감으며 신음을 내뱉었다.

누구에게, 뭘 먼저 지적해야 할지 몰라서 혼란스러웠다. 의상실에서 사람이 오기로 되어 있었던 건 애쉬도 알고 있었다.

의상실 사람 앞에서 옷을 갈아입고 만들어진 옷을 확인해야 하는데 사람을 이렇게 달아오르게 만들면 안 되는 거다.

하지만 키스하는 순간 그걸 싹 잊어버린 세이레나도 문제다. 그녀는 두 손에 얼굴을 묻었다.

왜 이 남자와 키스만 하면 바보 천치가 돼 버리는 걸까.

"공작 부인?"

이번에는 익숙한 목소리가 문을 두드리며 물었다. 근위대원의 목소리에 애쉬는 피식 웃더니 문밖을 향해 말했다.

"알았어."

그리고 세이레나를 일으켜 세우며 말했다.

"타이밍이 좋았어."

그게 어쩐지 얄미워서 그녀는 그를 흘겨보며 물었다.

"그래요?"

"음. 하마터면 흔적을 낼 뻔했거든."

그렇게 말하며 애쉬는 세이레나의 뒷 목을 쓰다듬었다. 사실 약간 분홍빛으로 물들어 있긴 하다. 하지만 강하게 빨아들인 건 아니니까 곧 가라앉을 거다.

"갔다 와."

그는 방금 전의 키스와는 전혀 다르게 예의 바르고 건전하게 세이레나의 뺨에 키스하며 말했다.

이게 마지막 가봉일 거다. 그는 아직 보지 못했기 때문에 세이레나의 웨딩드레스 모습이 아주 많이 기대가 됐다.

"저녁 같이 먹을 거죠?"

세이레나는 그렇게 물으면서도 테이블 위에 쌓인 서류를 쳐다봤다. 어제도 서재에서 데니스와 샌드위치를 먹었다고 들었다.

일하면서 식사를 해결한 건 세이레나도 마찬가지였지만 그녀는 적어도 모아나와 여기사 클럽에서 먹었다.

이렇게 바빠서야 하루에 얼굴을 보는 시간은 잠잘 때뿐이다. 아니면 지금처럼 왕궁 건축 문제처럼 함께 의논해야 할 사안에 관해 이야기하는 시간이거나.

애쉬는 영지 분쟁 문제를 해결해 달라는 요청서로 시선을 던졌다가 세이레나를 향해 씩 웃어 보였다.

"그래."

세이레나는 걱정스러운 표정을 지었다. 둘 다 바쁘지만 애쉬는 세이레나의 두 배쯤 바빴다. 그는 그녀가 잠이 들면 침대로 들어왔다가 그녀가 깨기 전에 일어났다. 세이레나는 애쉬의 뺨을 손으로 감싸고 한숨을 내쉬었다.

"잠은 자고 있는 거죠?"

그녀의 질문에 애쉬의 한쪽 눈썹이 올라갔다. 그는 씩 웃으며 물었다.

"매일 밤 부인 옆에서 잠들고 있는데?"

"내가 잠들면 들어오잖아요. 그리고 내가 일어나기 전에 나가고요."

애쉬의 손이 세이레나의 손을 감쌌다. 그의 눈동자가 다시 깊어지기 시작했다.

"이번이 마지막 가봉이지?"

뜬금없는 질문에 세이레나의 얼굴에 어리둥절한 표정이 떠올랐다.

가봉이 왜? 그녀가 이해하지 못하자 애쉬는 다시 세이레나의 손을 잡고 손바닥에 자신의 입술을 누르며 말했다.

"오늘 밤에 말해 줘. 어디가 옷으로 가려지는 곳인지."

잠깐 이해하지 못한 세이레나는 멍하니 그를 쳐다보다가 곧 입을 딱 벌렸다. 순식간에 그녀의 얼굴이 새빨갛게 달아올랐다.

"애쉬!"

그녀가 믿을 수 없다는 듯 소리쳤지만 애쉬는 웃지 않았다. 그는 한 번 더 그녀의 손바닥에 입술을 누른 뒤 간신히 그녀의 손을 놓아주었다.

"저녁때 봐."

그녀가 서재에서 나오자 기다리고 있던 하인이 고개를 숙였다. 곧이어 그가 의상실의 사람들이 기다리고 있는 방으로 세이레나를 안내했다.

그레이윈드 저택의 복도를 걸으며 세이레나는 창문 밖으로 시선을 던졌다.

왕궁의 무너진 잔해는 거의 정리가 되었다. 거리도 다시 재정비되었고 남은 건 왕궁을 다시 짓는 것뿐이다. 세이레나는 원래라면 왕궁이 보였을 광경을 물끄러미 쳐다봤다.

기분이 이상했다. 결혼식은 이제 겨우 삼 일 남았다. 그리고 애쉬의 즉위식은 결혼식 이튿날이다.

그녀는 굳이 그럴 필요 없다고 말했지만 애쉬는 결혼식을 먼저 해야 한다고 우겼다.

예전에 그녀가 왕이 아닌 남자와 결혼하고 싶었다고 말한 것을 기억하는 거다.

하지만 이미 두 사람은 부부 사이고 침실도 같이 쓰고 있다. 세이레나는 새벽에 잠시 깨어났을 때 그녀를 끌어안고 잠든 애쉬의 얼굴을 한참이나 바라봤던 것을 떠올리며 가볍게 얼굴을 붉혔다.

때때로 그녀는 이 모든 게 꿈이 아닐까 하고 생각할 때가 있었다. 사실 그녀는 아직도 그 감옥 안에서 죽어 가고 있고, 지금 이 모든 것은 죽기 전의 그녀가 만들어 내는 환상이 아닐까 하는 그런 생각.

하지만 마치 그녀의 생각을 비웃기라도 하듯 맞은편에서 키가 훤칠한 남자가 걸어오고 있었다.

"어, 헌터."

세이레나처럼 아름다운 금발과 보라색 눈동자를 가진 남자는 자연스럽게 그녀를 향해 손을 들어 올렸다. 아랫사람을 향하는 듯한 태도였다.

이 저택에서, 아니, 타인머스에서 세이레나를 아랫사람 대하 듯 대할 수 있는 사람의 수는 극히 드물다.

현 공작 부인, 나흘 뒤면 왕비가 될 사람을 누가 쉽게 대할 수 있을까.

하지만 세이레나는 개의치 않았다. 그녀는 남자를 향해 빙그레 웃으며 말했다.

"세이레나라고 부르세요. 곧 성이 바뀔 테니까요."

"아, 맞다. 너희 둘 결혼한다고 했지."

새삼 놀랍다는 태도를 지으며 남자는 턱을 쓸었다. 깜짝 놀랄 정도로 아름다운 얼굴이다.

세이레나와 같은 머리카락과 눈동자를 가졌지만 그녀와는 전혀 닮지 않았다.

굳이 따지면 애쉬와 비슷하지만 애쉬가 남성적인 아름다움이라면 남자는 중성적인 아름다움을 가지고 있었다.

물론 애쉬와 비슷한 키, 탄탄한 체격은 누가 봐도 남자처럼 보이지만.

수정 벽이 사라진 뒤, 자유로워진 드래곤은 곧 지금의 모습으로 변했다.

봉인되기 전부터 이런 모습으로 변해 인간들과 어울렸다는 말에 세이레나는 입을 딱 벌렸다.

"확실히 다르긴 하네."

남자는 고개를 숙여 세이레나의 얼굴을 물끄러미 쳐다보며 말했다. 뭐가 다르다는 걸까. 세이레나가 고개를 갸웃하며 물었다.

"뭐가요?"

"루실하고 말이야."

다섯 용사 중 한 명의 이름이 나왔다. 세이레나는 재빨리 하인에게 말했다.

"이분과 함께 갈 테니 가도 좋아."

남자가 어디서 왔는지 다들 궁금해했지만 애쉬와 세이레나는 즉위식을 위해 비밀에 부치고 있었다. 그래서 가능하면 남자가 하는 이야기를 다른 사람들이 듣지 못하도록 하는 게 좋았다.

하인이 고개를 꾸벅 숙인 뒤 떠나자 남자는 턱을 쓸며 세이레나는 쳐다봤다.

"나랑 어딜 갈 건데?"

"웨딩드레스 가봉하러 가는 길이었어요. 가면서 이야기할까요?"

그렇지 않아도 그레이윈드 저택에 데려와 놓고 자주 만나지 못해 미안하던 차다.

마음 같아서는 집을 마련해 주고 자유롭게 살도록 해 주고 싶지만, 지금은 그러기가 어려웠다.

한동안은 자신이 알고 있는 인간 사회에 대한 지식을 재정비할 필요가 있다는 것을 인지한 드래곤도 순순히 그레이윈드 저택에서 생활하기 시작했다.

"웨딩드레스? 그게 뭔데?"

"결혼식 때 신부가 입는 옷이요."

"그게 따로 있어?"

"보통은 가지고 있는 옷 중에 가장 좋은 옷을 입어요."

하지만 세이레나는 새로 만들기로 했다. 이것도 애쉬가 우겼다. 아주 부유한 사람들은 결혼식 하루만을 위해 옷을 만들기도 한다.

그는 세이레나는 그럴 자격이 있고 가장 화려하고 아름다운 드레스를 입을 필요가 있다고 주장했다.

"흠, 윌리엄의 후손은 널 정말 좋아하는 모양이야."

드래곤의 거침없는 말에 세이레나의 얼굴이 가볍게 달아올랐다. 그녀는 그를 바라보며 말했다.

"저도 애쉬를 사랑해요."

드래곤의 표정이 진지해졌다. 그는 세이레나를 물끄러미 보다가 한숨처럼 말했다.

"이 모습을 윌리엄이 보면 뭐라고 할지 궁금해지는데."

"윌리엄이요?"

초대 왕을 말하는 거다.

놀랍게도 드래곤과 초대 왕 윌리엄은 그가 봉인되기 전까지 절친한 친구 사이였다고 한다.

세이레나는 어리둥절한 표정으로 드래곤을 바라보며 물었다.

"그분은 관심 없지 않을까요?"

애쉬와 세이레나가 서로 사랑하는 것을 윌리엄이 관심을 가질 리 없다. 세이레나는 그렇게 생각했다. 하지만 드래곤은 아니었다.

그는 세이레나를 따라 복도를 어슬렁어슬렁 걸으며 말했다.

"그 녀석과 달리 너희는 대가를 치르고도 다시 만났으니까 말이야."

세이레나의 머릿속에 윌리엄이 죽은 여기사를 살리기 위해 금단의 마법에 손을 댔다는 이야기가 떠올랐다.

루실이라고 했다. 그녀와 윌리엄은 사랑하는 사이였던 거다.

"윌리엄 전하는 그레이윈드 공작님을 아주 많이 사랑했나 봐요."

세이레나의 물음에 드래곤은 어리둥절한 표정을 지었다. 그는 미간에 주름을 만들며 물었다.

"그레이윈드 공작?"

"어, 그러니까, 루실 씨요."

"아, 루실. 그렇지. 걔 때문에 소원을 빈 거니까 말이야."

"대가는 사랑이었다고요."

드래곤은 고개를 끄덕였다. 마법은 루실을 되돌려 보내 주는 대신 루실을 향한 윌리엄의 사랑을 가져갔다. 그리고 시간이 루실이 죽기 전으로 돌아왔을 때, 윌리엄은 더 이상 루실을 사랑하고 있지 않았다.

그렇기 때문에 다른 여자와 결혼한 거다.

세이레나는 그 부분이 궁금했다.

"하지만 애쉬는, 애쉬와 저는 지금 결혼하잖아요? 윌리엄도 루실을 다시 사랑하게 될 수는 없었던 걸까요?"

"그건 두 가지 문제가 있는데."

드래곤은 턱을 쓰다듬으며 말을 이었다.

"첫 번째로 애쉬가 지불한 대가가 뭐였는지 우리 둘 다 모르잖아."

그건 그렇다. 세이레나의 얼굴이 가볍게 달아올랐다.

그녀는 드래곤을 만나기 전까지만 해도 돌려보내 달라는 소원을 빈 게 자신이라고 생각하고 있었다. 그 대가가 애쉬에 대한 기억이 아니었을까 하고 추측해 왔던 거고.

그렇다면 애쉬에 대한 기억은 왜 사라진 걸까. 세이레나가 의문을 떠올렸을 때 드래곤은 그녀를 쳐다보며 두 번째 문제를 이야기하고 있었다.

"그리고 윌리엄을 그걸 바라지 않았을 수도 있지."

"그거라니, 사랑이요? 아니면 루실 씨요?"

"둘 다."

덕분에 세이레나의 머릿속에 둥실둥실 떠다니던 의문이 휙 하고 날아가 버렸다. 세이레나는 어이가 없어서 드래곤을 향해 물었다.

"하지만 금단의 마법에 손을 댈 정도로 사랑한 사람이잖아요?"

"그리고 그 사랑을 대가로 줬지."

드래곤은 어둑한 눈으로 세이레나를 바라봤다. 그는 인간들이 감정에 대해 어떻게 생각하는지 그제야 떠올렸다.

인간들은 감정을 영원한 것으로 생각하는 경향이 있다. 필멸자로 살다 보면 손에 잡히지 않는 것을 영원하다고 생각하게 되는 모양이다.

하지만 아주 오랜 시간을 살아온 드래곤은 감정만큼 가벼운 것이 없다는 것을 잘 알았다. 그는 감정이 없다면 세상이 지금보다 훨씬 더 평온할 것이라 믿어 의심치 않았다.

하지만 그 감정 때문에 사는 게 더 재미있어지기도 하지.

"대가는, 그럼 돌아오지 않는 거예요?"

새하얗게 질린 얼굴로 세이레나가 물었다. 드래곤은 당연하다는 표정으로 그녀를 쳐다봤다.

"대가잖아."

다시 한 번, 세이레나의 머릿속에 그녀가 잊어버린 애쉬를 향한 기억이 떠올랐다.

그건 대가가 아니었던 걸까. 그렇다면 언젠가 다시 찾을 수도 있는 걸까.

그녀는 방 앞에 도착해서 걸음을 멈추고 드래곤을 쳐다봤다. 그녀와 똑같은 금발과 약간 다른 보라색 눈동자를 가진, 훤칠한 키를 가진 남자는 인간처럼 보인다.

"윌리엄은, 당신이 드래곤이라는 것을 알았나요?"

세이레나의 질문에 드래곤은 빙그레 미소 지었다. 그의 미소가 짙어졌다.

오싹한 감각이 세이레나를 엄습해서 그녀는 자기 몸을 끌어안지 않기 위해 애써야 했다.

"아니. 알았다면 감히 그딴 짓을 못 했겠지."

"아니면 당신에게 루실을 살려 달라고 부탁했을지도 모르죠."

드래곤의 보라색 눈동자가 가늘어졌다.

세이레나는 드래곤의 눈동자가 마치 파충류의 것처럼 뾰족해졌다가 천천히 자주색으로 물드는 것을 말없이 지켜보고 있었다.

그녀는 다시 드래곤의 눈동자가 보라색으로 돌아오기 시작했을 때에야 뒤이어 물었다.

"그랬다면, 살려 줬을까요?"

"아니."

그렇군요. 세이레나는 고개를 끄덕이고 몸을 돌렸다. 그녀는 문손잡이를 잡으며 말했다.

"대화 즐거웠어요. 함께 걸어 줘서 고마워요."

드래곤의 선택이 그렇다면 그녀 역시 애쉬와의 기억이 사라진 것에 대해 그에게 물어볼 필요가 없을 것이다. 드래곤에게는 아무 의미가 없는, 하찮은 것에 불과할 테니까.

하지만 세이레나가 방문을 열고 안으로 들어가는 순간 드래곤이 다시 말했다.

"아니."

*　　*　　*

결혼식 날은 아주 화창했다.

늦가을 날씨답게 하늘은 끝이 보이지 않을 정도로 깊이 있는 새파란 색이었다. 하지만 그리 춥지는 않았다.

"다행이네."

모아나는 드레스 차림으로 마차에서 내리며 중얼거렸다. 그녀는 비가 올까 봐 걱정했다. 물론 애쉬와 세이레나의 결혼식이니 어련히 알아서 날짜를 잡았겠지만 그래도 괜스레 걱정이 됐다.

그런데 비는커녕 춥지도 않다.

날이 춥지 않다는 건 좋은 일이다. 특히나 야외 결혼식이라면 더더욱.

아직 건축이 시작되지 않은 왕궁 부지는 꽃으로 가득 차 있었다. 이만한 부지를 꽃으로 가득 채우다니 엄청난 재력이다.

모아나는 수많은 의자가 열을 맞춘 앞뒤로 각각 두 개씩 세워진 천막을 훑어보았다. 뒤의 두 개는 손님용 천막이고 앞의 두 개는 신부와 신관을 위한 천막이다.

의자는 상급 귀족들을 위해 마련된 곳이니 손님용 천막은 하급 귀족 중에 몸 상태가 좋지 않은 사람을 위해 마련된 모양이다.

그녀는 직업적인 호기심으로 뒤의 두 개의 천막 사이로 다가갔다.

두 개의 천막은 사이가 꽤 벌어져 있었는데 그 틈을 테이블이 꽉 채우고 있었다. 그 테이블 위로 간단하게 먹을 수 있는 다과가 빼곡하게 올려져 있는 것은 말할 것도 없다.

"뭐해?"

그런 모아나의 곁으로 로렌이 다가왔다. 드레스 차림인 모아나와 달리 그녀는 정복 차림이었다.

"왕궁 요리사 실력 좀 보려고."

"클럽에서 팔게?"

괜찮은 요리가 있으면 클럽 요리사에게 알려 줄 생각이었던 모아나는 고개를 끄덕였다. 그녀는 곧 몇 가지 요리를 재빨리 기억한 뒤 돌아섰다.

"세이레나는?"

모아나는 로렌이 세이레나를 만났는지를 물어본 거였다. 하지만 로렌은 전혀 다른 답을 내놓았다.

"출발했대."

"어? 어디서?"

설마. 모아나의 머릿속에 믿을 수 없는 가설이 떠올랐다. 설마 지금 세이레나가 그레이윈드 저택에서 출발했다는 말은 아니겠지?

안타깝게도 그 설마가 맞았다. 로렌은 어깨를 으쓱하며 말했다.

"다행인 건 애쉬도 같이 온다는 거야."

"뭐어?"

모아나가 조금 빨리 도착한 탓에 하객들은 이제야 결혼식장 안에 들어서고 있었다. 하지만 지금 그레이윈드 저택에서 출발했다면 엄청 막힐 거다. 잘못하면 하객이 기다려야 하는 경우도 생긴다.

하지만 로렌은 느긋했다. 그녀는 허리에 손을 얹으며 말했다.

"뭐, 예전에 일 왕자가 결혼할 때도 약간 지연됐었잖아. 이번에도 기다리겠지."

좀 무례하긴 하지만 다음날이면 왕과 왕비가 될 사람들이다. 당당하게 불만을 터트릴 사람은 없다.

게다가 지금 애쉬와 세이레나가 바쁘다는 것을 귀족은 누구나 알고 있다. 유일한 왕위 계승자로, 그리고 그 배우자로 두 사람은 정신없이 일을 하고 있다.

"그땐 왕자비가 긴장하는 바람에 지연된 거였잖아."

너무 긴장한 나머지 토했다고 들었다. 전날부터 긴장해서 먹은 게 없었던 덕분에 의상 피해는 없었지만 체력이 떨어지는 바람에 좀 쉬어야 했다고.

갑자기 나온 왕자비 이야기에 로렌과 모아나의 말이 사라졌다.

일 왕자는 자결했다. 감옥 안에서.

일 왕자가 왕의 친자가 아니라는 소문은 사교계에 알음알음 퍼지고 있었다. 일 왕자의 외가인 크로우드 백작가와 사돈인 홀트 후작가는 가시방석에 앉은 기분이었을 것이다.

애쉬는 일 왕자가 왕의 친자가 맞는지에 대해서는 입을 열지 않았다. 솔직히 말하면 그는 부정도 긍정도 하지 않은 채 두 집안의 힘을 견제하는데 쓸 생각도 하고 있었다.

하지만 결국 일 왕자가 감옥 안에서 죽은 채 발견되면서 일 왕자가 왕의 친자가 아니라는 소문은 조용히 가라앉았다.

표면적으로는.

"왕자비, 아니 캐서린 홀트 양은 어떻게 됐어?"

로렌의 질문에 모아나는 팔짱을 꼈다.

일 왕자가 죽고 나자 왕자비인 캐서린은 친정으로 돌아갔다. 세간에서는 홀트 후작이 일 왕자를 죽이고 자살로 위장한 게 아니냐는 말도 잠깐 돌았다.

그런지도 모른다. 홀트 후작이 딸을 지극히 사랑하는 사람이라면 딸을 위해 일 왕자를 죽인 건지도 모른다. 캐서린이 죄인의 부인으로 살지 않도록 하기 위해서.

"요양차 시골로 내려갔다고 하던데."

홀트가에서는 거기가 어딘지까지는 밝히지 않았다. 로렌은 씁쓸한 표정으로 말했다.

"한동안 수도를 멀리하는 게 좋겠지."

"한동안?"

모아나는 어깨를 으쓱했다. 그녀라면 평생 수도 쪽은 쳐다보지도 않을 거다. 지긋지긋해서.

"그래도 일 왕자가 죽은 덕에 여러 사람 목숨 살렸지 뭐."

말 그대로 여러 사람 목숨을 살렸다. 죽은 사람은 말이 없다고 일 왕자의 편에 섰던 자들이 자신은 일 왕자가 시키는 대로 했을 뿐이라고 주장했을 때 그것을 부정할 이가 없었으니까.

"말 그대로 목숨만 살렸지만."

모아나의 빈정거림에 로렌은 씩 웃었다. 애쉬를 공격했던 기사들은 전원 사형은 피할 수 있었다. 물론 전투 중에 상처를 입어 죽은 기사는 어쩔 수 없다.

대부분 감금. 혹은 작위 박탈 후 수도 추방.

가장 심한 벌을 받은 자가 스펜서 하디 경이었다. 그는 모든 작위를 박탈당하고 재산 몰수 후 유배됐다.

"하디 경은 목숨을 구한 것만으로 다행이니까."

"뭐, 그렇긴 하지."

다시 모아나와 로렌 사이에 정적이 찾아왔다. 그때 팡파레가 울려 퍼졌다.

모아나와 로렌은 입구로 시선을 돌렸다. 어느새 하객들은 자리에 앉아 있었다. 하지만 팡파레는 그래서 울린 게 아니다.

주인공이 도착했기 때문이다.

"빠르네?"

모아나는 놀랍다는 듯 말했다. 공작의 결혼식이지만 이튿날이면 왕이 될 자다. 귀족들은 누구나 참석하려 했다. 당연히 그들을 싣고 오는 마차로 도로는 꽉 막혀 있을 게 분명했다.

그런데 그 막힌 길을 뚫고 세이레나와 애쉬가 벌써 도착했다고?

"어, 그러게 빨리 왔네."

로렌은 눈썹 위로 손을 갖다 대며 말했다. 그녀의 눈에 막 말에서 내리는 세이레나와 애쉬가 보였다. 로렌은 신음처럼 말했다.

"말을 타고."

"뭐?"

자기 자리를 확인하던 모아나가 로렌의 말에 휙 하고 몸을 돌렸다. 그녀는 믿을 수 없다는 듯 세이레나와 애쉬의 모습을 찾았다.

"그 드레스를 입고 말을 탔단 말이야?"

드레스를 입고 말을 타는 건 모아나도 가끔 하는 행동이지만 세이레나의 웨딩드레스는 보통의 드레스와 약간의 차이가 있었다. 두 사람은 눈을 가늘게 뜨고 대체 어떻게 세이레나가 말을 탔는지 확인하려 했다.

"봤어?"

"아니."

세이레나는 이미 말에서 내린 뒤였다. 신부 대기실로 재빨리 걸어가는 그녀의 뒤로 드레스 자락을 끌어안은 시녀가 따라가고 있었다.

곧이어 연주되던 음악이 잔잔한 것으로 바뀌었다. 준비된 연단 위로 신관이 올라왔다. 로렌과 모아나는 서로를 쳐다보고 한숨을 내쉰 뒤 자신의 자리로 돌아갔다.

연단 역시 신랑과 신부가 오를 계단을 제외하고 주변이 모두 꽃으로 둘러싸여 있었다. 오른쪽에 애쉬가, 왼쪽에 세이레나가 도착했다.

다시 한 번 음악이 바뀌면서 두 사람은 천천히 연단을 오르기 시작했다.

"어머."

세이레나가 계단을 오르기 시작하자 사람들의 감탄사가 터져 나왔다. 지금 유행 중인, 허리부터 부풀어 오른 드레스가 아니었다.

가슴 밑에서 퍼지지 않고 내려오는 형태였다. 로렌은 세이레나가 입은 드레스가 그녀와 애쉬의 약혼을 발표하던 장소에서 입었던 드레스와 같은 형태라는 것을 떠올렸다.

"취향이 꽤 고풍스럽단 말이야."

로렌의 그렇게 중얼거리며 씩 웃었다.

하지만 이 날씨에 저렇게 얇은 드레스는 너무 춥다. 그래서인지 세이레나의 웨딩드레스는 등 뒤로 두꺼운 천이 덧대어져 망토처럼 세이레나의 몸을 감싸고 있었다.

상당히 길게 디자인했는지 망토는 계단을 다 올라오지 못하고 길게 이어져 있었다.

그리고 드레스의 디자인은 세이레나와 애쉬가 신관 앞에 도착해 사람들에게서 등을 돌리자 화려함이 드러났다.

"어쩐지 너무 수수하다 했어."

세이레나가 몸을 돌리자 시녀가 재빨리 드레스와 망토를 정리했다. 연단 밑으로 세이레나의 망토가 폭포수처럼 흘러내렸다.

사람들은 망토에 놓아진 화려한 자수를 보고 감탄했다. 앞은 너무 수수했다. 세이레나의 작고 날씬한 체형을 드러내기엔 훌륭했지만 웨딩드레스라기엔 너무 수수한 느낌이었다.

하지만 뒤는 전혀 달랐다. 세이레나의 어깨부터 시작된 망토는 전체적으로 검정색과 황금색 실로 자수를 놓아 하얀 망토와 드레스가 그 자체로 한 폭의 예술 작품처럼 보였다.

"조만간 의상실이 다 바빠지겠네요."

모아나는 쿨린 백작의 팔짱을 끼며 나직하게 말했다. 유행하는 것과 전혀 다른 디자인의 드레스를, 곧 왕비가 될 공작 부인이 입고 결혼했으니 수도는 한바탕 뒤집어질 것이다.

게다가 세이레나에게 저렇게 잘 어울린다.

"지금까지 요정처럼 보였는데."

여전히 목을 시원하게 드러낸 세이레나의 단발은 아무 장식도 없이 자연스럽게 풀어져 있었다. 사람들은 화려한 망토가 흘러내리는 세이레나의 어깨에서 눈을 떼지 못했다.

"역사상 가장 아름다운 왕비로 기록되겠네요."

"가장 강한 왕비로도 기록되겠죠."

사람들 눈앞에서 세이레나와 애쉬의 서약이 이어졌다. 그사이에도 사람들의 시선은 둘에게서 떨어질 줄 몰랐다.

신관은 두 사람에게 반지를 교환하도록 한 뒤 말했다.

"두 사람을 부부로 선언합니다."

와아 하는 함성과 함께 박수가 이어졌다. 동시에 애쉬가 세이레나를 향해 몸을 기울였다. 어? 세이레나의 눈이 동그래졌다. 그는 한 손으로 세이레나의 목과 뺨을 감싼 뒤 천천히 입을 맞췄다.

사람들의 환호성이 폭발하듯 거세졌다.

"예전 결혼식과는 전혀 다르네."

식이 끝나고 연회로 이어지자 자리에서 일어나던 백작이 중얼거렸다. 콕 집어 말하지 않았지만 다들 그게 일 왕자의 결혼식이라는 것을 알아차렸다.

"그러게요."

일 왕자의 결혼식은 이것과는 전혀 달랐다.

장소나 의상뿐 만이 아니다. 부부가 된 두 사람의 태도도 달랐다.

일 왕자의 결혼식은 우아하고 웅장했지만 정중했다. 대부분의 귀족이 그렇듯 일 왕자와 왕자비는 키스도 없었다.

"헤이젤, 꿀 떨어진다는 거 알아?"

뒤편에서 구경하고 있던 다이아나가 헤이젤에게 말을 걸었다. 원래라면 둘 사이에 에즈라가 있어야 하지만 그는 가족이기 때문에 가장 앞에 있다.

페이지들에게도 따로 준비된 음식을 먹어도 좋다는 명령이 떨어졌다. 신이 나서 벌떡 일어나는 페이지들 사이에서 헤이젤이 대답했다.

"응. 그거 이야기 속에 나오는 표현이잖아?"

"그게 그냥 표현이 아니었나 봐."

"단장님? 아니, 공작님?"

이제 애쉬는 단장이 아니다. 버릇처럼 그를 단장이라고 말했던 헤이젤은 재빨리 호칭을 수정했다.

다이아나는 그녀를 돌아보며 빙그레 웃었다.

"응. 내일부터 폐하가 되시는 우리 전 단장님 말이야."

어쩐지 아득하게 느껴지는 변화에 다이아나와 헤이젤의 웃음이 터졌다. 둘 다 멀리 떨어져 참석한 사람들에게 인사를 하는 애쉬와 세이레나를 쳐다봤다.

애쉬는 세이레나의 어깨를 한 팔로 끌어안고 있었다. 중간중간 그가 세이레나의 이마와 어깨에 입을 맞추는 게 보였다.

누가 봐도 오늘의 신랑인 그레이윈드 공작이 공작 부인이 좋아서 어쩔 줄 몰라 하는 게 보인다. 다이아나의 말대로 애쉬의 표정은 눈에서 꿀이 떨어진다는 표현이 들어맞았다. 근위대장이 된 데니스가 슬쩍 애쉬에게 다가가서 말했다.

"그만 들어가게 해 줄까?"

주요 귀족들과 거의 인사를 했다. 남은 건 연회뿐이고 사람들은 음식을 먹고 춤을 추며 이야기를 하느라 세이레나와 애쉬가 사라져도 눈치채지 못할 것이다.

친구의 달콤한 속삭임에 애쉬는 빙그레 웃으며 말했다.

"당장."

웃는 표정과 달리 목소리는 살벌했다. 그럼에도 데니스는 싱글싱글 웃으며 약을 올렸다.

"좀 더 있다 들어가는 게 어떨까? 공작 부인도 사람들과 대화하는 걸 즐기는 것 같은데."

마침 결혼을 축하하기 위해 또 다른 귀족이 다가왔다. 애쉬는 그에게 재빨리 고맙다는 인사를 한 뒤 데니스를 향해 고개를 돌렸다.

"넌 결혼 안 할 거 같아?"

"하겠지만 내 결혼식에 호위가 필요하진 않을걸?"

그런 문제가 아니다. 애쉬는 또 다른 귀족에게 인사를 건넨 뒤 데니스를 향해 속삭였다.

"귀족의 결혼 허가는 왕이 내리는 거 알지?"

응? 데니스의 표정이 굳었다. 애쉬의 말대로 귀족의 결혼은 왕의 허락하에 이뤄진다. 대부분 별문제 없이 허락이 떨어지지만 몇 가지 이유로 허락되지 않는 경우도 있다.

결혼하는 사람 중 한 명이 이 결혼을 원하지 않거나 정치적으로 두 가문의 결합을 막아야 할 때도 있기 때문이다.

데니스는 믿을 수 없다는 표정으로 애쉬를 쳐다봤다. 그가 아는 애쉬는 공과 사가 뚜렷한 남자다. 장난을 좀 쳤다고 데니스의 결혼을 막을 사람은 아니다.

하지만 그는 애쉬의 눈동자에서 진심을 읽었다.

"와, 너, 와."

데니스는 어이가 없어서 한숨을 내쉬다가 근위대원들을 향해 손짓했다. 애쉬와 세이레나가 떠난다는 신호에 근위대원들이 재빨리 대열을 가다듬었다.

귀족들이 연회를 즐기는 덕분에 도로는 한산했다. 세이레나와 애쉬는 나중에 근위대원이 가져온 마차를 타고 다시 그레이윈드 저택으로 향했다.

"우리 결혼식인데 우리가 나와도 되는 거예요?"

세이레나는 걱정스러운 표정으로 물었다. 결혼식 후 사람들과 인사를 한 뒤에 다시 저택으로 돌아갈 거라는 건 들었지만 이렇게 빨리 떠날 줄은 몰랐다.

애쉬는 세이레나와 마주 앉아 그녀의 손을 감싸 쥐며 말했다.

"저택으로 올 거야. 우린 가서 옷을 갈아입고 조금 쉬어야지."

연회는 오늘 저녁까지 이어진다. 낮에는 야외에서, 밤에는 저택에서 음식과 음악이 준비되어 있다.

결혼식을 야외에서 한 이유는 간단했다. 저택이 아직 전부 복구되지 않은 상황에서 너무 많은 사람을 맞이할 수가 없었기 때문이다.

이튿날이면 왕과 왕비가 될 두 사람의 결혼식이라 참석할 사람은 많았다. 그렇기 때문에 그레이윈드가와 왕궁은 왕궁 부지에서 야외 결혼식을 결정했다.

날이 추워지는 밤에는 가까운 사람들을 대상으로 한 연회가 그레이윈드 저택에서 열린다. 물론 다른 사람들을 위해 그레이윈드가는 거리와 공원에도 연회를 열기로 했다.

오늘 밤, 타인머스의 수도 할렉은 밤새 음악과 음식으로 시끄러울 것이다.

"쉬는 시간이 늘어나는 건 좋지만요."

세이레나는 그렇게 말하며 빙그레 웃었다. 결혼식과 즉위식으로 이틀이 날아가는 바람에 세이레나와 애쉬는 어젯밤까지 일을 해야 했다. 수확물에 대한 세금과 비축량을 정하고 곧 겨울이 되면 몰려올지 모를 몬스터에 대한 대비를 해야 한다.

덕분에 잠도 부족하고 배도 고팠다. 세이레나는 약간 요기를 하고 눈을 붙일 수 있다면 좋겠다고 생각했다.

그게 가능하다면 말이지만.

저택으로 돌아오자 애쉬는 세이레나를 번쩍 안아 들고 성큼 성큼 계단을 오르기 시작했다.

"나 이 정도로 피곤하진 않아요."

애쉬의 품에 안긴 채 세이레나가 가볍게 항변했지만 그는 끄떡도 하지 않았다. 사람들을 모두 물린 채 침실로 들어온 그는 발로 문을 차서 쾅 닫고 세이레나를 침대에 내려놓았다.

그제야 그녀도 그녀가 생각한 것과는 전혀 다르게 일이 진행되고 있다는 것을 깨달았다.

"쉬, 쉬자면서요?"

애쉬는 세이레나의 앞에 무릎을 꿇고 그녀의 뺨과 목덜미에 입을 맞추며 말했다.

"음. 조금 쉰다고 했지."

세이레나의 눈이 커졌다. 그 조금이 그 조금이었어? 애쉬의 입술에 그녀의 입술을 찾았다. 세이레나의 심장이 거세게 뛰기 시작했다.

애쉬는 한 손으로 세이레나의 목과 뺨을 감싼 채 그녀의 입술을 물고 빨았다. 그가 입술을 떼어 냈을 때 그녀는 가볍게 숨을 헐떡이고 있었다.

짙은 감정이 검정색 눈동자에 고여 있었다.

"안 돼?"

약간 쉰 목소리가 애쉬의 입에서 흘러나왔다. 세이레나는 멍하니 그의 얼굴을 쳐다보다가 웃음을 터트렸다. 안 된다고 하면 지금 이 상태에서도 손을 떼고 물러날 남자다.

그녀는 그게 행복했다.

세이레나의 팔이 애쉬의 목을 감쌌다. 그녀의 보라색 눈동자도 격한 감정에 붉은 기를 띄기 시작했다.

"그럴 리가요."

2

취향

기사단장의 하루는 빠르다. 로렌은 하품을 하며 출근하다가 재빨리 입을 가리고 주변을 살폈다.

누군가 그녀의 모습을 봤을지도 모른다. 출근하면서 하품하는 모습을. 그건 좋지 않다. 로렌은 인상을 쓰며 뒷 목을 주물렀다.

"애쉬는 이걸 대체 어떻게 한 거야?"

늘 이른 시간부터 기사단에 출근해 있던 전직 기사단장, 현직 왕인 친구를 생각하며 로렌은 가볍게 투덜거렸다.

매일 아침 일과 전에 일 분단 기사들이 돌아가면서 일찍 나와, 하위 분단 기사들의 훈련을 봐주곤 한다. 로렌도 그녀의 차례가 됐을 때는 빨리 출근해서 훈련을 봐줬다.

하지만 애쉬는 그의 차례가 아닐 때도 늘 일찍 나와서 기사단을 한 바퀴 살펴보고 훈련장을 슬쩍 들여다보곤 했다.

그러니까 로렌도 그녀의 자존심상 그렇게 해야 한다.

"좋은 아침입니다."

복도에서 만난 행정 기사 미카엘이 로렌에게 인사를 건넸다. 그녀는 억지로 진지한 표정으로 고개를 끄덕였다.

"좋은 아침."

로렌답지 않은 태도였지만 미카엘은 슬슬 익숙해져 가고 있었다.

하지만 그건 미카엘뿐이었던 모양이다. 로렌이 단장실로 들어가자 다른 행정 기사가 미카엘을 위해 가져온 찻잔을 그에게 내밀며 말했다.

"어째 나만 불안해, 저거?"

"저거라니, 단장님?"

"단장님 상태 말이야."

"상태가 어때서?"

미카엘은 짐짓 모르는 척 물었다. 앨리스는 미카엘이 모르는 척한다는 것을 다 안다는 듯 웃으며 말했다.

"어깨에 힘이 너무 들어갔잖아."

"단장님인데 저 정도는 들어가야지."

애쉬 그레이윈드 공작을 단장으로 모신 미카엘은 로렌의 지금 상태가 나쁘지 않다고 생각했다. 하지만 앨리스의 생각은 달랐다.

그녀는 미카엘의 옆구리를 쿡 찌르며 말했다.

"억지로 늦게까지 남아 있고, 일찍 도착해서 어슬렁거리는 게 필립스 경에게 어울리냐고."

"필립스 경이 어슬렁거리는 건 단장이 되기 전부터 하던 거 아니야?"

"그걸 말하는 게 아니잖아."

이럴 때만 눈치 없는 척한다니까. 앨리스는 미카엘을 한 번 더 쿡 찌르고 자기 자리로 돌아갔다. 곧이어 로렌이 단장실에서 나와 복도를 걸어가는 게 보였다.

훈련장을 살펴보려는 거겠지.

미카엘은 찻잔을 입에 대며 로렌의 뒷모습을 지켜봤다.

앨리스의 말대로 로렌은 상당히 무리하고 있었다. 그녀는 훈련장으로 들어가 기사들이 아침 훈련을 하는 것을 훑어봤다.

기사단의 수는 애쉬가 단장일 때에 비하면 많이 줄었다. 몇 달 전 일어났던 사건에서 일 왕자의 편에 섰던 기사들은 전부 쫓겨나거나 자기 손으로 그만뒀기 때문이다.

로렌은 거리 조절을 충분히 하지 못한 기사를 향해 눈 뒀다 뭐에 쓸 거냐고 한마디 하려다가 꾹 참았다. 그녀가 보기에 못마땅하지만 참아야 한다.

"단장님."

로렌의 존재를 깨달은 기사가 고개를 꾸벅해 보였다.

엉뚱한 데 정신 팔지 말고 검을 휘두르라고 말하고 싶은 것을 참으며 로렌은 미소 비슷한 것을 만들어 보였다.

기사의 수가 혹 줄은 것에 비해 자율적으로 훈련장에 나와 아침 훈련을 하는 기사의 수는 그리 줄지 않았다. 전부 전 단장 때문이다.

애쉬 그레이윈드. 현 국왕. 로렌은 애쉬가 단장이었을 때를 떠올리며 한숨을 내쉬었다. 그녀는 절대로 그처럼은 할 수 없다. 그녀는 배우는 속도가 느린 기사를 보면 답답했고 건방진 기사를 과하게 꾸짖지 않을 자신도 없었다.

개인적으로 싫어하는 사람이 있으면 무시하고 좋아하는 기사들과만 어울리고 싶다. 하지만 단장은 그래서는 안 된다. 모든 기사를 개인적인 감정에 상관없이 똑같이 대해야 한다. 최대한 애쉬처럼.

그게 애쉬 다음에 단장이 된 그녀가 할 수 있는 최대한의 일이다.

"왕비님."

그날 저녁, 기사단에서 조금 떨어진 그레이윈드 저택에서 데니스가 슬쩍 세이레나를 불렀다. 차를 마시고 있던 그녀는 무슨 일인가 하고 데니스를 돌아보았다.

그렇지 않아도 데니스가 애쉬를 따라가지 않아 이상하다고 생각하던 차다.

하루에 한 번. 애쉬가 반드시 지키는 일정 중 하나가 세이레나와의 티타임이었다. 그 시간마저도 지금처럼 급한 보고 때문에 잠깐 자리를 비우기 일쑤였지만.

근위대장이 된 데니스는 별다른 일이 없으면 그런 애쉬의 곁을 늘 지키곤 했다. 하지만 방금 애쉬가 나갈 때 데니스는 다른 대원을 보내고 자신이 세이레나 곁에 남아 있었다.

"무슨 일 있어요?"

세이레나는 데니스의 심각한 표정에 놀라 일어났다. 데니스는 세이레나를 안심시키기 위해 손을 펼쳐 보이며 말했다.

"잠깐 이야기하고 싶은 게 있어서요. 최근에 로렌과 만나 보셨습니까?"

로렌? 데니스의 입에서 나온 친구의 이름에 세이레나의 표정이 어두워졌다.

"왜요? 로렌한테 안 좋은 일이라도 있어요?"

애쉬가 왕이 되면서 근위대장 자리는 데니스에게로 돌아갔다. 그가 애쉬와 가장 친한 친구인 동시에 애쉬 다음으로 실력 있는 소드 마스터였기 때문이다.

애쉬는 기사단이 최대한 왕인 자신의 영향력에서 멀리 떨어져 있기를 바랐다. 그래서 데니스를 기사단에서 빼내 근위대장으로 삼았다.

그 결과가 로렌이 기사단장이 되는 거였지만.

"아뇨, 그건 절대 아닙니다."

데니스는 세이레나에게 다가가며 나직하게 말했다. 애쉬와 세이레나는 로렌도 근위대로 데려오고 싶어 했다. 하지만 로렌이 거절했다.

애쉬와 세이레나, 데니스까지 빠져나가면 현재 기사단에 남은 소드 마스터는 둘밖에 없다. 그렇지 않아도 수가 준 기사단에 더 이상 병력이 부족해서는 안 된다는 게 로렌의 주장이었다.

"그리고 슬슬 여자 기사단장도 나와야 하지 않겠어?"

근위대장 자리까지 거절하며 하는 로렌의 말에 세이레나도 웃으며 물러날 수밖에 없었다. 이왕 기사단에 여기사의 비율이 더 높아졌으니 여자 기사단장이 나와서 여기사의 위상을 높이고 싶다는 게 로렌의 의견이었다.

"그럼 왜요?"

로렌에게 아무 일 없다는 말에 세이레나는 안도의 한숨을 내쉬며 물었다.

그렇지 않아도 바빠서 최근에는 로렌과 만나지 못했다. 그래도 모아나는 사업상 회의를 하자며 찾아오기라도 하지만 기사단인 로렌과는 접점이 없다.

"그 녀석, 지금 기사단장이잖아요?"

데니스는 머리를 긁적이며 말했다. 로렌이 기사단장이라는 건, 수도 사람이라면 누구나 아는 이야기다. 계속 이야기하라는 세이레나의 눈짓에 데니스는 말을 이었다.

"좀, 뭐라고 해야 하지? 부담감이 심한 것 같더라고요."

"부담감이요?"

"어제 티커를 만났는데 말입니다. 그레이브스 경이요."

데니스는 혹시라도 세이레나가 티커의 이름을 모를까 봐 재빨리 티커의 성을 덧붙였다. 하지만 그녀는 티커의 이름을 잘 알고 있다.

"로렌이 요새 좀, 어깨에 힘이 너무 들어갔다고 하더라고요."

"어깨에 힘이 들어갔다고요? 기사단장이 돼서 그런 건 아닐까요?"

어깨에 힘이 들어갔다고 하다면 데니스와 애쉬, 세이레나도 마찬가지다. 물론 애쉬는 별다른 차이가 없어서 어깨에 힘이 들어갔다는 걸 알아보는 건 세이레나와 데니스뿐이지만.

"그게 아니라."

데니스는 머리를 긁적이며 말을 골랐다. 뭐라고 설명해야 세이레나가 한 방에 이해할까. 그는 잠시 고민하다가 말했다.

"애쉬처럼 군다고나 할까요?"

"애쉬요?"

세이레나의 머릿속에 애쉬와 로렌이 뿅 하고 합쳐졌다. 애쉬처럼 구는 로렌이라니 상상이 가질 않는다. 그게 무슨 의미지? 그녀는 고개를 갸웃하며 말했다.

"내일 로렌과 만나 볼게요."

"그래 주시면 감사하겠습니다."

"로렌은 제 친구예요."

데니스의 감사에 세이레나는 약간 뾰로통하게 말을 이었다.

"알려 주셔서 제가 감사하죠."

그러니까 데니스의 감사를 받을 이유가 없다. 그런 태도에 데니스의 얼굴에 미소가 떠올랐다.

그는 이런 점이 좋았다. 애쉬도 세이레나도 왕과 왕비가 되었지만 그렇다고 해서 다른 사람의 호의를 당연하게 여기지도, 부탁을 필요 이상으로 은혜를 내리는 것처럼 굴지도 않았다.

"가서 제 안부도 전해 주세요."

"발자크 경도 로렌과 못 만났어요?"

세이레나의 물음에 데니스는 쓰게 웃었다. 그도 못 만났다. 기사단장인 로렌의 쉬는 날과 근위대장인 데니스의 쉬는 날이 겹치기 어려웠기 때문이다.

하지만 그것 말고도 로렌이 늦게까지 일한다는 이유도 있었다.

데니스는 머리를 쓸어 올리며 말했다.

"그래서 말씀드렸잖아요. 로렌이 애쉬처럼 굴고 있다고요."

"누가 뭐처럼 군다고?"

때마침 보고가 끝났는지 애쉬가 들어왔다. 데니스는 애쉬를 보고 씩 웃으며 슬쩍 물러났다.

자연스럽게 그 사이로 애쉬의 몸이 끼어들었다. 그는 세이레나의 허리를 끌어안고 그녀에게 물었다.

"설마 내 이름을 욕으로 사용하는 건 아니겠지?"

"너무 애쉬처럼 군다고요?"

킥킥대는 세이레나의 말에 데니스도 풋 하고 웃음을 터트렸다. 애쉬는 고개를 숙여 세이레나의 목덜미에 입을 맞췄다. 간지러움에 몸을 비트는 세이레나를 집요하게 쫓아가서 결국에는 입술을 훔친 애쉬가 다시 물었다.

"애쉬처럼 군다는 게 뭐야?"

세이레나와 데니스의 시선이 부딪쳤다. 상사 부부의 애정 행각을 못 본 척해 주고 있던 데니스가 재빨리 말했다.

"애쉬처럼 군다는 게 애쉬처럼 군다는 거지. 그렇죠, 왕비님?"

"맞아요. 애쉬처럼 군다는 건 애쉬처럼 군다는 거예요."

데니스와 세이레나의 의견이 짠 것처럼 맞아 떨어지자 애쉬의 한쪽 눈썹이 올라갔다. 여전히 세이레나는 애쉬의 팔 안에 있었다. 그의 시선이 향하자 세이레나는 재빨리 딴청을 부리기 시작했다.

"레나."

애쉬의 부름에 세이레나는 아무것도 모른다는 듯 그를 쳐다보며 눈을 깜빡였다. 모르는 사람이 본다면 순진한 귀족 영애처럼 보일 것이다.

하지만 그런 것에 속을 애쉬가 아니다.

"젠장."

사실은 맞다. 시치미를 떼는 세이레나의 표정에 애쉬의 눈이 가늘어졌다.

애쉬가 보기에도 세이레나는 순진한 귀족 영애처럼 보였다. 그는 반사적으로 고개를 숙였다. 그녀의 보라색 눈동자가 예상하지 못한 그의 태도에 동그래지는 게 보였다.

"응……."

그의 입술이 덥석 집어삼킨 세이레나의 입술을 사탕을 빨듯 빨고 가볍게 물었다가 놓았다. 애쉬의 손은 자연스럽게 세이레나의 등을 쓰다듬고 있었다.

그러다가 그는 이곳에 데니스도 있다는 것을 깨달았다. 설령 친구라 해도 다른 남자 앞에서 세이레나의 몸을 더듬을 생각은 추호도 없다.

그는 입술을 떼어 내며 물었다.

"말 안 해 줄 거지?"

세이레나의 보라색 눈동자는 키스 때문에 흐려져 있었다. 그녀의 입술이 뭐라 말하려는 듯 벌어지는 순간 똑똑똑 하고 누군가 문을 두드리는 소리가 들렸다.

젠장. 애쉬는 시계를 확인하고 한숨을 내쉬었다. 티타임이 끝났다. 이래서야 세이레나와 결혼하기 전보다 더 그녀를 보기가 힘들다.

게다가 단둘이 있는 건 잠잘 때뿐이다.

안 되겠다. 그는 이 사태를 바꿔야겠다고 결심했다.

*　　*　　*

"결심했다는 게 이거예요?"

그날 저녁, 애쉬와 함께 욕조에 앉은 세이레나가 어이없다는 듯 물었다. 확실히 함께 목욕한다는 건 큰 결심이 필요하기는 하다.

그리 크지 않은 욕실은 공작 부인의 방과 공작의 방으로 각각 연결되는 문이 달려 있다.

욕실 한가운데에 놓인 것은 두 사람이 마주 앉을 수 있을 만큼 넉넉한 크기를 자랑하는 욕조와 테이블뿐. 테이블 위에는 사용인들이 가져다 놓은 목욕 용품이 놓여 있었다.

한쪽 벽에는 부부 중 한 명이 목욕을 할 때 다른 한쪽이 들어와서 이야기할 수 있도록 의자가 놓여 있다.

하지만 세이레나와 애쉬는 저 의자를 사용한 적이 한 번도 없었다. 이 욕조에 함께 들어온 것도 결혼식 날 저녁, 단 한 번뿐이다. 애쉬는 세이레나의 발과 발목을 잡고 가볍게 문지르며 만족한 표정으로 말했다.

"느긋하게 단둘이서만 있을 수 있는 시간이 필요했거든."

"느긋하게 단둘이 있을 수 있는 건 잘 때도 마찬가지잖아요."

그녀의 말에 애쉬의 한쪽 눈썹이 올라갔다. 그는 고개를 기울이며 말했다.

"내 말은, 제정신으로 말이야."

그 순간 이미 따듯한 물 때문에 발그레하게 달아올라 있던 세이레나의 얼굴이 확 하고 새빨갛게 달아올랐다. 맙소사. 그녀는 물속으로 보글보글 가라앉으며 두 손으로 얼굴을 가렸다.

"레나?"

애쉬는 세이레나의 반응에 조금 놀라서 그녀에게로 다가갔다. 욕조 반대편에서 가라앉았던 세이레나는 가까스로 침착을 가장하고 물 밖으로 나와 말했다.

"당신은 늘 제정신이잖아요."

"아닌데."

애쉬는 씩 웃으며 세이레나에게 손을 내밀었다. 이런 대화를 하면서 붙어 있는 건 별로 현명하지 않은 행동 같다. 하지만 현명하지 않으면 좀 어떤가. 부부인데.

세이레나는 약간 망설이다가 대담하게 애쉬를 향해 다가갔다. 그녀가 다가오자 애쉬는 허리를 세우고 양 무릎을 벌려 세이레나가 자리 잡을 수 있도록 도와주었다.

그는 목욕을 시작했을 때부터 지금까지 한결같이 침착한 표정이었다. 심지어 함께 목욕하자고 할 때도 부끄러워하는 그녀와 달리 애쉬는 당연하다는 듯 권유했다.

당연한 게 맞지. 세이레나는 젖은 머리카락을 쓸어 넘기며 생각했다. 결혼했고 식도 올렸다. 매일 밤 같은 침대에서 자고 있다.

여기까지 와서 부끄러워하는 그녀가 이상한 건지도 모른다.

"단둘이니까 하는 말인데."

애쉬는 씩 웃으며 손을 들어 세이레나의 젖은 머리카락을 쓸었다. 그리고 이마 위로 흘러내린 몇 가닥의 금발을 세이레나의 귀 뒤로 넘겨 주며 속삭였다.

"지금도 살짝 정신이 나가 있어."

전혀 그렇게 보이지 않는다. 세이레나는 애쉬의 표정과 그의 눈동자를 쳐다보고 고개를 기울였다. 머리끝까지 젖은 애쉬는 섹시했지만 그의 침착한 표정 때문에 그를 섹시하다고 생각하는 세이레나가 불순하게 느껴졌다.

"전혀 아닌 것 같은데요."

"그럴까?"

애쉬는 씩 웃으며 세이레나의 손을 잡았다. 그의 손이 인도한 곳에 그녀의 손이 도착하자 세이레나의 눈이 동그래졌다.

세이레나는 화들짝 놀라서 물러나려 했지만 이미 늦었다. 애쉬는 그녀가 도망치지 못하도록 세이레나의 손을 잡은 채 여전히 침착하게 물었다.

"이제 느긋하게 대화하는데 협조해 주시겠습니까?"

그게 가능한지 모르겠다. 세이레나는 자꾸만 내려가려는 시선을 가까스로 애쉬의 얼굴에 고정하며 고개를 끄덕였다. 침착해 보인다고 한 건 다 취소다.

이제 애쉬는 침착한 표정을 한 그녀의 남편이 아니라 그녀를 유혹하려는 아름다운 마물처럼 보이다.

그녀는 그에게서 슬쩍 물러나며 물었다.

"무슨 이야기를 하고 싶은 건데요?"

"음. 슬슬 주변에서 물어보고 있어서. 너와 의논해야 한다고 생각했거든."

"뭘요?"

두 사람이 결혼한 지도 두 달이 지났다. 한창 신혼이지만 안타깝게도 세이레나와 애쉬는 정신없이 바빠서 신혼을 즐길 참도 없었다.

늘 같은 침대에서 자면서도 그랬다.

애쉬는 지금 세이레나가 거리를 벌리는 것을 알아차렸지만, 모른 척했다. 그녀와 약혼했을 때가 생각난다. 그때도 세이레나는 저렇게 거리를 벌리곤 했다.

하지만 그때는 약혼했을 때고, 세이레나가 그를 좋아하지 않을 때다. 애쉬는 자신이 팔을 뻗으면 세이레나의 어깨가 잡힐지 어림짐작으로 판단하며 말했다.

"아이 말이야. 슬슬 이야기가 나오고 있거든. 가족계획이 어떻게 되는지 같은 거."

정확하게는 후사는 언제 볼 수 있겠느냐는 거였지만 애쉬는 그런 이야기까지 세이레나에게 하고 싶지는 않았다. 그녀는 가족계획이라는 말만으로도 긴장할 게 분명하니까.

심지어 그가 들은 이야기 중에는 세이레나가 낳은 아이가 그의 친자가 맞는지 확인해야 한다는 이야기도 있었다.

물론 그는 감히 그의 앞에서 그따위 소리를 한 자를 그냥 넘기지 않았다. 한 번만 더 그따위 소리를 하면 왕궁 출입이 금지될 거라고 경고했다.

하지만 죽은 선왕의 두 아들이 모두 친자가 아니라는 소문이 있는 한 세이레나와 애쉬도 의심 어린 시선을 받을 수밖에 없다.

"아, 가족계획이요."

애쉬의 예상대로 세이레나의 표정이 굳었다. 그리고 그녀의 표정이 가라앉는 것을 보는 순간 그는 자신의 말을 철회하고 싶어졌다.

"당신은 왕이니까요. 2세 이야기가 나오는 건 당연하죠. 그게 당신의 친자가 맞는지도요."

눈치 빠르게도 세이레나는 애쉬가 무슨 이야기를 듣고 있는지 알아차렸다. 사람들이 그녀에게 하는 이야기는 고작해야 아이 소식은 언제쯤 들을 수 있느냐는 재촉 정도다.

하지만 왕인 애쉬는 좀 더 어두운 이야기까지 들을 거라고, 세이레나는 예상하고 있었다.

"하지만 우리 둘 다 지금은 좀 바쁘니까."

애쉬는 아직은 괜찮다고 말하려 했다. 하지만 세이레나는 고개를 저으며 물었다.

"왕의 2세가 태어나면 친자인지 어떻게 확인해요?"

"보통은 왕이 선언하는 것으로 끝이야."

귀족의 결혼과 마찬가지로 왕과 왕비의 결혼 역시 사업에 가깝다. 물론 왕과 왕비는 사업뿐 아니라 군신 관계이기도 하지만.

그렇기 때문에 왕궁에서는 왕과 왕비가 관계를 맺는 것에 대해 기록해서 왕비가 잉태한 아이가 왕의 아이가 맞는지 확인하고 있다.

아마 지금도 두 사람이 목욕을 하는 것도 누군가 기록하고 있을 거라고, 세이레나는 생각했다.

하지만 그녀가 물어보는 건 그런 게 아니었다. 그녀는 이미 왕비로 살아 봤다. 이런 쪽 지식은 가지고 있다.

애쉬의 말대로 왕비가 아이를 낳으면 왕이 자신의 아이라고 선언하는 것으로 끝이다. 하지만 그 전에 왕궁에서 왕비가 임신한 아이가 왕의 아이가 맞는지 기록을 통해 확인한다.

기록을 살펴 날짜상, 왕의 아이가 맞다면 그제야 왕이 자신의 아이라고 선언하고, 태어난 아이는 왕자 혹은 공주로 명명되는 것이다.

물론 기록이 맞지 않아도 왕이 자신의 아이라고 선언하는 경우도 있기는 하다. 남녀관계기 때문에 기록을 남기지 못하는 상황도 있고, 다른 이유도 있으니까.

왕이 밖에서 낳아 온 아이라거나, 왕비가 낳은 아이가 왕의 아이가 아닐 가능성이 있지만 왕이 왕비를 총애한다는 것을 보여 주기 위해 자신의 아이로 인정해 주거나.

경우의 수는 여러 가지가 있다.

"두 왕자도 그걸로 끝이었죠."

세이레나는 애쉬에게 다가가며 나직하게 말했다. 김이 모락모락 피어오르는 물이 그녀의 움직임을 따라 찰박찰박 소리를 냈다.

애쉬는 세이레나의 손을 잡고 깍지를 낀 채 부드럽게 그녀의 손바닥을 문질렀다. 단단하게 굳은살이 박인 손이다.

"사람들은 우리에게는 더한 것을 원할 거예요."

보통 왕비가 낳은 아이가 왕의 아이가 아닐 가능성이 불거지는 것은 왕비가 부정한 관계를 맺고 있다는 의혹이 있을 때다.

어디나 정부를 두는 사람들이 있으니까.

하지만 두 왕자의 모친들은 그런 의혹은 없었다. 일 왕자는 왕의 자식이 아닐지도 모른다는 소문이 있었지만 그건 왕비가 부정을 저질러서가 아니었다. 갓 태어난 일 왕자의 외모가 왕을 닮지 않았기 때문이었다.

그렇기 때문에 두 왕자 다 왕의 선언으로 충분했다. 기록상 왕의 아이가 맞았고, 왕이 인정했으니까.

하지만 그럼에도 두 왕자는 왕의 친자가 아니었다. 그리고 일 왕자는 전투 중에 왕의 친자가 아니라고 세이레나와 애쉬가 소리친 적이 있다.

"음."

애쉬는 못마땅하다는 신음을 내뱉으며 손을 뻗어 세이레나의 목과 뺨을 감쌌다. 그는 그녀가 무엇을 말하려 하는지 알아차리고 있었다.

"마법을 말하는 거지?"

그의 손바닥에 뺨을 기댄 세이레나는 한 번 눈을 감았다가 떴다. 사람들은 의심할 거다. 선왕의 전적이 있으니까. 그러니 그녀는 좀 더 확실하게 증거를 보여야 할 필요가 있다고 생각했다.

"일 왕자와 그의 친부를 확인한 마법이 있잖아요."

세이레나의 말에 애쉬는 일 왕자와 드럼란리그에서 데려온 남자의 친자 관계를 확인한 왕궁 마법사의 마법을 떠올렸다.

그래. 그런 방법도 있다. 왕비가 잉태한 아이가 왕의 아이가 아니라는 의혹이 있을 경우, 하지만 왕비는 왕의 아이라고 주장할 경우 아이가 태어난 후에 마법으로 친자 관계를 확인하기도 한다.

하지만 그건 드문 경우다. 마법까지 사용해서 자신의 아이인지 확인하겠다는 건 남편이 부인을 믿지 않는다는 말이고, 두 사람의 신뢰 관계는 박살이 난다.

귀족 중에도 간혹 그런 경우가 있다. 그리고 대부분 실제로 아이는 남편의 아이가 맞았다. 더 나쁜 건, 신뢰가 박살 난 대부분의 부인은 아이를 안고 친정으로 돌아가 버렸다는 점이다.

남편이 매달리고 매달려서 돌아온 경우도 있지만, 끝끝내 이혼해 버리는 경우도 있었다.

"싫은데."

애쉬는 눈을 감았다가 뜨며 말했다. 농담하지 말라고 하려던 세이레나는 그의 눈을 보고 입을 다물었다. 농담 같은 게 아니다. 애쉬는 진심으로 싫어하고 있었다.

그의 눈동자가 드물게도 혐오감을 띠고 있어서 그녀는 잠시 망설이다가 말했다.

"하지만 사람들은 의혹을 제기할 거고, 우리는 그렇지 않다는 걸 보여 줘야 할 필요가 있잖아요."

"어째서?"

냉정한 질문에 세이레나는 말이 막혔다. 그녀는 미간을 찡그리며 물었다.

"어째서라뇨? 어쨌든 전 왕의 잘못으로 신뢰가 떨어졌으니까 우리는 그걸 다시 쌓아야죠."

"네게 모욕감을 주는 거로?"

애쉬는 세이레나의 뺨에서 손을 떼더니 물 밑으로 집어넣었다. 응? 곧이어 당황한 그녀의 허리에 애쉬의 손이 다가왔다.

그는 그녀의 허리를 잡고 자신을 향해 바짝 잡아당기며 다시 말했다.

"내가 왕이 되면서 처음으로 하는 일이 고작 내 부인에게 모욕을 주는 일이길 바라?"

"모욕이 아니라……."

"네가 낳은 아이가 내 자식이라는 것을, 내 의견이 아니라 마법사의 의견을 빌어 선언하는 게 네게 모욕이 아니면 뭐야?"

나직하고 침착한 목소리였지만 애쉬의 눈동자는 가벼운 혐오와 분노가 떠올라 있었다. 세이레나는 그가 화가 났다는 것을 깨닫고 숨을 들이켰다.

애쉬 역시 그녀가 놀랐다는 것을 깨달았다. 젠장. 그는 손으로 얼굴을 문지른 뒤 한숨처럼 말했다.

"그리고 내게도 모욕이야."

"당신한테도요?"

"내 부인이 내 아이가 아닌 다른 자의 아이를 가졌는지, 아닌지 확인하겠다는 거잖아."

"하지만 우린 그런 이유가 아니잖아요."

이미 선례가 있는 이상 사람들도 당연히 애쉬가 실제로 그녀를 의심해서 그런 게 아니라는 것을 알 것이다.

하지만 애쉬는 싫었다. 그는 다시 세이레나의 허리를 끌어안고 자신의 몸 위에 앉히며 말했다.

"그런 이유고 아니고, 다시는 듣고 싶지 않아."

"하지만 이건 필요……."

세이레나의 말이 끝나기도 전에 그녀의 입술에 애쉬의 입술이 닿았다. 그는 세이레나가 숨을 헐떡일 때까지 그녀의 입술을 빨고 가볍게 깨문 뒤에야 놓아주었다.

"필요도 뭐고 다시는 이야기하지 마."

"하지만, 웃."

그녀의 허리를 꽉 잡고 있던 애쉬의 손이 위로 올라왔다. 깜짝 놀라 신음을 내뱉는 세이레나를 내려다보며 애쉬는 어딘지 모르게 짓궂은 표정을 지었다.

"정 그렇게 사람들에게 알리고 싶다면 더 쉬운 방법도 있어."

세이레나는 저도 모르게 애쉬의 팔뚝을 꽉 움켜쥐고 있었다. 그녀는 숨을 헐떡이며 그를 올려다봤다.

더 쉬운 방법이 뭐지? 어리둥절해 하는 그녀에게 애쉬가 위험한 미소를 지으며 속삭였다.

"우리가 한 일주일 정도 여기서 안 나가면 다들 알겠지."

다시 한 번 세이레나의 얼굴이 새빨갛게 달아올랐다.

"내가 못 살아."

이튿날 아침, 평소보다 늦게 눈을 뜬 세이레나는 부은 눈을 문지르며 한숨처럼 중얼거렸다. 애쉬는 말은 그렇게 했지만 진짜로 일주일이나 욕조에 있을 남자가 아니긴 하다.

하지만 그녀는 다르다.

세이레나는 욱신거리는 통증을 모른 척하며 몸을 일으켰다. 애쉬라면 업무를 보면서 세이레나를 일주일 동안 침대에서 못 나가게 하는 것도 가능하지 않을까.

실제로 오늘 새벽까지도 그는 그녀가 애원할 때까지 괴롭혔다. 그래놓고 벌써 일어났는지 보이지도 않는다.

"왜 이렇게 차이가 나는 거야?"

그녀는 질투심 반, 부러움 반으로 투덜거리며 가운을 집어 들었다. 그녀는 아직도 졸렸다. 마음 같아서는 다시 침대로 돌아가서 해가 중천에 뜰 때까지 더 자고 싶은 마음이었다.

그럼에도 이 시간에 눈을 뜬 건 기사로 살았던 습관 덕분이다.

"기침하셨습니까?"

그녀가 일어난 기척을 들은 시녀가 문을 두드리고 들어왔다. 두 달 전부터 그녀의 시녀가 된 메디나 백작 부인이었다. 세이레나는 얼굴을 문지르며 물었다.

"애쉬는요?"

"훈련장에 계십니다. 아침 식사 전에 일어나시면 같이 식사를 하자고 전하셨습니다."

젠장. 메디나 백작 부인의 말에 세이레나는 작게 욕을 내뱉었다. 솔직히 말하면 그녀는 아직도 팔다리가 후들후들한 데 애쉬는 일찍 일어나서 훈련까지 하고 있단다.

그녀의 욕을 들은 백작 부인이 빙그레 웃으며 말했다.

"폐하께선 체력이 워낙 좋으시니까요."

"같은 기사였는데 너무 차이 나잖아요?"

세이레나의 투정에 그녀의 어머니뻘인 백작 부인은 재미있다는 표정을 지었다. 그녀가 보기엔 세이레나의 체력도 상당하다.

백작 부인은 세이레나를 위해 시녀들에게 목욕 준비를 지시한 뒤 말했다.

"왕비님의 체력도 보통 여성보다 훨씬 좋아요."

평소 아침에 일어나서 가볍게 훈련을 하고 아침 식사를 한 뒤 업무를 본다는 건 보통 체력이 아니다. 오늘은 약간 늦게 일어나긴 했지만 평소보다 한 시간 정도 늦었을 뿐이다.

세이레나가 평범한 사람의 체력을 가지고 있었다면 그녀의 바람대로 점심시간까지도 일어나지 못했을 것이다. 세이레나는 끙 하고 신음을 내뱉고는 백작 부인과 시녀들에게 단장을 받았다.

애쉬는 이미 식당에 앉아 있었다. 세이레나가 내려오자 시종이 그녀를 위해 애쉬의 바로 옆자리 의자를 빼 주었다. 격식 있는 자리라면 맞은편에 앉아야 하지만 세이레나와 애쉬는 두 사람만 식사할 때는 서로 손이 닿는 곳에 앉는 것을 좋아했다.

"잘 잤어?"

애쉬는 세이레나를 위해 빵을 집어 주며 물었다. 그녀는 부디 잔에 음료수를 따르는 시종이 애쉬의 질문을 평범하게 받아들이기를 바라며 대답했다.

"그럭저럭이요."

그녀의 뾰로통한 대답에 애쉬는 손을 뻗어 세이레나의 뺨을 가볍게 쓰다듬었다. 미리 국왕 부부의 애정 행각에 대해 교육을 받은 시종은 눈을 크게 떴다가 재빨리 고개를 숙이고 물러났다.

세이레나의 눈 밑이 좀 거뭇하다. 그의 욕심 때문에 무리시킨 것 같아서, 애쉬는 죄책감이 떠올랐다.

"피곤해?"

다정한 질문이었지만 세이레나에게는 얄밉게 들렸다.

평소라면 솔직하게 그렇다고 대답했을지도 모른다. 하지만 그녀보다 일찍 일어나서 아침 훈련까지 끝낸 남편에게 들으니

약 올리는 것처럼 들렸다.

세이레나는 뾰로통한 표정으로 잔을 들어 올리며 말했다.

"전혀요."

거짓말이다. 애쉬는 새벽녘에 까무룩 잠들었던 세이레나를 떠올리고 어리둥절해서 입을 열었다가 멈췄다. 이유는 모르겠지만 그녀가 일부러 강한 척하고 있다는 건 알겠다.

애쉬의 표정에 미소가 떠올랐다.

"그래? 걱정했는데. 다행이네."

"걱정할 필요 없어요. 나도 소드 마스터인걸요. 체력은 어디 가서 지지 않아요."

애쉬는 손에 턱을 괴며 빙그레 웃었다. 왜 이러는지 알겠다. 호승심이 발동한 거겠지. 그는 간밤에 세이레나가 애원하던 것을 떠올리고 쿡쿡대고 웃었다.

잠을 자고 나니 그게 분했던 모양이다.

"그럼 오늘 저녁에도 같이 목욕할까?"

따뜻한 계란 요리를 가지고 오던 시종이 애쉬의 말을 듣고 움찔하고 멈췄다가 다시 걸어왔다. 그것을 깨달은 세이레나의 얼굴이 달아올랐지만 애쉬는 약간 더 심술을 부려 보기로 했다.

"당신이 피곤하면 먼저 자도 돼."

"안 피곤해요."

반사적으로 내뱉은 뒤에야 세이레나는 아차 하고 놀랐지만 이미 늦었다.

그녀의 머릿속에 내일 일정이 떠올랐다. 내일은 조찬 모임이 있다. 그 말은 오늘보다 일찍 일어나야 한다는 말이다.

세이레나는 아무래도 안 될 것 같다고 말하려 했다. 하지만 그보다 먼저 애쉬가 잔을 들어 올리며 말했다.

"정말 괜찮겠어? 오늘도 조금 늦게 일어났잖아."

그렇지 않아도 목욕하고 옷을 갈아입는 내내 그녀의 자존심을 건드린 부분이다. 세이레나는 웃는 얼굴로 대답했다.

"걱정 말아요. 오늘은 익숙하지 않아서 그런 것뿐이니까요."

"그래?"

애쉬의 얼굴에도 다시 미소가 떠올랐다. 그는 시종이 내려놓은 접시에 포크를 대며 말을 이었다.

"다행이다. 난 어제 정말 좋았거든."

다시 세이레나의 얼굴이 달아올랐다.

*　　　*　　　*

"너 바보지?"

이튿날 아침, 보기 좋게 조찬 모임에 지각한 세이레나에게 이유를 들은 모아나가 상쾌하게 말했다. 물론 세이레나도 사실 그대로 말한 건 아니다.

아무리 절친한 친구고, 그녀가 결혼한 유부녀라고 해도 미혼인 친구에게 지난밤에 남편이 너무 괴롭혀서 늦잠 잤다고는 말할 수 없는 노릇 아닌가.

세이레나는 그저 우물거리며 피곤해서 그렇다고 말했을 뿐이지만 안타깝게도 조찬 모임에 참석한 사람들은 모두 눈치 빠르게 알아차렸다.

세이레나는 왕비이기 이전에 결혼한 지 두 달밖에 되지 않은 신혼이다. 사실 신혼인 부인이 우물거리며 피곤해서 늦잠 잤다고 하면 답은 하나밖에 없다.

"아니, 아니지. 내가 너무 무례했네. 바보이십니까?"

단둘이 되자 세이레나에게 그녀가 애쉬에게 호승심을 느꼈다는 이야기를 들은 모아나는 어이없는 표정을 지었다. 국왕 폐하를 체력으로 이길 수 있는 사람은 최소한 이 나라에는 없다.

"폐하를 체력으로 어떻게 이겨?"

"난 이기려고 한 건 아니거든?"

세이레나가 변명처럼 말했지만 소용없다. 모아나는 찻잔을 들어 올리며 속삭였다.

"신랑감으로 기사 출신들이 인기 있는 이유가 있구나."

"그래?"

"그럼. 선 자리에서 기사 출신은 남녀 가리지 않고 인기 있어."

처음 들었다. 그야 선이라는 건 하급 귀족들 사이에서나 있는 거니 당연하다. 귀족의 결혼이란 집안을 제일 먼저 보기 마련이다. 백작쯤 되면 집안끼리의 이야기만으로 결혼이 성사된다.

하지만 수가 더 많은 하급 귀족은 그렇지 않다. 기사가 되면서 귀족의 반열에 오른 자들도 있다 보니 집안이 어떤지까지는 알려지지 않은 경우도 많았다.

자연스럽게 사교계에는 하급 귀족끼리의 결혼을 중매하는 매파 역할을 하는 사람이 있곤 했다.

"설마, 그게 너라는 말은 아니겠지?"

세이레나는 모아나를 따라 찻잔을 들어 올리며 물었다. 어디나 마찬가지지만 사교계에서도 매파는 나이가 지긋한 사람이다.

딱히 누가 하겠다고 손드는 것도, 다른 사람들이 시키는 것도 아니다. 발이 넓고 여러 집안 사정을 잘 아는 입 무거운 사람이 하곤 한다.

"설마."

모아나는 웃음을 터트리며 손을 저었다.

"내가 그렇게 나이를 먹진 않았잖아? 게다가 나도 아직 미혼이고."

"그런데 어떻게 그렇게 잘 알아?"

"다시 말하지만, 난 미혼이잖아."

무슨 말인지 알겠다. 세이레나는 고개를 끄덕였다. 미혼인 모아나에게 소개를 받지 않겠냐는 이야기가 들어온다는 말이다.

그 와중에 남녀를 가리지 않고 기사 출신이 인기 있다는 것을 알게 됐을 테고.

"누구누구 소개받았어?"

세이레나는 주변을 살펴보고 물었다. 귀족의 결혼은 왕비가 관심을 가져야 할 일이다. 물론 상대가 모아나라는 점에서 세이레나는 왕비가 아니어도 관심을 가졌을 테지만.

모아나는 음 하고 잠시 생각하다가 마찬가지로 목소리를 낮춰 말했다.

"시나본 경이 의외로 돈이 많더라."

"응?"

"그리고 어셔 경은 삼촌이 백작인데 아무래도 그분 자식이 다 병으로 죽어서 백작 위가 어셔 경에게 갈 거 같다네."

과연. 세이레나는 곧 모아나가 무슨 말을 하는지 이해했다. 그녀에게 중매가 들어온 상대의 집안에 대해 이야기하고 있는 거다.

아니나 다를까, 모아나는 한참 남자와 그 집안에 대해 이야기했다. 대부분 그리 부유하지 못한 집안이었다.

결혼하기 전의 세이레나처럼 몰락하기 직전이라 가문을 유지하려면 돈이 필요하거나, 시나본 경처럼 '경' 작위뿐이거나.

전부 모아나의 눈에 차지 않는 남자와 집안뿐이다.

이야기를 끝낸 모아나는 한숨을 내쉬며 말했다.

"우리 집은 백작이 된 지 얼마 안 됐으니까 말이야. 아직 괜찮은 남자는 없어."

같은 백작 영애지만 세이레나와 모아나는 다르다. 헌터 백작가는 유서 깊은 집안이다.

그리고 쿨린 백작가는 백작이 된 지 몇 달도 되지 않은 집안이다. 물론 쿨린 백작은 자작이었지만 자작은 하급 귀족이고 단승 작위였다.

갑자기 상급 귀족의 반열에 오른 돈 많은 신흥 집안과 몰락하기 직전의 유서 깊은 집안.

어느 쪽이 더 인기 있느냐고 절대 수로만 치면 단연 모아나 쪽이 더 인기 있다.

하지만 경제적으로 여유로운 상급 귀족이라면 누구라도 세이레나에게 혼담을 넣을 것이다. 당연히 모아나가 말하는 '괜찮은 남자'는 세이레나에게 혼담을 넣는 사람이다.

"좀 기다리면 더 많아질 거야."

예전에도 모아나는 인기 있는 신붓감이긴 했다. 쿨린 자작이 워낙 부자였으니까. 하지만 이제 쿨린 백작이 되었으니 모아나의 인기는 하늘을 찌를 정도다.

위로가 아닌 진심 어린 세이레나의 말에 모아나는 훗 하고 교만한 미소를 지어 보였다.

그녀도 그렇게 생각한다. 솔직히 말하면 지금 모아나는 왕년의 세이레나보다 인기가 많으니까.

세이레나는 모아나가 기운을 회복하자 재빨리 물었다.

"그래서? 넌 누가 마음에 들어?"

"전부 다 마음에 안 들어."

"어? 어째서?"

"난 좀 강한 남자가 취향인 모양이더라고."

"모아나, 그건 모든 사람의 취향이야."

약한 사람이 취향인 사람은 별로 없다. 어이없다는 듯한 세이레나의 지적에 모아나는 머리카락을 잡고 빙글빙글 돌리며 말했다.

"내 말은, 소드 마스터 정도가 마음에 든다고."

그 순간 세이레나의 눈이 커졌다. 현재 미혼인 소드 마스터라면 셋뿐이다. 데니스, 로렌, 티커.

로렌은 여성이니까 결혼 상대로는 빼는 게 맞겠지. 세이레나는 손으로 입을 가린 뒤 주변을 돌아보고 속삭였다.

"너, 너 그럼 둘 중 하나를……?"

좋아하는 거냐는 질문은 차마 나오지 않았다. 모아나는 재빨리 세이레나의 손을 잡아 내리며 말했다.

"에헤이, 누가 둘 중 하나가 좋대? 이왕 결혼할 거면 강한 남자가 좋다는 거지."

딱히 티커나 데니스를 염두에 두고 말한 건 아니다. 어차피 결혼해야 한다면 강한 남자가 좋다는 거다.

아버지가 백작 위을 받은 덕에 모아나가 백작이 될 테니 남자는 작위가 없거나 단승 작위여도 상관없다.

"그렇다면 그 외의 부분에서 최대한 좋은 남자를 원하는 게 여자의 본능 아니겠어?"

전혀 모르겠다. 세이레나는 멍하니 친구의 얼굴을 쳐다보고 있었다.

"맞아요."

그때, 누군가 끼어들었다.

자신의 잔을 들고 세이레나와 모아나 쪽으로 다가온 것은 조찬 모임에 참석한 워렌 백작이었다. 엘레나 워렌 백작.

그녀는 모아나와 세이레나 앞에 서서 세이레나를 향해 물었다.

"왕비님, 제가 대화에 참여해도 괜찮을까요?"

자기보다 지위가 높은 사람이 있는 대화에 참여하기 위해서는 먼저 지위가 높은 사람에게 허락을 구하는 게 예의다. 물론 공식적인 자리에서만.

예를 들어 파티에서 파티 중에 대화를 한다면 허락을 구해야 하지만 개인적인 대화라면, 파티가 시작되기 전이나 끝난 뒤, 그리고 파티장의 휴게실에서는 그럴 필요가 없다.

지금 세이레나와 모아나의 대화도 개인적인 대화였기 때문에 허락을 구할 필요는 없었다. 그렇기 때문에 워렌 백작도 끼어든 다음에 허락을 구한 거다.

"그럼요."

세이레나는 워렌 백작이 허락을 구한 것이 자신을 향한 존중을 보인 것임을 깨닫고 미소를 지으며 허락했다. 엘레나는 모아나 쪽의 의자에 앉으며 말했다.

"이 나라 최고의 남자를 배우자로 맞이한 왕비님께서는 모르시겠지만 셋 중 두 개라도 완벽한 남자를 찾기란 하늘의 별 따기랍니다."

"그래요?"

그 정도인가? 놀라는 세이레나는 향해 모아나가 그것 보라는 표정을 지었다. 엘레나는 킥킥대고 웃으며 말을 이었다.

"그럼요. 생각해 보세요. 폐하만큼 잘생기고, 집안 좋고, 능력 있는 남자는 더 이상 없잖아요."

하나만 충족해도 대단한 건데 애쉬는 세 가지를 모두 충족했다. 그가 왕이 되기 전부터 그는 그레이윈드 공작이라는 훌륭한 집안의 가주였고, 여자라면 누구나 돌아볼 정도로 잘생겼으며 세이레나 이전에는 최연소 소드 마스터이기도 했다.

"제 말이 그거예요, 백작님. 괜찮은 남자는 정말 찾기 힘들다니까요."

"어차피 작위는 제가 있으니까 남자는 좀 잘생기고 능력만 되면 되는 데 말이죠."

엘레나는 뺨을 감싸며 한숨을 내쉬었다. 괜찮은 여자는 많은데 괜찮은 남자는 없다. 그때 세이레나가 생각났다는 듯 말했다.

"발자크 경은 어때요?"

"어, 발자크 경이면 근위대장 말이죠?"

"네. 그 정도면, 어, 잘, 잘생겼죠?"

세이레나의 목소리가 자신 없어졌다. 솔직히 말하면 그녀는 데니스가 잘생겼는지 모르겠다.

그녀의 기준은 애쉬가 돼 버린 지 오래다. 객관적으로 데니스는 괜찮은 것 같지만 주관적으로는 관심이 전혀 없다. 그런 세이레나를 본 모아나와 엘레나는 한숨을 내쉬었다.

"하긴, 남편이 폐하인 분 눈에 어느 남자가 잘생겨 보이겠어요?"

"맞아요. 나라 최고의 미남을 가졌는데요."

덕분에 세이레나의 얼굴이 달아올랐다. 그녀는 변명처럼 말했다.

"아니에요. 그래서가 아니라, 자주 본 사이니까. 그래서 전 객관적이지 않잖아요."

그것도 맞는 말이긴 하다. 모아나는 고개를 갸웃하며 말했다.

"발자크 경 정도면 잘생겼죠?"

"키가 너무 커서 흠이지만요."

이건 세이레나도 동의한다. 그녀는 애쉬보다 큰 남자는 데니스밖에 못 봤다. 애쉬도 가끔 너무 크다고 생각하는데 데니스를 보면 사람이 이렇게 크면 안 되는 거 아닐까 하는 생각을 하곤 했다.

"그러면 그레이브스 경은 어때요?"

세이레나는 이어서 미혼인 소드 마스터의 이름을 내뱉었다. 티커의 이름에 엘레나는 잠시 생각했고 모아나의 미간에는 작은 주름이 생겼다.

"왜요? 그레이브스 경은 뭐가 문제인데요?"

"그레이브스 경은 얼굴도 객관적으로 괜찮고, 키도 너무 크지 않고, 집안도 귀족 집안이 아니라 괜찮죠."

"다만."

실컷 괜찮다는 이야기를 늘어놓은 엘레나의 말을 모아나가 받았다. 그녀는 다만이라고 부정적인 수식어를 붙이더니 이어 말했다.

"너무 가볍다고 할까."

"맞아요. 가끔 좀 경박하다 싶을 때가 있다니까요."

이것도 부인을 못 하겠다. 세이레나는 입을 다물었다가 다시 입을 열고 조심스럽게 말했다.

"음…… 비밀 하나 말해 줄까요?"

"비밀이요?"

엘레나의 눈동자가 반짝반짝 빛나기 시작했다. 세이레나는 아무에게도 말하지 말기로 약속하고 말을 이었다.

"솔직히 말하면, 저도 애쉬가 그리 마음에 들진 않았어요."

"말도 안 돼!"

"대체 어디 가요?"

이해가 안 된다는 태도에 세이레나는 쓰게 웃었다. 지금 생각해 보면 이상한 일이다. 어째서 그녀는 애쉬를 싫어했던 걸까.

예전에는 그게 대가인지도 모른다고 생각할 때도 있었다. 세이레나가 돌아오기 전에 애쉬와의 기억이 하나도 없다는 것과 그를 싫어한다는 것.

이게 돌아오기 위한 대가가 아니었을까. 그렇게 생각했다. 하지만 드래곤을 만나고 나서 세이레나는 그게 아니라는 것을 알았다.

세이레나를 돌려보내 달라고 대가를 치르고 소원을 빈 건 애쉬였다. 드래곤이 그렇게 말했다.

그렇다면 그녀가 애쉬를 싫어한 건 대가가 아니라는 말이다. 그리고 대가가 아니라면 언젠가 그녀가 애쉬를 싫어한 이유를 알 수 있을지도 모른다는 뜻이기도 하다.

문득 세이레나는 바쁜 나머지 잊고 있던 의문을 다시 떠올렸다. 그렇다면 애쉬가 치른 대가는 뭐였던 걸까.

"드래곤도 모른다고 했지."

세이레나의 머릿속에 드래곤이 떠올랐다. 황금빛의 비늘을 가진 커다란 생명체. 날개를 펼쳤을 때 마치 또 하나의 태양이 떠오른 것 같았다.

"드래곤이요?"

세이레나의 맞은 편에 앉아 있던 엘레나가 물었다. 모아나 역시 눈을 크게 뜨고 그녀를 쳐다보고 있었다.

여기서 드래곤이 왜 나와? 어리둥절해 하는 두 사람을 향해 세이레나가 말했다.

"저도 제가 왜 애쉬를 마음에 안 들어 했는지 모르겠거든요. 그래서 드래곤에게 물어볼까 하고요."

"어머, 왕비님."

엘레나는 농담이라고 생각하고 웃음을 터트렸다. 모아나 역시 어이없다는 표정을 지었다.

"그렇지 않아도 여쭤보고 싶었어요."

엘레나의 웃음소리를 들은 여자들이 다가왔다. 그들은 워렌 백작이 웃는 이유를 듣고 세이레나에게 물었다.

"그 드래곤 말이에요. 정말 아무 위험도 없는 건가요?"

세이레나의 시선이 사람들을 향했다. 그녀들이 뭘 묻는 건지 안다. 세이레나는 담담하게 말했다.

"네. 즉위식에서 드래곤이 직접 약속했잖아요."

"믿을 수 있는 거겠죠?"

"드래곤의 약속을요?"

세이레나의 말에 사람들은 아무 말도 하지 못했다.

드래곤의 약속은 절대적이다. 그들이 "약속한다"고 하면 그걸로 이야기는 끝이다. 그렇게 이야기를 들으며 자라 왔다.

하지만 이야기를 들었을 뿐이다. 타인머스는 드래곤을 물리치고 세워진 나라고, 그 말은 타인머스의 사람들은 드래곤을 만나거나 만났다는 기록을 접하지 못했다는 뜻이다.

결국 드래곤의 약속이 절대적이라는 이야기를 들었어도 그게 사실이라는 확신은 없다.

세이레나는 사람들이 망설이는 것을 보고 속으로 한숨을 내쉬었다. 자신만만하게 이야기하고 있지만 그녀가 이 사람들이라 해도 두려워하고 의심했을 것이다.

게다가 여기 있는 사람들은 거대한 드래곤이 세이레나와 애쉬에게 날아와 이야기하는 것을 봤다.

그 위압감을 떠올리면 드래곤을 두려워할 수밖에 없다.

애쉬와 세이레나의 결혼식 이튿날, 애쉬의 즉위식이 열렸다. 쌀쌀하지만 날만큼은 화창했던 결혼식과 달리 즉위식은 약간 흐렸다.

마찬가지로 왕궁터에서 시작된 즉위식에서 신관은 애쉬의 머리에 왕관을 씌우고 그를 타인머스의 국왕으로 선포했다.

그리고 자리에서 일어난 애쉬가 신관과 자리를 바꾸고 세이레나를 향해 손을 뻗었다. 마찬가지로 애쉬를 향해 다가간 세이레나의 머리 위로 왕관이 씌워졌다.

그리고 그 순간, 어두웠던 하늘이 환해졌다.

무슨 일인가 하고 고개를 든 사람들의 눈에 들어온 것은 애쉬와 세이레나를 향해 날아 내려오는 거대한 드래곤이었다.

"드래곤이다!"

소란이 일어났다. 사람들은 드래곤이라고 외치며 달아나기 시작했고 기사단과 근위대는 검을 뽑아 들었다. 그 사이에서 세이레나와 애쉬만이 그대로 서 있었다.

애쉬는 검을 뽑아 드는 기사단과 근위대를 향해 손바닥을 들어 보였다.

공격할 필요 없다는 신호에 기사들은 어리둥절한 표정을 지었지만 검을 다시 집어넣는 사람은 없었다. 상대는 드래곤이다. 절대로 방심할 수 없다. 오히려 침착한 국왕 부부의 태도가 놀라울 정도다.

드래곤은 거대한 날개를 접더니 애쉬와 세이레나를 향해 고개를 내밀었다. 황금색으로 빛나는 비늘은 어두운 날씨에도 거대한 보석으로 뒤덮인 산처럼 반짝였고 사람들의 눈을 눈부시게 만들었다.

공포와 긴장으로 가득한 침묵이 이어졌다. 멀리서 연락을 받고 달려온 궁수들이 활을 들어 올렸다. 언제라도 드래곤을 향해 화살이 쏟아질 수 있는 상황이었다.

그때, 드래곤이 말했다.

"타인머스라고?"

사람들은 드래곤이 인간의 말을 했다는 것을 깨달았다. 그것은 말이 통한다는 뜻이다.

안도해도 되는지, 또 다른 걱정거리인지 고민하는 사람들과 달리 애쉬는 오른손을 가슴에 대고 가볍게 허리를 숙이며 말했다.

"안녕하십니까. 타임머스."

그제야 사람들은 드래곤의 이름이 타임머스라는 것을 깨달았다. 이미 알고 있던 자들도 있었다. 드래곤을 연구한 자들.

그들은 그들의 국왕이 드래곤의 이름을 알고 있다는 것에 놀라야 할지, 꿈꾸던 드래곤이 눈앞에 있다는 것에 놀라야 할지 혼란스러워하고 있었다.

그때, 애쉬의 곁에서 세이레나도 드레스 자락을 들어 올리며 인사를 건넸다.

"저희 선조를 대신해서 사과드리겠습니다."

드래곤의 시선이 세이레나를 향했다. 황금색 동공을 가진 자주색의 눈동자가 그녀를 향하자 숨을 들이켜는 소리가 여기저기에서 들렸다. 사람들은 세이레나의 용기에 감탄하는 한편 드래곤이 그녀에게 화를 내지 않을까 긴장했다.

하지만 드래곤은 세이레나를 향해 고개를 숙이며 말했다.

"사과를 받아들이겠네."

어, 뭐야? 여기저기에서 당황하는 소리가 터져 나왔다. 일촉즉발의 상황이 벌어질 줄 알았는데 드래곤과 국왕 부부의 대화는 마치 짠 것처럼 물 흐르듯 유연하게 흘러갔다.

이어 드래곤은 애쉬와 세이레나의 결혼과 즉위를 축하했다.

"첫 단추는 안 좋았지만, 이웃사촌이니 앞으로 잘 지내보지."

드래곤의 말에 식은땀을 흘리지 않은 건 세이레나와 애쉬뿐이었을 것이다.

"이웃사촌이라고?"

누군가 경악한 듯이 말했다. 사람들의 시선이 타인머스에 있는 산맥을 훑기 시작했다. 드래곤이 저 산맥 중 하나에 살 거라는 말이다.

"이웃사촌이 된 기념으로 이것을 선물하고 싶은데요."

세이레나는 목에 걸고 있던 목걸이를 벗으며 말했다. 그녀의 주먹만 한 보석이 달린 목걸이였다. 그렇지 않아도 그녀의 가는 목에 걸고 있기엔 너무 커서 슬슬 무거워지던 차다.

세이레나는 너무 상쾌한 표정을 짓지 않으려 노력하며 목걸이를 드래곤의 발톱에 걸어 주었다.

"이웃사촌으로 선물을 받았으니 나도 보답을 해야겠지."

발톱에 건 세이레나의 목걸이를 들여다보던 드래곤이 말했다. 드래곤의 시선이 주변에 둘러싼 사람들을 향했다. 저 멀리 즉위식에 참석한 귀족들이 있고 좀 더 가까이에 기사단이 무기를 들고 있다.

그리고 그 안쪽에는 근위대가 무기를 든 채 여차할 때를 대비해 대기하고 있었다.

드래곤은 세이레나와 애쉬를 향해 말했다.

"두 사람의 자손이 왕좌에 앉아 있는 한, 다시는 내가 이 나라를 공격하지 않겠다고 약속하지."

파격적인 약속에 세이레나와 애쉬 마저 눈을 크게 떴다. 애쉬는 저도 모르게 드래곤을 향해 속삭였다.

"원래 하기로 한 것과 다르잖습니까?"

원래대로라면 드래곤이 모습을 드러내는 것도 예정에 없었다. 애쉬가 국왕이 되고 타인머스에서 멀지 않은 거대한 산맥에 드래곤이 나타나면 시끄러워질 것이 분명하다.

하필이면 애쉬가 왕이 되고 나서 드래곤이 나타난 것을 불길한 증표로 여길 수도 있다. 타인머스 내부만의 문제가 아니다. 드럼란리그와 다른 두 부족들도 불안감을 느끼고 타인머스를 경계할 것이다.

어쩌면 다른 대륙에서도 오랜 시간 존재하지 않았던 드래곤이 갑자기 나타난 것에 대해 우려를 표할지도 모른다.

그렇기 때문에 애쉬와 세이레나는 드래곤과 한 가지 연극을 계획했다.

애쉬와 세이레나의 즉위식에 드래곤의 전달자가 나타나서 두 사람의 결혼과 즉위를 축하하고 드래곤과의 우호를 다지기로 한 것이다. 사람들의 의심을 피하기 위해 드래곤은 미리 인간의 모습으로 그레이윈드 저택에 머무르고 있었다.

슬슬 그레이윈드 저택에 머무는 훤칠한 키와 금발을 가진 아름다운 사내의 정체에 대해 여기저기에서 이야기가 나오던 차다.

이렇게 하면 애쉬와 세이레나가 즉위 전에 드래곤과 화해를 했고, 즉위식을 위해 드래곤이 자신의 전달자를 보내 줬다는 식으로 이야기를 꾸밀 수 있다.

'이게 더 재미있잖아.'

드래곤은 세이레나와 애쉬의 머릿속에 바로 들리도록 마법을 통해 말했다. 그렇긴 한데. 세이레나는 어이가 없어서 입을 벌렸고 애쉬는 한쪽 눈썹을 들어 올렸다.

그러자 드래곤이 약간 툴툴거리는 말투로 다시 두 사람의 머릿속에 대고 말했다.

'싫으면 말고.'

솔직히 말하면 드래곤도 분위기에 취했다. 어제 열렸던 사람들로 가득 찬 화려한 결혼식에 그도 참석했었다. 즉위식에 인간의 모습이 아니라 드래곤의 모습으로 나타나면 더 멋지지 않을까 생각했던 거다.

"생각보다 분위기에 약하시네요."

나직한 세이레나의 말에 애쉬와 드래곤의 시선이 동시에 그녀를 향했다. 애쉬는 반사적으로 세이레나의 허리를 끌어안았다.

"뭐야? 무슨 일이야?"

감히 가까이 다가오지 못하고 무기만 든 채 대기하고 있던 기사들은 드래곤과 국왕 부부가 아무 말도 하지 않자 웅성거리기 시작했다. 거기에 갑자기 드래곤과 애쉬가 동시에 세이레나를 쳐다보자 긴장감은 고조 됐다.

설마 드래곤이 왕비를 공격하려는 건 아니겠지. 만약 그렇다면 가장 먼저 드래곤을 향해 검을 들이댈 사람은 기사들이 아니라 국왕이 될 거다.

기사들이 바짝 긴장한 순간 드래곤이 입을 열었다.

"당돌하긴."

드래곤은 세이레나를 내려다보며 피식 웃었다. 금발 자안이 아직도 인간들 사이에서 태어날 줄은 몰랐다.

두 사람을 처음 만났을 때 두 사람의 아이를 달라고 한 건 진심이었다. 드래곤은 애쉬와 세이레나 사이에서 태어날 아이도 금발 자안일지 궁금해졌다.

세이레나의 동생을 보면 금발 자안은 더 이상 태어나지 않을지도 모른다. 그렇다면 세이레나는 드래곤이 인간으로 살았던 마지막 증거가 될 거다.

반사적으로 말을 내뱉고 바짝 긴장한 세이레나는 드래곤이 자신을 보고 웃는 것을 보고 고개를 기울였다.

"너를 보면 옛날 일이 생각나거든."

드래곤의 말에 드래곤과 국왕 부부를 지켜보고 있던 사람들 사이에 충격이 퍼져 나갔다.

"옛날 일이라고 했어?"

"무슨 옛날 일이지?"

사람들은 드래곤이 무슨 말을 했는지 이해하지 못했지만 딱 한 가지는 알아차렸다.

드래곤이 왕비를 마음에 들어 한다.

기사들의 머릿속에 최악의 상황이 펼쳐졌다. 왕비를 움켜쥐고 어디론가 떠나 버리는 드래곤과 그런 드래곤을 잡기 위해 여행을 떠나는 국왕. 그리고 그를 보필하기 위해 길을 떠나는 기사들.

다행히 그런 일은 벌어지지 않았다. 애쉬는 세이레나의 허리를 단단히 끌어안은 채 도전하듯 말했다.

"그렇습니까?"

안타깝게도 드래곤은 자신의 말을 인간들이 어떤 의미로 받아들였는지 알아차리지 못했다. 그는 세이레나는 멀고 먼 손녀 같은 느낌으로 마음에 들어 했을 뿐이라서.

약간의 오해가 있었지만 드래곤과 국왕 부부의 협정은 다시 평온하게 흘러갔다. 애쉬는 두 사람의 자손이 왕좌에 앉아 있는 한 드래곤을 공격하는 일이 없을 것이라고 약속했고 드래곤은 그것에 만족했다.

"서약서를 작성하기 위해 내 사람을 보내지."

드래곤은 날개를 활짝 펼치며 말했다. 다시 금색 비늘이 빛을 받아 주변이 환해졌다. 국왕 부부와 협정을 맺은 드래곤은 그대로 하늘 높이 날아올라 산맥을 향해 날아갔다.

그 후로 애쉬와 세이레나 국왕 부부에 대한 소문이 갱신된 것은 말할 것도 없다. 선조로부터 이어져 온 드래곤과의 악연을 끊고 드래곤에게 축복을 받은 국왕 부부.

어쩐지 생각보다 과장된 소문을 떠올리며 세이레나는 한숨을 내쉬었다. 세간의 소문이라는 건 실제보다 훨씬 과장되는 법이라고는 해도 이건 너무 과장된 것이었다.

"서약을 하기 위해 전달자를 보내 줬잖아요?"

즉위식에서 일어난 일을 떠올렸던 세이레나는 상념에서 벗어나 눈앞의 사람들에게 말했다. 드래곤이 떠난 뒤 즉위식은 그대로 축제로 이어졌다.

"그 사람, 위험하지는 않겠죠?"

세이레나의 말에 백작 부인이 물었다. 황금색의 머리카락과 보라색의 눈동자. 애쉬만큼이나 훤칠한 키와 체격이지만 중성적인 느낌의 아름다운 외모.

세이레나는 드래곤의 명령을 받아 서약을 하기 위해 타인머스로 온 남자를 사교계에 소개했다. 세이레나와 애쉬가 결혼하기 며칠 전부터 그레이윈드 저택에 머물고 있던 남자가 전달자였다는 사실에 사교계는 발칵 뒤집어졌다.

"설마 왕비님을 노리고 있다거나……."

누군가 걱정하는 어조로 말했다. 세이레나는 그게 무슨 의민지 몰라 눈을 동그랗게 떴다.

"절 노린다고요? 드래곤이 보낸 사람이 절 죽일 이유가 없을 텐데요?"

"아니, 그게 아니라요."

정작 말을 꺼낸 사람이 우물쭈물하자 엘레나가 말했다.

"드래곤이 왕비님을 마음에 들어 했으니까요. 설마 왕비님을 드래곤에게 데려가려 한다거나……."

믿을 수 없는 말에 세이레나는 입을 딱 벌렸다. 사람들이 그런 걸 생각할 줄은 몰랐다. 그녀와 애쉬가 가장 걱정한 건 사람들이 드래곤과 두 사람 사이에 모종의 거래가 있었던 게 아닐지 음모론을 제기하는 거였다.

그렇기 때문에 사람들 앞에서 대놓고 드래곤과 협정을 하는 것을 보여 준 것이다. 세이레나는 어이가 없어서 말했다.

"음, 드래곤도 취향이라는 게 있지 않을까요?"

"어머, 왕비님도."

세이레나는 진심이었지만 조찬 모임에 참석한 여성들은 농담이라고 생각했다.

나라 최고의 미인. 햇빛을 그대로 자아낸 듯한 화려한 금발과 자수정 같은 눈동자를 가진 요정 같은 미인은 취향을 뛰어넘는 법이다.

3

로렌

"그래서 걱정 말라는 말을 하려고 온, 오신 건가요?"

이튿날, 조찬 모임에서 있었던 이야기를 들은 로렌이 어이없다는 듯 물었다. 이제는 로렌이 사용하는 단장실에서 세이레나는 예전과 똑같이 미카엘이 가져다준 찻잔을 쥐고 앉아 있었다.

여기는 애쉬가 단장일 때부터 몇 번이나 와서 익숙했다. 차이점이라면 그때는 손님용 의자에 앉았고 지금은 로렌의 의자에 앉아 있다는 점뿐이다.

로렌은 자신의 자리를 세이레나에게 양보하고 손님용 의자에 앉아 있었다. 세이레나는 로렌을 향해 한숨을 내쉬며 말했다.

"응. 드래곤이 날 데려갈 생각은 전혀 없으니까 기사단에서도 드래곤이나 블라드 씨를 경계할 필요는 없다고."

블라드는 전달자의 이름이다. 정확히 말하면 드래곤의 이번 인간일 때의 이름이다.

"그건 다행이네요."

로렌의 대답에 세이레나는 잠시 입을 다물었다. 그렇지 않아도 데니스에게 로렌이 이상하다는 말을 들어서 그 핑계로 와 본 거긴 하다.

로렌의 상태는 생각보다 더 이상했다. 방금 전에도 말을 놓으려다가 일부러 고치면서까지 세이레나에게 존대했다.

그리고 필요 이상으로 그녀와 말을 섞으려 하지 않는 것처럼 보였다. 세이레나의 머릿속에 로렌이 애쉬처럼 군다던 데니스의 말이 떠올랐다.

하지만 이건 애쉬처럼 구는 게 아닌데?

세이레나는 물끄러미 친구를 쳐다보다가 조심스럽게 물었다.

"로렌, 나한테 뭐 화난 거 있어?"

느닷없는 질문에 로렌은 어리둥절한 표정을 지었다. 그녀는 고개를 저으며 말했다.

"아니요. 없는데요."

"그러면 왜……."

왜 그녀에게 존대를 하는 걸까. 세이레나의 표정이 가라앉았다. 로렌과 단둘이 이야기하는 건 결혼 후로 처음이다.

그동안 이야기할 일은 몇 번 있었지만 전부 주변에 사람이 있거나 공적인 자리에서였다.

그런 자리에서 세이레나에게 존대를 하는 건 이상하지 않았다. 그녀는 왕비고 공적인 자리에서 그녀에게 말을 놓을 수 있는 사람은 애쉬뿐이다.

하지만 이렇게 단둘이 이야기를 할 때는 다르다.

세이레나는 단둘이 이야기하거나 다른 사람들에게 들리지 않도록 이야기할 때는 말을 놓던 모아나를 떠올렸다.

"저기, 로렌. 단둘이 있을 때는 편하게 말해 줘."

세이레나의 부탁에 로렌의 눈동자가 흔들렸다. 그녀는 뭐라고 말하려는 듯 입을 열었다가 다물었다. 그러더니 슬쩍 시선을 피하며 말했다.

"아닙니다. 신하 된 입장으로 그럴 수는 없지요."

뭐가 어쩌고 어째? 믿을 수 없는 말에 세이레나는 눈을 동그랗게 뜨고 물었다.

그제야 그녀는 로렌이 애쉬처럼 군다는 말을 아주 약간 이해했다. 한마디로 말해서 로렌은 규칙대로 행동하고 있었다.

"로렌, 어디 아파?"

여기 앉아 있는 게 세이레나가 아니라 데니스였다면 삿대질을 하며 비웃었을 거다. 말한테 머리라도 차인 게 아니냐고.

하지만 다행히 로렌과 이야기하는 건 세이레나였고 그녀는 예전과 다른 친구의 모습이 그저 걱정스러웠다.

세이레나가 아는 로렌은 친구가 상사가 됐다고 해서 신하 된 입장 운운할 사람이 아니다. 하지만 세이레나의 걱정과 달리 로렌은 멀쩡했다.

"아닙니다. 말씀하세요."

"왜 자꾸 존대를 하는 거야?"

"왕비님이시니까요."

더 이상은 안 되겠다. 세이레나는 책상 위로 손바닥을 얹으며
심각한 표정을 지었다.

"로렌."

갑자기 이러는 이유가 뭐야? 세이레나의 추궁에 로렌의 표정
이 어두워졌다.

그녀는 이래야 한다고 생각해서 하는 것뿐이다. 하지만 세이
레나가 당황하는 것도 이해했다. 로렌은 한숨을 내쉬며 말했다.

"저는 라고말리 기사단의 단장이니까요. 제가 왕비님과 너무
친한 건, 그리 좋지 않다고 생각했습니다."

라고말리 기사단은 왕의 기사가 아니다. 타인머스의 기사다.
그렇기 때문에 나라를 위해서라면 왕에게도 검을 겨눌 수 있다.

그런 자긍심은 일 왕자를 끌어내고 애쉬가 왕이 되면서 더 강
해졌다. 기사들은 자기 손으로 적법한 왕을 세웠다는 것을 애쉬
가 왕이 되고 두 달이 지난 지금까지도 자랑을 하고 있었다.

그렇기 때문에 세이레나는 아무 말도 할 수가 없었다.

애쉬 역시 그것을 걱정했다. 혹시라도 기사단이 왕의 기사단
으로 변질되는 것을.

끔찍한 침묵이 이어졌다. 두 사람 다 이 상황에서 어떤 말을

해야 할지 몰랐다. 세이레나에게 가장 끔찍한 사실은 그녀도 로렌의 말이 맞다고 인정한다는 점이었다.

"그럼 얼굴도 봤으니까 그만 갈게. 아니, 갈게요."

세이레나는 머뭇거리다가 일어나며 말했다. 로렌 역시 어쩔 줄 몰라 하며 일어났다.

그녀도 세이레나가 상심했다는 것을 알았다. 하지만 여기서 더 어떻게 행동해야 할지 알 수가 없었다.

이 자리에 모아나가 있었다면 달랐을 것이다. 하지만 안타깝게도 모아나는 그녀의 클럽 일 때문에 여기서 한 시간 거리에서 회의 중이었다.

결국 두 사람은 어색하게 헤어졌다.

"잘하는 짓이다."

이튿날, 기사단을 찾은 모아나가 혀를 차며 말했다. 로렌은 시무룩한 표정을 짓고 그녀의 자리에 앉아 있었다.

전날, 바로 여기에 세이레나가 앉아 있었다. 친구의 표정을 떠올린 로렌의 표정도 같이 일그러졌다. 모아나는 어이가 없어서 다시 말했다.

"아, 그런 표정 지을 거면 왜 밀어냈어, 왜?"

"하지만 난 단장이고 세이는 왕비님이니까."

정작 세이레나 앞에서는 왕비님이라고만 부른 주제에 모아나 앞에서는 세이란다. 모아나는 로렌의 태도에 혀를 찼다. 그런 표정을 지을 거면 그런 짓을 하지 말던가.

"세이는 어때?"

로렌은 울상을 지으며 물었다.

얼씨구. 모아나는 그러게 왜 그랬냐고 빽 소리치려다 참았다. 로렌도 속상한 표정이었기 때문이다. 모아나는 로렌을 약간 놀려 줄 요량으로 흥 하고 콧방귀를 뀌며 말했다.

"울던데."

"정말?"

그 순간 쾅 하고 엄청난 소리가 나면서 로렌의 이마가 책상 위로 부딪쳤다.

헉! 모아나가 깜짝 놀라서 벌떡 일어나는 순간 밖에서 미카엘이 문을 벌컥 열었다.

"뭐, 뭡니까?"

문을 연 미카엘은 책상에 이마를 박고 있는 로렌을 발견하더니 한숨을 내쉬었다. 어제부터 이 모양이다. 그는 모아나를 향해 눈인사를 하고 물러났다.

어제 왕비님과 무슨 대화를 했는지 모르겠지만 그녀가 간 뒤부터 간헐적으로 저러고 있다.

"로렌."

모아나는 다시 한 번 책상에 이마를 박으려는 로렌을 막으며 말을 이었다.

"후회할 거면 뭐 하러 그랬어."

"후회할 거라는 걸 알아도 할 수밖에 없는 일이 있잖아."

"아니, 난 없는데."

단박에 돌아온 얄미운 대답에 로렌은 다시 머리를 싸맸다. 그녀도 모아나처럼 생각했었다. 후회할 거면 안 하면 되지.

하지만 자리가 바뀌니까 후회할 걸 알면서도 할 수밖에 없는 일이 생긴다. 예를 들면 오랜만에 만난 친구를 밀어내는 일 같은 거.

"애쉬라면 어떻게 했을까?"

로렌의 느닷없는 말에 모아나의 눈이 동그래졌다. 그녀는 눈을 깜빡이다가 쥐어짠 목소리로 말했다.

"국왕 폐하가 세이레나를 밀어낼 거라고 가정한다면 말이지?"

가정부터가 말이 안 된다. 젠장. 로렌은 다시 머리를 싸매고 마찬가지로 쥐어 짜낸 목소리로 말했다.

"그럴 수도 있잖아. 드래곤이 세이를 내놓지 않으면 이 나라를 공격한다고……."

"드래곤을 공격하겠지."

로렌의 말이 끝나기도 전에 모아나의 대답이 튀어나왔다. 젠장. 로렌은 다시 한숨을 내쉬었다.

모아나의 말이 맞다. 애쉬라면 세이레나에게 상처가 될 만한 일은 절대 하지 않을 것이다.

어휴. 모아나는 두 배로 좌절하는 친구를 위로하기 위해 입을 열었다.

"그래도 드래곤이 똑같은 소리를 너한테 한다면 너도 드래곤을 공격할 거 아니야? 안 그래?"

문제는 드래곤은 그럴 생각이 없다는 거다. 그리고 더 나쁜 건.

"지금 이 상황에선 내가 드래곤이라는 거지."

그건 그렇지. 모아나는 고개를 끄덕이려다 퍼뜩 정신을 차리고 말했다.

"그래도 왕이 널 공격하지는 않을 거야."

"정말?"

로렌이 고개를 들었다. 지금 이 상황에선 로렌이 드래곤이다. 그런데 애쉬가 그녀를 공격하지 않는다고?

모아나의 표정 역시 일그러졌다.

"으음."

솔직히 그녀도 모르겠다.

"설령 그런다고 해도 세이레나가 막아 주지 않을까?"

"그게 더 비참하다."

로렌의 말에 두 사람 다 쓰게 웃었다.

그러게.

＊　　＊　　＊

다행히 애쉬는 로렌을 공격하지 않았다. 생각하면 우스운 이야기다. 왕비와 친구 관계를 끊었다는 이유로 왕이 기사단장을 공격한다는 건.

그래도 로렌은 살짝 걱정했었다. 물론 모아나와 이야기한 것처럼 애쉬가 그녀를 드래곤 대하듯 물리칠 거라고 생각한 건 아니다.

애쉬는 그럴 사람이 아니다. 그는 기사단에 있을 때도 그런 쪽으로 철저했다. 하지만 세이레나 한정으로는 좀 다르다. 로렌은 애쉬가 전투 중에 세이레나를 빼 버렸던 것을 떠올렸다.

사실 애쉬가 직위를 이용해서 뭔가를 한 것은 그 정도뿐이다. 세이레나를 전투에서 빼 버리는 것. 그는 누군가 세이레나를 괴롭히거나 공격했다는 이유로 과도한 벌을 준 적도 없다.

로딘 바이트 같은 경우는 당연한 벌이었다.

승급 시험을 망치기 위해 상위 분단인 기사가 하위 분단 기사를 가둔다는 건 기사단에서 쫓겨나기에 충분한 사유니까.

젠장. 다시 세이레나의 얼굴이 로렌의 머릿속에 떠올랐다. 그녀는 세이레나가 상처받는 표정을 짓는 것도, 그걸 숨기려 노력하는 것도 처음 봤다.

그게 거대한 말뚝이 되어 로렌의 양심에 콱콱 박히고 있었다.

"웬 한숨이야?"

로렌을 위해 술을 가지러 갔던 데니스가 술잔을 들고 돌아와서 물었다. 그녀는 데니스의 손에서 더 독해 보이는 술을 빼앗으며 말했다.

"이러려고 기사단장 됐나 자괴감 들어서."

뭔 소리야? 어리둥절해 하던 데니스는 곧 그녀가 무슨 말을 하는지 알아차렸다. 그는 씩 웃으며 말했다.

"그러게 안 어울리게 왜 애쉬 짓을 하고 그래?"

"너 지금 국왕 폐하 이름을 욕으로 썼냐?"

그것도 근위대장이? 어이없다는 표정을 짓는 로렌에게 데니스가 말했다.

"받아들이는 사람에 따라 칭찬도 될 수 있지. 그러게 근위대장 자리를 받아들이지 그랬어. 이쪽이 일이 더 적은데."

아무래도 규모가 작다 보니 기사단장보다 근위대장 쪽 일이 더 여유가 있다. 물론 지켜야 할 대상인 왕이 소드 마스터라는 점도 한몫할 것이다.

로렌은 데니스의 말에 다시 한숨을 내쉬었다. 그러게. 기사단장 자리가 이렇게 바쁜 줄은 몰랐다. 애쉬와 데니스가 옆에서 하는 걸 봐서 어느 정도 안다고 생각했는데 빙산의 일각이었다.

게다가 근위대로 갔다면 세이레나와 친하게 지내도 됐을 거다.

"젠장."

로렌은 술을 홀짝 마셔 버리고 투덜거렸다.

"나도 세이랑 차 마시고 싶어."

"응?"

"세이랑 말 타고 왕궁 산책하고 싶어. 세이랑 맛있는 거 먹고 싶어. 세이랑 드레스 가봉하고 싶어."

"너 설마 방금 그걸로 취했냐?"

그럴 리가 없을 텐데? 데니스는 자신이 술을 가져온 곳으로 시선을 돌렸다.

쿨린 백작이 백작 위를 받은 것을 축하하기 위해 연 파티다. 준비된 술은 물론 음식도 모두 훌륭한 것들이었다.

한 잔으로 취할 만큼 독한 술은 있지도 않거니와 로렌이 고작 술 한 잔으로 취할 리도 없다.

"세이 보고 싶다."

어째 아련한 눈으로 중얼거리는 로렌을 보며 데니스는 혀를 찼다.

"그러게 근위대장 자리를 받아들이지 그랬냐니까."

세이레나와 함께하고 싶다면 기사단장이 아니라 근위대장이 되는 게 맞았을 거다. 하지만 로렌은 고개를 저었다. 근위대장 쪽이 기사단장보다 더 여유롭다는 것도 안다.

"난 기사단에 오래 있을 거거든."

"그런데?"

"기사단장으로 있으면 기사로 더 오래 있을 수 있잖아."

"오래 있는 거로 따지면 근위대장도 마찬가지 아니야?"

"기사랑 근위랑은 다르지."

뭐가 다른데? 데니스가 어리둥절한 표정으로 말했지만 로렌은 복잡한 표정을 지었다. 그녀도 정확하게 설명하기가 어려웠기 때문이다.

"음. 지금까지 기사단에서 여기사는 오래 근무하는 경우가 별로 없잖아?"

"그건 어쩔 수 없는 거잖아?"

여기사들은 결혼을 하면 기사단을 그만두곤 했다. 상위 분단에 있는 여기사는 한 손으로 꼽을 정도고, 하위 분단의 봉급은 얼마 되지 않는다.

차라리 그만두고 아이를 키우며 집안일을 살피는 게 낫기 때문이라고는 하지만 사실 더 큰 이유는 분위기 때문이다. 결혼하고도, 나이를 먹고도 기사단에 남는 여기사는 거의 없다.

결혼을 하면 자연스럽게 그만두는 분위기로 이어졌고 결혼하지 않아도 나이를 먹으면 그만두었다.

"그게 싫거든."

로렌은 그게 싫었다. 하위 분단의 봉급이 얼마 되지 않기 때문에 그만둔다고 한다면 여기사보다 남기사의 퇴직이 더 많아야 할 것이다. 하지만 많은 남기사들이 결혼 후에도 기사단에 머물렀다.

기사단의 상위 분단은 봉급이 꽤 된다. 게다가 명예롭기도 하다. 어지간히 바쁘지 않다면 기사단에 머물러 있는 게 낫다.

그렇기 때문에 한 집안의 가주임에도 상위 분단에 머물러서 두 가지 일을 하는 사람은 많았다.

기사단장이며 그레이윈드 공작이기도 했던 애쉬가 그 대표적이다. 그런 분위기는 자연스럽게 하위 분단까지 이어졌다. 하위 분단은 봉급이 많지도, 명예로운 자리도 아니지만 소속을 부여해 준다.

"분위기라는 게 참 무섭지."

로렌은 씁쓸하게 말했다. 상위 분단의 남기사들이 오래 머문다는 것만으로도 하위 분단의 남기사들도 오래 머문다.

그래서다. 로렌은 지나가는 하인의 쟁반에서 술잔을 들어 올리며 말했다.

"기사단에 여기사도 오래 남는다는 선례를 남기고 싶어서."

특히나 여기사의 비율이 더 높아진 지금의 기사단이라면 더더욱 그런 선례를 남기고 싶다. 로렌의 목표는 그거였다.

그녀의 말에 데니스는 머리를 쓸었다. 그게 로렌의 목표라면 그녀는 기사단에 남을 수밖에 없다.

"그래서 왕비님과 절교했어?"

공격은 예상하지 못한 곳에서 들어왔다. 갑자기 훅 들어온 공격에 로렌은 사레가 들려 기침을 하기 시작했다.

이런, 이런. 데니스는 콜록거리는 로렌의 팔꿈치를 잡고 슬쩍 사람들이 적은 곳으로 이동했다. 그곳도 몇몇 사람들이 모여 이야기를 하고 있었지만 방금 전 두 사람이 있던 곳보다는 나았다.

"누가 그래? 어떤 놈이 그래?"

기침이 멈춘 로렌이 데니스를 한 대 때릴 것처럼 덤벼들며 물었다.

워워. 데니스는 손바닥을 펼쳐 보이며 성난 짐승을 달래듯 말했다.

"왕비님이."

"세이가? 왜?"

"어라? 그걸 원한 거 아니었어?"

왕비님과 절교하길 원한 거 아니었냐는 말에 로렌의 기세가 확 꺾였다.

"절교…… 까진 아니었어."

"더 이상 친하게 지내지 않는 게 좋다고 했다며."

그렇게 말하긴 했다. 로렌은 신음을 내뱉으며 두 손에 얼굴을 묻었다. 어이구. 데니스는 한심하다는 듯 혀를 차며 물었다.

"아니었어?"

"……맞아."

"네가 절교하자고 한 거잖아."

"그랬지."

"네가 왕비님을 야멸차게 내쫓았지."

"내쫓진 않았거든?"

그게 그거지. 데니스는 팔짱을 낀 채 벽에 기댔다. 그의 삐딱한 태도에 로렌은 한숨을 내쉬며 허리에 손을 얹었다.

"세이는 어때?"

"어떻긴 뭘 어때. 평소랑 똑같지."

"그건 다행이네."

세이레나가 그녀 때문에 상심하지 않아서 다행이다. 안도의 한숨을 내쉬는 로렌에게 데니스가 덧붙였다.

"아침에 눈이 퉁퉁 부어서 나오긴 했지만."

"야."

덕분에 로렌의 양심은 조각조각 나 버렸다. 데니스는 한숨을 내쉬며 말했다.

"뭐, 사람마다 중요하게 여기는 게 다르니까."

그런 면에서는 로렌이 부럽기도 했다. 데니스는 그녀처럼 어떤 목표가 있어서 근위대장이 된 게 아니다. 검에 재능이 있었고 그래서 기사단에 들어갔다. 일 분단 소속이 되고, 소드 마스터가 되었다.

그렇기 때문에 애쉬가 로렌 다음으로 근위대장직을 제안했을 때 받아들인 거다.

"나도 모르겠다."

로렌은 한숨을 내쉬며 말했다. 이게 정말 옳은 건지 모르겠다. 세이레나는 그녀에게도 소중한 친구다. 그녀가 왕비가 됐고 자신이 기사단장이 됐다고 해서 친구와 멀어지는 게 과연 옳은 일일까.

여러 가지 생각으로 머리가 복잡했다.

잠시 두 사람 사이에 말이 사라졌다. 데니스는 체념으로, 로렌은 복잡해서.

그때 두 사람에게서 그리 멀리 떨어지지 않은 그룹이 이야기하는 소리가 들려왔다.

"작위도 이 집 딸이 왕비님과 친해서 받은 거라면서요?"

이건 또 무슨 소리야? 엉뚱한 이야기에 로렌과 데니스의 시선이 목소리의 주인공을 향했다.

몸집이 작은 남자였다. 대여섯 명 정도의 사람들 사이에 끼어 있는 바람에 로렌과 데니스가 그를 발견하는 건 시간이 조금 걸렸다.

"어머, 그래요?"

어느 부인의 말에 남자가 신이 나서 대답했다.

"척이면 척이죠. 쿨린 양이 기사단에 있을 때부터 왕비님과 찰싹 붙어 다녔잖아요."

그제야 남자를 발견한 로렌과 데니스의 표정이 굳었다. 로렌은 허 하고 신음을 내뱉었고 데니스는 허리에 손을 얹었다.

남자의 맞은편에 있던 사람들도 비슷한 시기에 데니스와 로렌을 발견했다. 하지만 남자는 아니었다. 그는 두 사람에게 등을 돌리고 있어서 두 사람의 존재를 깨닫지 못하고 있었다.

분명 얄미운 표정으로 헛소리를 지껄이고 있겠지.

로렌은 그렇게 생각하며 팔짱을 꼈다. 로렌과 데니스를 발견한 사람들이 서둘러 상황을 수습하려 하기 시작했다.

"그렇다고 해도 단승 작위도 아니고 백작 위잖아요? 아무리 친구라고 해도 막 내려 줄 리가요."

"물론 친구라도 막 내려 줄 리는 없죠. 친구 잘 둔 덕에 싸게 백작이 된 거죠, 뭐."

불에 기름을 끼얹은 꼴이 되었다. 남자의 앞에 있던 사람들은 그 말을 듣고 주춤주춤 물러나더니 슬쩍 흩어지기 시작했다.

뭐지? 갑자기 이야기하던 사람들이 일이 있다며 흩어지자 남자는 당황해서 눈을 깜빡였다. 그때 그의 양옆에 데니스와 로렌이 불쑥 들어왔다.

"이야, 대단하네."

데니스가 남자의 오른쪽 어깨에 팔꿈치를 대며 진심으로 놀랍다는 듯 말했다. 이어서 로렌이 남자의 왼쪽 어깨를 꽉 잡으며 말했다.

"그러게. 파티에 와서 주인공 욕을 하는 바보가 진짜 있는 줄은 몰랐는데 말이지."

둘 다 남자보다 키가 컸다. 심지어 데니스는 어지간한 남자보다 크다. 훤칠한 키와 기사답게 단련된 체격 때문에 왜소한 남자의 몸은 순식간에 로렌과 데니스 사이에 끼어 버렸다.

"어? 어?"

남자는 갑자기 나타난 로렌과 데니스를 보고 눈을 크게 떴다. 천천히 로렌이 잡은 왼쪽 어깨가 아파 오기 시작했다. 그는 로렌이 표정 변화도 없이 손에 힘을 주고 있음을 깨달았다.

"자, 잠깐만요."

"잠깐만이고 자시고."

로렌은 그렇게 말하며 남자의 어깨를 잡은 채 몸을 돌렸다.

데니스 역시 로렌과 같은 방향으로 몸을 돌리자 남자의 몸도 같이 돌아갔다.

두 사람은 남자를 사이에 끼운 채 빠르게 홀을 가로질러 출입문으로 향했다. 남자는 로렌과 데니스 사이에서 발이 질질 끌리다가 종래에는 거의 허공에 뜬 채 꼼짝달싹 못 하고 이동했다.

로렌과 데니스 사이에서 연행되듯 끌려 나가는 남자를 보고 사람들이 수군거리기 시작했다.

"로렌? 발자크 경?"

두 사람이 남자를 저택 밖으로 끌고 나가는 것을 본 모아나가 무슨 일인가 하고 쫓아 왔다. 그녀는 로렌과 데니스 사이에 낀 남자의 얼굴을 보더니 그에게 물었다.

"와그너 경?"

무슨 일이냐는 질문에 와그너 경의 얼굴이 새빨갛게 달아올랐다. 데니스가 그것을 보고 빈정거렸다.

"아까는 잘도 말하던데."

무슨 일인지 알겠다. 모아나는 이마를 짚었고 로렌은 데니스의 말을 받아쳤다.

"그러게. 쿨린 양과 쿨린 백작님 들으라고 떠든 거 아니었어? 당사자가 왔으니 어디 여기서 떠들어 보지그래?"

"그게, 그건, 그러니까……."

와그너 경의 얼굴이 이제는 새하얗게 질렸다. 그는 모아나를 보지도, 그렇다고 로렌과 데니스를 보지도 못하고 고개를 푹 숙였다.

이해할 수가 없다. 로렌은 그런 그를 보며 냉정하게 생각했다. 쿨린 백작이 백작 위를 받은 것을 축하하는 파티에 와서 쿨린 백작과 그 딸을 모욕하는 이야기를 했다.

들으라고 한 말이 아니었나? 로렌과 데니스가 아니더라도 모아나와 쿨린 백작과 친한 사람이라면 누구라도 들을 수 있는 상황이었다.

"와그너 경, 할 말이 있으면 저와 아버지 앞에서 하세요."

모아나는 그렇게 말하고 로렌에게 그만 놔주라고 말했다.

정말? 로렌과 데니스는 못마땅한 표정을 지었지만 모아나가 부탁한 대로 와그너 경을 놓아주었다. 물론 순순히 놓아준 건 아니다.

데니스가 팔꿈치를 떼자 로렌이 그를 밀었다. 비틀거리던 와그너 경이 바닥에 철썩 주저앉자 로렌이 말했다.

"실례. 이 정도 배짱은 있을 줄 알았지."

다른 의미로 와그너의 얼굴이 새빨갛게 달아올랐다. 어휴. 다시 머리를 짚으며 모아나는 몸을 돌렸다. 이제 됐다. 그녀는 와그너 경에게 더 이상 눈길도 주지 않고 안으로 들어가 버렸다.

오히려 놀란 건 데니스와 로렌이었다. 두 사람은 들어가는 모아나를 쫓으며 물었다.

"그냥 보내?"

"그럼?"

"혼쭐을 내준다거나."

"어허, 로렌. 너 기사단장이야."

모아나의 말에 로렌의 눈동자가 데굴 굴렀다. 그러자 데니스가 말했다.

"그럼 제가 할까요?"

모아나의 얼굴에 미소가 떠올랐다. 그녀는 재미있다는 듯이 말했다.

"근위대장이 말이죠?"

데니스의 얼굴에도 미소가 떠올랐다. 그는 허리에 손을 얹으며 말했다.

"국왕 폐하의 이름으로 저런 놈들을 전부 혼쭐을 내드릴 수 있는데요."

얼씨구. 로렌은 데니스의 말에 결국 팔꿈치를 휘둘렀다. 그녀의 팔꿈치가 그의 옆구리에 꽂히자 억 하는 소리와 함께 데니스의 몸이 휙 꺾였다.

모아나는 그런 데니스를 보고 킬킬거리며 로렌과 안쪽으로 걸어갔다.

"재미있는 사람이라니까."

"재미가 다 얼어 죽었냐?"

어휴. 데니스가 한심하다는 로렌과 달리 모아나는 꽤 재미있었다. 그녀는 옆구리를 문지르며 따라오는 데니스를 돌아보고 있었다.

어쩐지 모아나와 세이레나가 친구인 이유를 알 것 같다. 로렌은 한숨을 내쉬고 나직하게 물었다.

"진짜 그냥 보내도 되겠어?"

"응? 누굴?"

누구긴 누구야. 로렌이 눈동자를 한 바퀴 굴리자 모아나는 곧 그녀가 와그너 경을 말한다는 것을 깨달았다. 모아나의 얼굴에 미소가 떠올랐다.

"그냥 안 보내면? 너랑 발자크 경이 혼내 줄 수도 없잖아."

"굳이 나랑 데니스가 손댈 필요는 없지."

누군가를 혼내 주는 데는 여러 가지 방법이 있다. 뒷골목 길드가 괜히 성행하는 게 아니다. 모아나는 로렌의 말이 눈을 동그랗게 떴다가 웃음을 터트렸다.

"너한테 그런 말을 들을 줄은 몰랐는데."

데니스라면 모를까 로렌이 이런 말을 할 줄은 몰랐다. 모아나는 뒷 목을 주무르며 천장을 쳐다봤다. 제일 먼저 화려한 샹들리에가 눈에 들어왔다.

이 집을 꾸밀 때 그녀의 아버지가 가장 화려한 조명을 달자고 해서 골랐던 거다. 몇 달 전 일어난 지진에 부품 몇 개가 망가지는 바람에 수리했지만 아직도 새것처럼 깨끗하다.

"생각 안 해 본 건 아니야."

"그래?"

"음. 난 세이레나가 아니니까."

모아나의 말에 두 사람은 피식 웃었다. 그녀들의 친구, 이 나라의 왕비인 세이레나라면 그럴 수 없다고 잘랐을 것이다.

"세이라면 그럴 수 없다고 하겠지."

상대가 자신에게 못되게 굴었다고 해서 용병을 고용해서 복수하는 건 옳지 않다고 할 것이다.

"걘 쓸데없이 착해."

"쓸데없단 말은 좀 심하다."

로렌의 핀잔에 모아나는 어깨를 으쓱하며 말했다.

"기억 안 나? 걔가 자기 사촌한테 어떻게 했는지?"

"수도원으로 들어갔다며?"

아드리아나는 수도원에 들어갔다. 그 후로 그녀의 이야기를 들은 사람은 없다. 수도원장이 세이레나에게는 가끔 수도원에서 그녀가 어떻게 사는지 보고를 하긴 하겠지만 세이레나도 그다지 관심 있어 보이지는 않았다.

"그걸로 끝이었잖아. 나였다면 끌어내서 맨몸으로 나라 밖으로 내쫓았을 거야."

"뭐, 그건 나도 그래."

"답답한 건지, 착한 건지."

둘 다겠지. 로렌은 고개를 절레절레 흔들었다. 두 사람은 파티장 한가운데에 들어서 있었다. 그 뒤로 데니스가 따라오다가 여자들에게 잡히는 소리가 들렸다.

"어머, 발자크 경. 한 곡 춰요."

"오랜만입니다, 드닌 양. 영광이죠."

그것을 들은 로렌이 콧방귀를 뀌며 말했다.

"쟤처럼 너무 영악하게 구는 것도 별로지만."

"글쎄."

모아나는 지나가는 하인의 쟁반에서 잔 두 개를 집어 들며 입을 열었다. 사람들이 적은 곳까지 걸어간 그녀는 로렌에게 잔을 건네며 말을 이었다.

"뭐가 영악하고, 뭐가 멍청한 짓인지는 아직 모르는 거지."

"무슨 소리야?"

"세이레나 말이야. 걔 선택이 오히려 현명한 것일 수 있어."

말도 안 된다. 로렌은 그렇게 말하려 했다. 하지만 그보다 먼저 모아나가 손가락을 들어 올렸다.

"아까 물어봤잖아? 왜 내가 그런 녀석들을 그냥 두는지."

"응."

"끝이 없거든."

모아나는 그렇게 말하고 한숨을 내쉬었다. 쿨린 자작의 딸일 때는 괜찮았다. 자작 위는 단승 작위고 영지가 있는 것도 아니니까.

모아나는 상당한 미인이고 기사였으며 쿨린가는 엄청난 부자지만 그 정도였다. 하급 귀족. 누군가 그녀와 아버지의 욕을 하고 다녀도 그리 많지 않은 수였고 모아나가 혼을 내줘도 쿨린 자작은 뭐라고 하지 않았다.

하지만 지금은 다르다. 쿨린 백작 영애가 되었다. 보는 눈이 많아졌고 그녀와 그녀의 아버지를 욕하고 다니는 수가 더 늘어났다.

"너도 들어서 알 거 아니야. 그런 사람들이 하는 이야기, 별거 아닌 수준인 거."

모아나의 말에 로렌의 얼굴이 일그러졌다. 타인이라면 그렇게 생각할 수도 있을 것이다. 쿨린 백작이 백작 위를 받은 것이 딸인 모아나가 왕비와 친하기 때문이라는 그럴듯하면서도 말도 안 되는 헛소리.

하지만 모아나를 알고 세이레나를 아는 로렌은 기분이 나빴다.

"별거 아닌 게 아니지."

"별거야. 다른 사람들한테는. 그리고 내가 그 정도 헛소리에 일일이 반응하면 오히려 역효과가 날걸?"

"역효과?"

"찔리니까 저러는 거다. 왕비의 총애를 등에 업고 날뛴다. 이런 이야기를 하겠지."

"허."

로렌의 미간에 주름이 생겼다. 그것을 본 모아나는 어깨를 으쓱해 보이며 다시 말했다.

"그러니까 저 정도는 그냥 두는 거야. 어떻게 보면 뭐, 영 틀린 말도 아니고."

"모아나 쿨린!"

말도 안 되는 소리에 로렌이 고함쳤다. 사람들의 시선이 모여들었지만 모아나와 로렌은 둘 다 신경 쓰지 않았다.

모아나는 빙그레 웃었다. 친구가 그녀에게 신경 쓴다는 게 기분 좋았다. 그걸 싫어할 사람이 어디 있겠느냐마는.

"운이 좋았다고 생각해. 돈도 도움이 됐고."

그녀는 그렇게 말하며 로렌과 팔짱을 꼈다.

왕궁이 무너지고, 많은 귀족들이 왕궁을 재건축하는데 돈을 보태겠다고 나섰다. 하지만 애쉬와 세이레나는 모아나의 아버지를 선택했다.

이유는 간단했다. 다른 귀족들은 도움을 받으면 어떻게 보답을 받으려 할지 몰랐기 때문이다.

돈을 빌려준다면, 담보로 뭘 받으려 할지 알 수 없다. 그냥 준다고 해도 어떤 대가를 바랄지 알 수 없다.

돈을 줬다고 해서 돈으로 갚을 수 있다고 생각하는 건 안일한 생각이다.

그렇군. 거기까지 들은 로렌은 어째서 애쉬와 세이레나가 쿨린 자작을 선택했는지 깨달았다. 그녀는 미안한 표정으로 말했다.

"난 솔직히 세이와 애쉬가 네 아버지에게 작위를 주려고 네 아버지의 돈을 받았다고 생각했어."

"그거 맞아."

모아나는 상큼하게 말했다. 로렌이 생각한 게 맞다. 서로 이해가 맞았기 때문이다.

애쉬와 세이레나는 귀족들이 내미는 돈을 아무거나 함부로 받을 수 없었다. 돈을 주는 대신 두 사람이 줄 수 있는 것을 바라야 한다. 그리고 그게 나라와 두 사람에게 아무 피해가 없는 것이어야 했다.

"아버지는 작위를 바랐고, 폐하는 남는 영지가 있었지."

바이트 백작의 실각으로 상당한 영지가 국왕의 소유로 돌아왔다. 바이트 백작뿐만이 아니다. 애쉬를 죽이는데 가담했던 기사들의 집안 역시 그랬다.

그리고 쿨린 백작은 작위를 바랐다. 자작이라는 단승 작위가 아니라 가문 대대로 물려줄 수 있는 작위와 영지. 그가 평생 동안 손에 넣고 싶어 하던 것.

단순히 모아나가 세이레나의 친구여서가 아니었다. 설령 모아나가 세이레나의 친구가 아니었다고 해도 애쉬와 세이레나는 쿨린 백작의 돈을 받았을 것이다.

"그렇구나."

로렌은 약간 깨달은 듯한 표정을 지었다.

모아나가 무슨 말을 하는지 알겠다. 쿨린 백작이 백작 위를 받게 된 데에는 모아나가 세이레나의 친구라는 덕을 보긴 했다.

쿨린 백작이 거금을 기부하는 대신 오직 영지가 딸린 작위를 원한다는 것이 무엇보다 컸다. 모아나가 아버지와 국왕 부부의 사이를 조율했고 세이레나와 애쉬는 쿨린 백작의 돈을 선택했다.

"이제 네 차례야."

모아나는 잔을 입술에 가져가며 말했다. 멍하니 그녀를 쳐다보면 로렌이 깜짝 놀라서 물었다.

"뭐, 뭐가?"

"너, 세이레나와 절교했잖아."

"아니, 절교까지는 아닌데."

"세이레나와 친구 사이를 그만두고 왕비와 기사단장 관계만 맺기로 한 거 아니었어?"

"그건, 그렇지……."

그게 절교지 뭐. 모아나는 그렇게 중얼거리며 말을 이었다.

"네 앞에서 누군가 세이레나의 욕을 한다면, 그냥 넘길 수 있어?"

로렌의 눈이 커졌다. 누가 그녀의 앞에서 세이레나의 욕을 한다고? 지금까지는 상상도 해 본 적 없는 일이다.

누가 감히 로렌 앞에서 그녀의 친구 욕을 할 수 있을까.

하지만 곧 로렌은 그게 가능성이 없는 이야기는 아니라는 것을 깨달았다.

"넌 더 이상 세이레나와 친구가 아니고 왕비와 기사단장일 뿐이잖아. 그리고 라고말리 기사단이 왕과 거리를 유지하기를 바라고."

그러기 위해서 세이레나와 절교했다. 세이레나의 친구이기보다 라고말리 기사단의 단장이기를 선택했다.

로렌의 얼굴이 어두워졌다. 그녀가 선택한 것이지만 타인의 입으로 들으니 잔인하게 느껴졌다.

"지금이야 사람들이 네 앞에서 눈치를 보겠지. 하지만 점점 사람들도 너와 세이레나가 더 이상 친구가 아니라는 것을 알게 될 거 아니야?"

그렇다면 왕비와 친했던 기사단장이 어째서 왕비와 절교했는가에 대한 수많은 루머들이 만들어질 거다. 그리고 사람들은 로렌이 기사단이 국왕 부부와 거리를 유지하기 위해서 그랬다고 생각하기보다는 세이레나와 로렌의 사이가 틀어졌다고 생각할 거다.

두 사람이 아주 심하게 다퉜다고 생각할 거라는 말이다.

"네 앞에서 세이레나의 욕을 하겠지."

모아나는 로렌의 표정을 힐끔 보고 말을 이었다.

"거기에 대고 지금처럼 화내지 않을 수 있어?"

젠장. 로렌은 자신의 노력이 쓸모없었다는 것을 깨달았다.

그녀의 앞에서 누군가 세이레나의 욕을 한다면 로렌은 절대 참지 못할 거다. 당장 그 자식의 턱을 주먹으로 갈기겠지.

결국, 다시 사람들은 기사단장과 왕비가 친하다고 이야기할 거다. 쉽게 상상되는 미래에 로렌은 얼굴을 문질렀다.

"나, 멍청한 짓을 한 걸까?"

"글쎄."

모아나는 다 마신 잔을 지나가는 하인의 쟁반에 얹으며 말했다. 멍청한 짓인지 아닌지는 모르는 거다. 어떤 사람은 왕비와 절교한 로렌의 행동을 현명하다고 할 거고, 어떤 사람은 멍청하다고 할 거다.

결국, 어느 게 맞는지는 미래가 알려 주겠지.

"넌 네가 생각했을 때 옳다고 생각한 행동을 한 거잖아. 네 입장과 네 생각이니까. 네가 아닌 누구도 네 행동을 멍청하다고 할 수는 없지."

"난 내가 멍청하게 느껴지는데."

"그럼 멍청한 거고."

역시 모아나 쿨린. 가차 없다. 드닌 영애와 춤을 추고 다가온 데니스는 그렇게 생각했다. 하지만 곧이어 모아나가 덧붙였다.

"하지만 너만 그렇게 생각하지 않으면 되는 거 알지?"

데니스의 눈이 커졌다. 로렌은 머리를 쓸어 넘기며 인상을 썼다. 그렇게 쉬웠으면 좋겠다.

그때 데니스가 물었다.

"그런데, 왜 왕비님과 친하게 지내면 안 돼?"

"왜냐니?"

로렌은 무슨 소리냐는 듯 데니스를 쳐다봤다. 모아나는 지나가는 하인의 쟁반에서 간단한 음식을 집어 들었다. 얇은 비스킷 위에 쨈과 과일, 견과류를 솜씨 좋게 쌓아 올렸다.

데니스 역시 지나가는 하인의 쟁반에서 술잔을 집어 들었다. 로렌은 그런 그를 쳐다보며 말했다.

"기사단은 왕의 명령을 듣는 게 아니잖아. 자체적으로 움직이는 기관이고, 내가 세이와 친하면 우리 행동에 사람들이 왕의 입김이 들어가지 않았다고 믿기 어려우니까."

"어, 그건 그렇긴 한데."

데니스는 턱을 쓸었다. 로렌의 말이 맞다. 역대 기사단장들이 가장 주의한 건 그 점이었다.

기사단이 귀족이나 국왕의 손에 떨어지지 않도록 주의하는 것.

하지만 기사단의 임무는 본질적으로 타인머스를 적으로부터 지키는 거다. 첫 번째로는 외부의 적으로부터. 두 번째는 내부의 적으로부터.

그 내부의 적에는 귀족뿐 아니라 국왕도 포함된다.

"국왕이 적이 아니라면, 굳이 멀리할 필요가 있나?"

"그건 모르는 거지."

"애쉬가 기사단을 자기 마음대로 움직이려고 할 사람이야?"

애쉬는 그럴 사람이 아니다. 로렌은 윽 하고 입을 다물었다. 하지만 이번에는 모아나가 끼어들었다.

"뭐, 지금은 아니지만요. 몇 년 후에도 그럴지는 아무도 모르는 거니까요."

"잠깐, 쿨린 경. 대체 누구 편을 드는 겁니까?"

데니스의 어이없다는 질문에 모아나는 어깨를 으쓱해 보였다.

"전 저의 편인데요. 폐하는 당장 그럴 리 없지만, 나중에 어떻게 변할지는 아무도 모르는 거니까요."

"그럴 리가요."

데니스의 초록색 눈동자가 장난스럽게 반짝였다. 그는 당당하게 말했다.

"애쉬는 변할 리 없어요."

"지금은 그렇겠죠. 하지만 사람 일은 모르는 거잖아요? 설령 폐하가 변하지 않는다 해도 발자크 경이 변할 수도 있는 거고요."

데니스의 눈이 커졌다. 그는 애쉬는 절대 변하지 않을 거라고 맹세할 수 있다. 그가 알아 온 애쉬는 그런 사람이니까.

하지만 자신도 변하지 않을 거라고는 말할 수 없다.

그는 한숨을 내쉬며 머리를 쓸어 넘겼다. 모아나 쿨린. 처음에는 세이레나와 함께 놀기 좋아하는 가벼운 귀족 영애라고 생각했다.

그 후에는 약간 영악한 영애라고 생각했고.

모아나는 움찔하고 말을 잃은 데니스를 보고 다시 로렌에게 고개를 돌렸다.

"네 생각대로 해. 지금 기사단장은 너고, 네 인생이니까. 폐하는 기사단장일 때 왕과 거리를 둘 수밖에 없었잖아. 하지만 넌 아니지."

애쉬는 왕의 조카였고 왕위 계승권을 가지고 있었다. 그는 더 조심스러울 수밖에 없는 상황이었다는 말이다.

애쉬가 조금이라도 잘못하면 사람들은 그와 국왕과의 연결을 의심할 것이 분명했다.

그런 의미로 차라리 국왕이 애쉬를 경계하는 게 그의 기사단장 생활에 더 도움을 줬다고 할 수 있다.

하지만 로렌은 애쉬가 아니다. 입장도, 상황도 다르다.

으음. 로렌은 다시 머리를 쓸어 넘겼다. 그녀는 모아나의 말을 듣고 나서야 그녀의 상황과 애쉬의 상황이 다르다는 것을 깨달았다.

애쉬가 기사단장일 때는 왕이 있었고 왕자가 둘이나 있었다. 하지만 로렌이 기사단장인 지금은 왕뿐이다. 애쉬와는 다른 기사단장이 되어야 할지도 모른다. 왕과 거리를 두는 게 아니라 적극적으로 왕을 지키는 기사단장.

적어도 애쉬와 세이레나 사이에서 후사가 태어날 때까지는 그래야 할지도 모른다. 로렌은 그렇게 생각했다.

그리고 그녀는 그때까지도 모아나가 말한 "상황이 다르다"는 말의 의미를 제대로 알지 못하고 있었다.

*   *   *

"우리 애는 피해자인데 왜 정직(停職)인 겁니까?"
남자의 말에 로렌의 얼굴이 일그러졌다.

그녀의 앞에 앉은 남자는 얼굴을 새빨갛게 물들이고 있었다. 그 옆에 앉은 열다섯 살의 소년 역시 부루퉁한 표정을 짓고 있었다. 로렌은 허 하고 한숨을 내쉬며 의자에 등을 기댔다.

쿨린 백작의 축하 파티가 끝나고 며칠이 지났다. 로렌은 세이레나에게 사과할 준비를 하고 있었다. 모아나와 대화해 보니 그녀가 너무 엄격했다는 생각이 들었기 때문이다.

애쉬가 단장일 때와 지금은 다르다. 애쉬는 두 왕자의 왕위 다툼에 엮이지 않으려 노력했고 왕에게 이용당하지 않으려 했다.

하지만 지금은 다르다. 왕은 아직 후사가 없고 왕을 지키기 위해 근위대가 있기는 하지만 나라를 지키기 위해서는 기사단도 왕의 안전을 지켜야 한다.

그녀가 잘못 생각했다. 뼈아픈 후회가 로렌의 뒤통수를 거칠게 때리고 지나갔다.

그리고 그즈음에 페이지들의 싸움이 크게 일어났다.

"테리 경. 경의 아들이 상대방의 다리를 부러트린 건 아십니까?"

로렌은 심호흡을 하고 말했다. 먼저 싸움을 건 건 글로버 백작의 아들, 퍼시 글로버였다. 무엇 때문에 싸웠는지는 모른다. 두 소년 다 입을 다물고 말하지 않았으니까.

그래서 로렌은 분명 바보 같은 이유일 거라고 생각했다. 십 대 소년들이란 그런 법이다. 세상에서 가장 멍청하고 바보 같은 이유로 싸움을 벌인다.

하지만 그 싸움이 부상이 되면서 일이 커졌다. 퍼시가 먼저 때리기는 했지만 몸집은 테리 경의 아들인 콜린 테리가 더 컸다.

콜린은 퍼시를 힘껏 밀고 그대로 그의 몸 위로 자신의 몸을 던졌다.

"글로버 백작의 아들이 먼저 우리 아이를 괴롭혔다고 하던데요! 우리 애는 자기 자신을 보호하려 한 것뿐입니다!"

테리 경의 목소리가 높아졌다. 로렌은 지끈거리는 이마를 손가락으로 꾹 눌렀다. 애쉬는 대체 이런 걸 어떻게 참은 걸까.

그녀는 지금 당장 입 닥치고 꺼지라고 소리치고 싶은 마음을 꾹 눌러 참았다. 얼마나 참았냐면 이마를 짚은 손이 부들부들 떨릴 정도였다.

"자기 보호라고 해도 상대방의 다리를 부러트리는 건 너무 과하다는 생각 안 드십니까?"

로렌의 말에 테리 경의 얼굴이 새빨갛게 달아올랐다.

벌만 두고 말하자면 로렌은 공정하게 처리했다. 그녀는 비록 퍼시의 다리가 부러졌긴 했지만 그가 먼저 콜린을 때렸으니 잘못했다고 봤고, 마찬가지로 자기 보호라고 해도 상대방의 다리를 부러트린 콜린의 태도가 도를 넘었다고 봤다.

그래서 그녀는 두 소년 다 정직을 시킨 거다. 둘 다 보름. 보름간은 기사단에 올 수 없다.

일반 기사라면 보름간의 정직이 불명예스럽기만 했을 것이다. 하지만 페이지에게 보름간의 정직은 다른 페이지들이 받을 보름간의 훈련을 받지 못한다는 말이다.

하지만 테리 경은 공정하다고 생각하지 않았다. 그는 자신의 아들이 당연한 일을 했다고 생각했고 로렌의 벌이 편파적이라고 생각했다.

테리 경은 주먹을 쥐며 말했다.

"지금 가해자 편을 드는 겁니까? 저쪽이 백작이라 백작 편을 드는 거죠? 그렇죠?"

미치겠네. 로렌은 두 손에 얼굴을 묻었다. 그녀는 그대로 중얼거리듯 말했다.

"백작 편을 들면 글로버 경의 아들도 정직을 받았겠습니까?"

퍼시가 콜린을 때렸고 콜린이 맞받아쳐 싸웠다. 시작은 퍼시가 했지만 콜린이라고 당하기만 한 건 아니었다.

그렇기 때문에 로렌은 둘 다 정직시킨 거다. 설마 콜린의 아버지가 쫓아올 줄은 몰랐다.

"글로버 경의 아들은 가해자인데 당연히 벌을 받아야죠!"

결국, 자기 아들이 벌 받은 게 마음에 안 든다는 거다. 로렌은 꾹꾹 눌러 참으며 말했다.

"하지만 콜린이 퍼시의 다리를 부러트렸잖아요?"

로렌의 타당한 지적에 테리 경의 입이 닫혔다. 그는 못마땅하다는 표정으로 로렌을 쳐다보더니 벌떡 일어나며 말했다.

"좋습니다. 필립스 경이 공정하지 않다는 것은 알겠군요."

공정하지 않기는 뭐가 공정하지 않아. 로렌은 한 손으로 얼굴을 문질렀다.

그녀는 최대한 공정하게 처리했다. 마음 같아서는 싸움을 벌인 두 소년 다 엉덩이를 걷어차고 싶었단 말이다. 꾹 참고 공정하게 벌을 내렸더니 쫓아와서 이 지경이다.

테리 경은 콜린의 손을 잡으며 말했다.

"이 일은 폐하께 청원하겠습니다."

로렌의 미간에 주름이 생겼다. 뭘 어쩌고 어째? 그녀의 인내심도 바닥이 났다.

이럴 줄 알았으면 콜린를 정직시키는 게 아니라 아예 기사단에서 쫓아낼 걸 그랬다.

하지만 안타깝게도 로렌에게는 아직 마지막 한 가닥의 이성이 남아 있었고 그녀는 썩 꺼지라고 소리 지르는 대신 벌떡 일어나며 소리쳤다.

"폐하께서 뭐라고 하실지 기대하죠!"

4

소문

그래서 이야기는 세이레나와 애쉬에게까지 흘러들어 왔다. 맙소사. 세이레나는 어이가 없어서 음료수를 마시다 말고 멍하니 이야기를 전한 마일즈 백작을 쳐다봤다.

"고작 아이들 싸움으로 기사단장을 경질하라고?"

애쉬 역시 어이가 없다는 표정이었다. 그의 질문에 마일즈 백작은 한숨을 내쉬며 말했다.

"그렇지 않아도 불만이 조금씩 나오던 차였습니다."

"무슨 불만이요?"

세이레나의 질문에 마일즈 백작이 잠시 머뭇거렸다. 그는 로렌이 세이레나와 애쉬와 친구라는 것을 안다. 국왕 부부 앞에서 친구에 대한 비난을 이야기하는 것이 어려운 것은 당연하다.

그것을 알아차린 세이레나가 재빨리 말했다.

"알아야 우리도 어떻게 할지 생각을 하죠. 알려 주세요."

"바로 전 기사단장이 폐하셨잖습니까?"

애쉬는 왕이 되기 전에도 공작이었다. 왕의 조카였고.

하지만 로렌은 아니다. 그녀는 소드 마스터기는 하지만 '경' 작위를 받았을 뿐이다.

그 부분이 불만이라는 점이다.

"세상에."

세이레나는 생각도 못 한 사실에 입을 딱 벌렸다. 그러니까 사람들은 로렌이 상급 귀족이 아니어서 불만이라는 말이다.

이게 대체 무슨 말도 안 되는 소리람? 어이없어 하는 세이레나에게 마일즈 백작이 조심스럽게 말을 이었다.

"그리고 최초의 여자 기사단장이기도 하니까요."

"여자라서 마음에 안 든다는 말이에요?"

세이레나의 힐난에 마일즈 백작은 반사적으로 허리를 숙였다. 애쉬가 세이레나를 달래기 위해 말했다.

"지금까지는 전부 남자였으니까. 최초의 여자 기사단장은 아무래도 걱정이 된다는 거겠지."

뭐라고? 세이레나의 고개가 휙 하고 애쉬를 향했다. 그녀는 벌떡 일어나며 소리쳤다.

"당신이 최초로 기사단장이 된 왕의 조카였을 때는 이런 소리 없었잖아요?"

끙. 마일즈 백작과 애쉬는 동시에 신음을 내뱉었다.

세이레나의 말이 맞다. 결론적으로 로렌이 만만하다는 소리다. 그녀와 일대일로 만나면 찍소리도 못할 자들이 뒤에서 저렇게 떠들고 다니는 거다.

"기사단장에게 작위를 내리면 어떨까 합니다만."

마일즈 백작은 다시 허리를 세우며 말했다. 그사이 애쉬는 세이레나를 잡아당겨 끌어안고 있었다.

그녀가 로렌이 거리를 둔다며 속상해하던 게 채 한 달이 되지 않았다. 여전히 세이레나에게 로렌은 친구였다.

그녀는 속상한 마음에 입술을 깨물었다. 로렌에게 작위를 내리면 해결이 될까? 당장은 해결이 되는 것처럼 보일 것이다. 하지만 결국 왕의 개입으로 해결이 되는 거고 로렌이 가장 우려하던 일이 벌어진다.

"안 돼요."

세이레나는 못마땅한 표정으로 말했다. 그녀도 로렌이 작위를 받았으면 좋겠다. 하지만 지금, 이런 이유로는 안 된다.

"네?"

당연히 세이레나는 찬성할 거라 생각했던 마일즈 백작은 깜짝 놀라서 그녀를 쳐다봤다.

그는 애쉬가 반대하고 세이레나가 찬성할 거라 생각했다. 그래서 로렌 필립스 경에게 작위를 줄 가능성이 더 높을 거라 판단했다.

왕인 애쉬는 왕비에게 약하기 때문이다. 왕비가 원한다면 반대하던 것도 한 번 더 생각한다.

애쉬는 턱을 쓰다듬으며 말했다.

"난 괜찮을 것 같은데."

어어? 마일즈 백작의 눈이 커졌다. 왕비가 반대했으니 왕도 반대할 줄 알았는데? 애쉬는 마치 그런 그의 마음을 읽은 것처럼 씩 웃으며 말했다.

"하지만 왕비가 싫다니까 그 제안은 거절하지."

"하지만 작위를 내리면 조용해질 문제입니다."

"당장은 그렇겠죠."

세이레나는 여전히 못마땅한 표정으로 찻잔을 들었다.

친구에게 작위를 내리라는 제안을 자신이 거절하게 될 줄은 몰랐다. 하지만 어쩔 수 없다. 그녀는 마일즈 백작을 향해 말했다.

"우리가 개입하면 당장의 문제만 해결될 거예요. 그건 기사단에서 일어난 일이고 우리는 기사단의 일에 손댈 수 없어요. 그러니 그 일은 기사단에서 해결하라고 하세요."

"그 말은, 필립스 경이 기사들에게 무슨 벌을 내려도 아무 말도 하지 않겠다는 말씀이십니까?"

마일즈 백작의 질문에 세이레나뿐 아니라 애쉬도 고개를 끄덕였다. 그는 세이레나를 위해 찻잔에 차를 따르며 말했다.

"그게 당연한 거잖나? 기사단은 왕궁 소속이 아니야."

그렇긴 하지만. 마일즈 백작의 얼굴에 아쉽다는 표정이 떠올랐다. 그가 바란 건 그런 거였다. 기사단이 왕궁 소속이 되는 것. 왕의 기사단이 되는 것.

왕궁 사람들은 애쉬가 왕이 되는 과정에서 어떻게 기사단이 왕자를 향해 검을 들이대는지 봤다. 기사단이 애쉬를 왕으로 만들어 줬다고 해도 과언이 아니다. 기사단의 도움이 아니었다면 애쉬는 감옥에서 죽었을지도 모르니까.

그렇다면 이번 기회에 기사단에 빚을 지게 해야 하지 않을까. 마일즈 백작은 그런 계산으로 로렌에게 작위를 주자고 제안했던 것이다.

"알겠습니다."

마일즈 백작은 못마땅한 표정을 감췄다. 왕이 그렇다면 어쩔 수 없다. 그는 몇 가지 이야기를 더 전하고 인사를 한 뒤 방을 나갔다.

여전히 애쉬의 무릎 위에 앉아 있던 세이레나는 한숨을 내쉬며 그의 가슴에 머리를 기댔다.

"로렌이 단장이라 다행이에요."

"그렇지."

애쉬 역시 세이레나의 머리카락을 쓰다듬으며 고개를 끄덕였다. 세이레나는 애쉬가 따라 준 차를 마시고 물었다.

"우리가 기사단을 경계할 거라고 생각하는 거죠?"

고작 아이들 싸움이다. 그걸 가지고 애쉬에게까지 와서 항의

한다는 건 귀족들이 애쉬가 기사단을 껄끄러워할 거라고 생각한다는 거다.

그리고 그들의 항의를 핑계로 기사단을 왕의 기사단으로 만들려 할 거라고 생각한 거겠지. 그럴듯한 생각에 애쉬는 신음을 내뱉었다. 왕으로서는 매력적인 생각이다.

마음에 들지 않는 귀족이 있으면 기사단을 이용해서 반역을 꾀했다는 누명을 뒤집어씌울 수도 있다.

지금까지 왕들이 그렇게 하지 못한 건 기사단에 있는 기사의 반 이상이 귀족이기 때문이다.

"그 정도로까지 로렌이 단장인 게 마음에 안 든다는 거지."

애쉬의 말에 세이레나의 미간에 주름이 생겼다. 젠장. 로렌이 뭐가 부족해서? 그녀는 강하고 노련한 기사다. 그녀는 싸움을 걸듯 턱을 들며 말했다.

"우리가 기사단에 손을 대서 로렌이 쫓겨나면요? 그들이 더 손해잖아요?"

고작 로렌을 쫓아내자고 기사단을 왕의 손에 넣을 핑계를 만들어 준다는 건 너무 멍청한 짓이다. 하지만 애쉬는 귀족들이 무슨 생각인지 알 것 같았다.

"어차피 누군가의 명령에 따라야 한다면 로렌보다는 내 명령이 자존심이 덜 상한다는 거겠지."

"멍청한 소리!"

세이레나의 거친 말에 애쉬는 빙그레 웃었다.

그게 귀족들이다. 단장이 애쉬일 때는 괜찮았다. 오히려 자부심이 있었을 것이다. 라고말리 기사단이 엘리트라는.

하지만 로렌이 단장이 되자 실력만으로 단장이 되면 용병과 다를 게 뭐냐는 말이 나오기 시작했다.

"그리고 내 영향력에서 나가는 건 단장을 바꾼 다음부터 하면 된다고 생각한 걸 테고."

"굉장히……."

세이레나는 잠시 생각하다가 내뱉었다.

"거만하네요."

"그게 귀족이잖아?"

그건 그렇다. 세이레나는 한숨을 내쉬었다.

* * *

국왕 부부가 기사단 일에 손대지 않겠다고 한 것이 사교계에 빠르게 퍼져 나갔다.

지금까지 왕궁은 기사단의 자치를 인정하고 있었지만 가능하면 손에 넣고 싶어 하기도 했기 때문에 사교계는 이 소문이 진짜일지 궁금해했다.

"하지만 단장이 국왕 폐하와 상당히 친하다던데요."

바자회에 참석한 어느 귀족 부인이 속삭였다. 사람들의 눈앞에서 어느 귀족이 기부한 거대한 항아리가 경매에 부쳐지고 있었다.

"폐하보다는 왕비님과 친하다고 들었는데요."

"어머, 그래요? 왕궁에서 필립스 경에게 작위를 내리려고 했는데 왕비님이 반대해서 무산됐다고 들었는데요."

"어머."

소문은 살이 붙으면서 비틀리는 법이다. 어느새 사람들 사이에는 로렌에게 왕궁에서 작위를 주려 했으나 그런 그녀를 못마땅해 한 왕비가 반대해서 무산됐다는 식으로 소문이 퍼지기 시작했다.

"마압소사아."

사람들 사이를 지나가던 모아나는 소문을 듣고 이마를 짚었다.

일이 자꾸 이상해지고 있다. 어떻게 보면 세이레나와 거리를 두고 싶어 한 로렌의 의도대로 된다고 볼 수 있을 것이다.

하지만 로렌은 더 이상 그걸 바라지 않는다.

좀 일찍 그러지 말라고 할 걸 그랬나. 모아나는 약간 후회하며 한숨을 내쉬었다.

하지만 로렌은 어린애가 아니다. 모아나가 이래라저래라 할 필요도, 이유도 없다. 당연히 그녀는 친구의 결정을 존중했을 뿐이다.

그게 이렇게 복잡해지면 곤란하다.

"이걸 어쩌나."

이대로 두면 로렌과 세이레나는 점점 멀어질 거다. 그건 모아나에게도 좋지 않다. 그때, 모아나의 귀에 소문이 더 부풀려질 계기가 될 만한 소리가 들려왔다.

"왕비님께서 오셨습니다."

수군거리던 주변이 혹하고 가라앉았다. 다들 왕비가 왔다는 소식에 놀라 고개를 돌렸다. 세이레나는 데니스의 호위를 받으며 안으로 들어서고 있었다.

그게 왕비를 향한 왕의 총애를 보여 주고 있었다. 자신의 근위대장을 왕비에게 붙여 준다는 것.

"전하."

가장 가까이에 있던 귀족이 허리를 숙였다. 그러자 마치 파도처럼 사람들이 양쪽으로 갈라지며 허리를 숙였다. 모아나는 슬쩍 물러나 허리를 숙이고 있었다.

"모아나."

세이레나는 모아나에게 다가와서 그녀의 손을 잡았다. 왕비가 쿨린 백작 영애와 친하다는 것은 이미 유명하다.

모아나는 뿌듯한 심정을 숨기기 위해 고개를 숙인 채 세이레나를 향해 걸어 나왔다.

"잘 지냈어?"

"덕분에 잘 지냈습니다."

어울리지 않는 인사에 세이레나는 쓰게 웃었다. 사람들이 많을 때 모아나는 늘 이렇게 예의를 갖춘다. 그게 세이레나는 속상했지만 어쩔 수 없다는 것을 안다.

아무리 모아나가 세이레나의 절친한 친구라 해도 공적인 자리나 사람들이 많을 때 세이레나는 왕비다. 세이레나를 위해서가 아니라 왕실을 위해서라도 세이레나와 가까운 사람들은 예의를 지켜야 한다.

그건 세이레나도 마찬가지였다. 그녀는 친구로서의 자신과 왕비로서의 자신 사이에서 균형을 맞추기 위해 노력하고 있었다. 그리고 균형을 맞추는 게 힘들다는 것을 아는 만큼 로렌의 입장도 이해했다.

그 균형을 잘 맞춰 주고 있는 모아나가 고마운 것은 당연하다.

그녀의 마음을 아는 것처럼 모아나는 고개를 들고 활짝 웃어 보였다. 그리고 재빨리 속삭였다.

"로렌도 올 거야."

"그래?"

세이레나의 눈이 동그래졌다. 그녀는 곧 미소를 지으며 말했다.

"잘됐다."

다시 바자회가 이어졌다. 고아를 위한 기부금을 마련하기 위해 경매가 시작된다는 말에 사람들은 준비된 자리에 앉았다.

세이레나 역시 가장 앞에 준비된 좌석에 앉았다. 그 옆에 앉은 것은 모아나와 데니스였다.

잘됐다는 게 대체 무슨 소리일까. 모아나는 로렌이 온다는 말에 미소 짓던 세이레나를 떠올리며 잠시 생각에 잠겼다. 평소의 세이레나를 생각하면 오랜만에 친구를 만나서 잘됐다는 뜻일 거다.

하지만 지금 세이레나와 로렌의 사이가 좋지 않다는 소문이 퍼져 있다는 것을 그녀가 모를 리가 없다.

설마 사람들 앞에서 로렌과 친한 것을 보여 주려는 건가? 그녀가 그렇게 생각하고 있을 때 진행자가 새로운 경매품을 가지고 앞으로 나왔다.

"이 검은 다섯 용사 중 한 명이 사용했다고 전해지는 검입니다."

세이레나의 눈에 날이 무딘 검이 들어왔다. 진짜 다섯 용사 중 한 명이 사용했는지는 모른다. 어차피 이런 바자회에서 여는 경매는 제대로 된 경매가 아니다.

기부금을 받기 위해 적당히 그럴듯하고 재미있는 물건을 내놓는 것뿐이다.

아니나 다를까 진행자는 유쾌하게 덧붙였다.

"진위 여부는 구매하신 분께서만 알아보실 수 있겠죠."

반쯤은 농담이 섞인 말에 참관객들 사이에서 웃음이 터져 나왔다. 나쁘지 않다. 저런 걸 하나 사 두면 손님이 왔을 때 대화하기도 좋다.

진심으로 진행자의 말을 믿는 사람은 없었다. 다들 맞으면 좋고 아니면 재미있을 거라는 생각으로 경매에 참여하고 있었다. 로렌 역시 그랬다.

"저거 단장실에 장식해 두면 좋을 것 같은데."

그녀는 그렇게 중얼거리며 손을 들었다. 입찰하겠다는 표시에 진행자가 소리쳤다.

"필립스 경, 사십."

필립스 경이라는 말에 세이레나가 뒤를 돌아보았다. 로렌이다. 그녀는 빙그레 미소를 지었다. 세이레나를 본 로렌도 미소 지었다. 아니 지으려 했다. 하지만 그 순간 주변이 조용해졌다.

사람들은 세이레나와 로렌을 주시하고 있었다. 두 사람의 사이가 틀어졌다는 소문 때문이다. 다들 세이레나가 어떻게 반응할지 기대하고 있었다.

"육십이요."

고개를 돌린 세이레나가 진행자를 향해 말했다. 진행자는 눈을 깜빡이다가 허둥지둥 외쳤다.

"유, 육십 나왔습니다."

뭐야? 어떻게 된 거야? 사람들은 수군거리기 시작했고 로렌 역시 어리둥절해졌다. 하지만 그녀는 곧 손을 들었다.

"육십오 나왔습니다."

곧이어 세이레나가 손을 들었다. 진행자가 칠십을 외쳤고 로렌이 다시 손을 들었다. 쥐죽은 듯 조용한 가운데 진행자가 숫자를 높이는 소리만 이어졌다.

"백. 백 나왔습니다."

검치고는 비싸다. 하지만 기부를 위한 경매에서 이 정도는 그리 놀라운 일은 아니다. 그럼에도 사람들은 경악을 금치 못하고 있었다. 그들의 눈앞에서 왕비와 기사단장이 검 한 자루를 가지고 다투고 있었기 때문이다.

"세이레나."

모아나는 슬쩍 세이레나의 소매를 잡아당기며 그녀를 말리려했다. 하지만 세이레나는 손을 들며 말했다.

"백이십."

잠시 정적이 찾아왔다. 진행자는 백이십을 외치기 위해 손을 들었다. 그리고 그와 동시에 로렌이 말했다.

"백오십."

헉하고 여기저기에서 신음이 터져 나왔다. 금액 때문이 아니다. 금액은 부담스럽긴 하지만 어마어마한 금액은 아니었다.

이들이 놀란 것은 로렌이 왕비에게 대항하고 있기 때문이었다.

세이레나는 몇 번이나 금액을 올리며 입찰했다. 다른 귀족이라면 적당히 금액을 부르다 슬쩍 포기해서 세이레나에게 검을 양보했을 것이다.

하지만 로렌은 그러지 않았다. 그녀는 끝까지 검을 놓치지 않겠다는 듯 금액을 올렸고 종래에는 세이레나가 부른 금액보다 더 높은 금액을 불렀다.

"저게 설마 진짜 용사의 검은 아니겠죠?"

"필립스 경과 왕비님이 저렇게 탐낼 정도면 진짜인 거 아닐까요?"

다시 검을 바라보는 사람들의 시선이 달라졌다. 저게 진짜 용사가 사용하던 검이라면 탐난다. 하지만 인제 와서 끼어들기는 눈치가 보인다.

그들이 이제라도 끼어들지 말지 고민하는 사이 세이레나는 손을 내렸다. 이 정도 금액이면 됐다. 그녀는 처음부터 저 검에 관심이 없었다.

"백오십. 백오십 이상 없으십니까?"

진행자가 세이레나를 쳐다보며 물었지만 그녀는 고개를 저으며 자리에서 일어났다.

"가요."

세이레나의 말에 데니스는 고개를 끄덕이며 앞서 걷기 시작했다. 그 뒤를 모아나가 서둘러 따랐다.

"어?"

세이레나가 나가 버리자 로렌은 얼떨떨한 표정으로 진행자를 쳐다봤다. 사람들은 세이레나가 나가는 것을 멍하니 지켜보고 있었다.

지금 우리가 뭘 본 거지? 그들의 머릿속에 몇 가지 이야기가 떠오르기 시작했다.

왕비가 기사단장을 싫어하는 게 분명하다. 무슨 일인지 모르지만 두 사람이 다퉜고 검을 두고 경쟁했다.

세이레나가 나가는 순간, 경매가 벌어지는 홀 안이 폭발적으로 술렁이기 시작했다. 그와 동시에 진행자가 연단을 내려치며 외쳤다.

"백오십! 필립스 경께 낙찰됐습니다."

극적인 입찰이었지만 박수를 치거나 축하하는 사람은 없었다. 로렌은 벌떡 일어났다. 그리고 밖으로 뛰어나갔다.

"로렌. 여기야."

밖으로 뛰어나온 로렌을 기다리고 있던 것은 모아나였다. 그녀는 사람들의 눈을 피해 기둥에 숨은 채 로렌을 향해 손짓했다.

세이레나는 어디 있지? 두리번거리던 로렌은 모아나를 향해 달려갔다.

"세, 세이는?"

큰일 났다. 그녀가 세이레나를 화나게 했다. 친구에게 절교 선언이나 다름없는 말을 하고 사과하기도 전에 또 한 번 화나게 했다는 사실에 로렌의 마음이 조급해졌다.

모아나는 그런 로렌은 사람들의 눈을 피해 굽이굽이 돌아 바자회장에서 한참 떨어진 곳에서 대기하고 있던 마차로 안내했다.

"세이!"

세이레나는 그 안에 앉아 있었다. 언제나와 똑같이 눈을 뗄 수 없는 아름다운 얼굴을 하고.

붉은색 계통의 드레스를 입고 위에 새하얀 코트를 걸친 세이레나는 더 이상 요정이나 귀족 영애처럼 보이지 않았다. 허리를 세우고 고개를 옆으로 살짝 기울인 태도가 완전히 왕비의 모습이라 로렌은 저도 모르게 멈칫했다.

하지만 멈칫한 친구의 모습에 세이레나가 다시 고개를 기울이자 그녀의 짧은 금발 머리가 가볍게 흔들렸다. 그제야 로렌은 그녀가 미카엘라 왕비처럼 머리카락을 단정하게 묶지 않았다는 것을 깨달았다.

화려한 세이레나의 금발은 그녀의 얼굴을 감싸듯 자연스럽게 흔들리고 있었다.

"어서 와, 로렌."

세이레나의 보라색 눈동자가 즐거움을 띠고 밝아졌다. 그녀는 미소를 지으며 마차 시트를 손바닥으로 가볍게 두드렸다. 앉으라는 태도에 로렌은 재빨리 마차 안으로 들어섰다.

뒤이어 모아나도 마차 안에 들어가자 데니스는 마차 문을 닫고 마부 옆에 앉았다. 천천히 마차가 움직이기 시작했다.

"세, 아니, 왕비님."

로렌은 세이레나가 자신에게 화가 났다는 생각에 재빨리 호칭을 바꿨다. 그러자 세이레나의 눈이 동그래졌다. 그녀는 믿을 수 없다는 듯 물었다.

"이젠 세이라고 불러 주지 않는 거야?"

"하지만, 나한테 화났지?"

어쩔 줄 몰라 하는 로렌의 태도에 모아나는 한숨을 내쉬었다. 그러게, 왜 그랬냐고. 그녀가 로렌을 핀잔하지 않은 것은 방금 바자회에서의 세이레나의 태도 때문이었다.

"조금 섭섭하긴 했는데…… 내가 너였어도 그랬을 거야."

"정말?"

눈에 띄게 기운이 빠져 있던 로렌의 눈동자에 생기가 돌기 시작했다. 세이레나는 손을 뻗어 로렌의 손을 잡으며 말했다.

"넌 기사단장이니까. 우리와 너무 친한 것처럼 보이는 게 불편하겠지."

"아, 그거 말인데."

로렌은 재빨리 입을 열었다. 그렇지 않아도 요 며칠 사람들이 왕비님과 무슨 일이 있었냐고 떠보는 통에 혼났다. 아무리 그녀가 아무 일도 없었고 여전히 친구라고 해도 사람들은 다 안다는 듯한 미소를 지을 뿐이었다.

누가 봐도 그 미소는 로렌의 말을 믿지 않지만 그녀가 그렇게까지 말하니까 모른 척해 준다는 표정이다.

"사람들 앞에서 우리 사이가 나쁘지 않다고 밝히면 어떨까 해."

로렌의 말에 세이레나는 눈을 깜빡이더니 물었다.

"응? 어째서?"

어째서라니? 이번에는 로렌과 모아나가 무슨 소리냐는 표정을 지었다. 세이레나는 고개를 기울이며 말했다.

"사람들이 오해하게 두는 건 좀 괴롭지만 이게 더 낫지 않아?"

"나, 낫다고?"

"아, 물론 방금처럼 사람들 앞에서 연기하는 건 좀 괴롭긴 해."

이게 대체 무슨 소리야? 모아나조차 이해하지 못하자 세이레나는 그제야 당황했다. 그녀는 모아나와 로렌을 번갈아 쳐다보다가 물었다.

"어, 몰랐어?"

"뭘?"

"뭘 몰라?"

로렌은 그렇다 쳐도 모아나까지 눈치채지 못할 줄은 몰랐다. 세이레나는 모아나를 쳐다보며 말했다.

"아까 바자회에서 말이야. 일부러 로렌과 다투는 척했잖아."

"일부러 그런 거였어?"

로렌과 모아나의 입이 딱 벌어졌다. 그게 연기였어? 세이레나는 조금 부끄럽다는 듯 어깨를 움츠리며 사과했다.

"미안, 로렌. 내가 입찰금을 너무 높였지?"

사과하는 건 그쪽이냐? 세이레나의 태도에 어리둥절해 하던 모아나는 문득 그녀가 무슨 생각인지 깨달았다.

"세이레나! 너 설마!"

모아나의 신음에 로렌의 고개가 그녀를 향했다. 뭔데? 뭔데? 아직 이해하지 못한 로렌을 위해 세이레나가 입을 열었다.

"사람들은 어차피 우리가 뭐라고 해도 믿지 않을 거잖아? 그래서 그럼 믿고 싶은 대로 그냥 두면 어떨까 했거든."

"뭘 믿는데?"

"너와 내가 사이가 안 좋다고 말이야. 우리가 아무리 아니라고 해도 사람들은 안 믿을 거거든."

로렌의 머릿속에 요 며칠 그녀를 떠보던 사람들이 떠올랐다. 세이레나의 말대로 사람들은 왕비님과 아무 일도 없다고 한 로렌의 말을 믿지 않았다.

"사람들이 믿고 싶은 대로 믿게 두면, 우리가 로렌을 경계한다고 생각할 테고, 로렌도 나를 경계한다고 생각할 테니까."

거기까지 말한 세이레나의 표정이 어두워졌다. 그건 좀 속상하다. 사람들이 로렌과 그녀가 더 이상 친구가 아니라고 생각한다는 건.

"난 누가 내 앞에서 네 욕을 하면 턱을 날려 버릴 거야."

로렌이 불쑥 말했다. 그 말에 어두워졌던 세이레나의 표정이 밝아졌다. 그녀는 로렌을 향해 몸을 기울이며 말했다.

"나도 그래, 로렌."

얼씨구. 모아나는 턱을 괸 채 두 친구가 서로 얼마나 좋아하는지 이야기하는 것을 삐딱하게 쳐다보고 있었다. 중간에서 어떻게 해야 하나 엄청 고민했는데 그럴 필요가 없었다.

"그런데, 그 검이 진짜 용사가 쓰던 거였어?"

세이레나와 로렌의 대화가 끝나자 모아나가 끼어들었다. 마차는 여전히 천천히 달리고 있었다. 세이레나는 '응?' 하고 무슨 소리냐는 듯 물었다.

"모르겠는데? 왜?"

허. 모아나의 입이 딱 벌어졌다. 로렌과 세이레나가 일부러 경매에서 경쟁했다는 건 알겠다. 하지만 두 사람이 그렇게 하자고 말을 맞추기 전의 일이다.

그녀는 믿을 수 없다는 듯 물었다.

"로렌이 중간에 너한테 양보했으면 어쩌려고?"

"그러게?"

로렌 역시 깜짝 놀란 표정을 지었다. 중간에 그녀가 세이레나에게 양보하려고 입찰을 포기했다면 일은 다 어그러진다. 만약 그 검이 진짜 용사가 쓰던 검이라면 로렌도 욕심을 냈을 거다.

하지만 둘 다 그게 진짜 용사가 쓰던 검인지 모르는 상태였고 경쟁은 그럼에도 두 사람은 경쟁적으로 입찰했다.

"백오십에? 로렌은 삼백까지는 가려고 했을걸?"

사실이다. 로렌이 놀랍다는 듯 물었다.

"어떻게 알았어?"

"단장실에 장식하려고 산 거잖아. 로렌이라면 장식용 검에 삼백 이상 돈을 쓰지 않을 거라고 생각했거든."

심지어 로렌이 검을 어디에 쓰려고 했는지까지 맞췄다. 어떻게 알았느냐는 로렌의 놀란 표정에 세이레나는 부끄러워하며 말했다.

"그 검, 사용할 수도 없고 이용 가치는 고작해야 장식품인걸.

로렌이 단장이 됐으니 단장실에 뭔가 장식을 걸어 놓고 싶어 할 거라고 생각했어."

그리고 단장실에 장식할 용도라면 삼백 정도가 최고라는 말이다. 그 정도면 로렌에게도 부담스럽지 않고 세이레나에게는 더더욱 부담스럽지 않다.

게다가 대단한 검이 아니다. 세이레나나 로렌이나 둘 다 딱히 그걸 반드시 가지고 싶어 하지 않을 거라는 말이다. 그러니 로렌도 입찰금이 삼백이 되기 전까지는 포기하지 않을 거라고 생각했다.

"근데 왜 백오십에서 멈췄어?"

로렌의 질문에 세이레나의 얼굴이 달아올랐다. 그녀는 어깨를 움츠리며 말했다.

"자신이 없어서."

"뭐가?"

"로렌이 그 전에라도 날 위해 포기할 수도 있잖아."

혹시라도 로렌이 그 전에 포기하면 일이 어그러진다. 그래서 백오십쯤에서 멈췄다는 말이다. 맙소사. 모아나는 턱을 괸 채 한숨처럼 말했다.

"넌 가끔 영리한 건지 아닌 건지 모르겠단 말이야."

"난 꽤 영리한 거 같은데."

로렌이 킬킬거리며 말했다. 방금 전의 행동으로 사람들의 이야기는 살이 붙었을 것이다. 기사단장에게 작위를 주는 것을 반대한 왕비와 기사단장이 한 바자회의 경매장에서 경쟁을 했다.
그리고 왕비가 지고 떠나 버렸다.

그 이야기는 순식간에 눈덩이처럼 불어났다. 세이레나의 생
각대로 사람들은 로렌과 세이레나의 사이가 틀어졌다고 생각했
다.

그럼에도 왕은 공정하게 기사단과 왕궁은 아무 관계가 없다
고 선을 그었고 왕비 역시 기사단에 별다른 관심이 없어 보였다.

소문은 곧 가라앉았지만 정정되거나 사라지지 않았다. 사람
들의 인식 속에 로렌과 세이레나의 사이가 그리 좋지 않다는 것
만 남았다.

"또 너냐."

그리고 몇 달 후. 로렌은 또 싸워서 단장실에 불려온 페이지
두 명을 쳐다보며 신음을 내뱉었다. 콜린 테리는 시퍼렇게 변한
눈을 하고 부루퉁한 표정으로 앉아 있었다.

하지만 이번에는 싸운 상대가 달랐다. 열다섯 살이 된 에즈라
헌터는 안타깝게도 소녀라면 누구나 두근거릴 잘생긴 얼굴에
상처가 나 있었다. 눈썹이 찢어지는 바람에 피가 나와서 처음에
는 다들 에즈라가 한쪽 눈을 다친 줄 알고 기절할 뻔했다.

"헌터. 네가 테리를 때렸다고 들었는데."

"네. 때렸습니다."

콜린의 눈 한쪽을 밤탱이로 만든 주제에 당당하기도 하다. 로

렌은 세이레나와 닮은 얼굴로 당당하게 고개를 끄덕이는 에즈라를 보고 한숨을 삼켰다.

공정하게 나가려고 하는데 저 얼굴에는 약하다. 저 화려한 금발과 지나가는 사람 누구나 저도 모르게 고개를 돌려 멍하니 쳐다볼 정도로 아름다운 친구를 닮은 얼굴은.

로렌은 애써 마음을 다잡으며 화난 척 물었다.

"왜 때렸는지 말해 봐."

"콜린이 먼저 멍처, 아니, 뇌에 든 게 초콜릿인 것 같은 소리를 했습니다."

멍청하다보다 뇌에 든 게 없다는 게 좀 더 완곡한 표현이라고 생각한 모양이다.

로렌은 초콜릿은 맛있으니 콜린의 뇌보다는 훨씬 유용하다고 말하려다 가까스로 멈췄다. 그녀는 대신 콜린을 쳐다보며 물었다.

"뭐라고 했는데?"

콜린은 에즈라를 노려보고 있었다. 아직 에즈라가 콜린보다 조금 작지만 그는 콜린이 노려보거나 말거나 상관없다는 표정이었다.

하긴. 그러니까 냅다 콜린의 얼굴에 펀치를 날렸지. 로렌은 그 펀치가 분명 애쉬가 가르쳐 준 펀치일 거라는 생각에 이맛살을 찡그렸다.

"콜린 테리. 뭐라고 했는지 말해 봐."

콜린은 아무 말도 하지 않았다. 분명 못된 말을 한 거겠지. 그녀는 에즈라를 향해 고개를 돌렸다. 하지만 그녀가 묻기 전에 에즈라가 말했다.

"전 말 안 할 겁니다."

"에즈라 헌터."

"벌은 받겠습니다. 하지만 이 멍청이가 한 헛소리를 제 입으로 말하고 싶진 않습니다."

콜린이 욱하는 게 보였다. 하지만 그도 자신이 한 말이 헛소리라는 것은 알았는지 입을 다물었다.

로렌은 책상에 팔꿈치를 댄 채 말했다.

"그럼 둘 다 테리가 말 한 게 나쁜 말이었다고 인정하는 거냐?"

콜린은 욱했지만, 입술을 깨물며 참았다. 로렌은 속으로 혀를 찼다. 인정해서 말을 안 하는 걸 수도 있고, 로렌에게 말하면 더 혼날까 봐 입을 다문 걸 수도 있다.

어느 쪽이든 상관없다. 그녀는 한숨을 내쉬며 말했다.

"테리는 앞으로 한 달 동안 훈련장 청소를 한다."

로렌의 말과 동시에 콜린의 입술이 앞으로 쭉 나왔다. 하지만 반박은 하지 않았다. 그녀는 에즈라를 쳐다보며 말했다.

"넌 한 달 동안 마구간 청소야, 에즈라 헌터."

에즈라의 벌이 더 심했지만 그는 아무 말도 하지 않았다. 다른 페이지였다면 억울하다고 했을 거다. 하지만 아무 말도 하지 않고 나가는 것을 보면 어지간히 콜린이 한 말이 뭔지 말하고 싶지 않았나 보다.

대체 무슨 소리를 한 걸까. 그녀는 궁금한 마음에 일과가 끝난 뒤 훈련장으로 슬쩍 찾아가 봤다.

지은 지 얼마 안 된 훈련장은 깨끗했다. 지진으로 무너지고 새로 지었기 때문이다. 기사단뿐만이 아니다. 지진으로 무너진 건물과 도로를 재정비하면서 수도는 전체적으로 깨끗해졌다.

로렌은 새로 지으면서 복도를 향해 낸 창문을 통해 훈련장 안쪽을 들여다봤다.

예전에는 창문은 바깥쪽을 향해서만 나 있어서 훈련장 안을 보려면 문을 열고 쳐다보는 수밖에 없었다.

하지만 이렇게 하면서 안쪽을 들여다보기가 더 수월해졌다.

콜린은 혼자 청소 중이었다.

"흠."

로렌은 창문에서 물러나며 고개를 기울였다. 확실히 알겠다. 적어도 콜린과 에즈라의 싸움에서 페이지들은 에즈라가 옳았다고 생각한다.

콜린이 잘못한 게 없다면 페이지 몇 명이 남아서 콜린을 도왔을 것이다. 그녀는 고개를 갸웃하며 마구간을 향했다.

"단장님은 너무해."

여자아이의 목소리가 들렸다. 로렌은 우뚝 멈춰 섰다. 누구더라? 익숙하지 않은 목소리인 걸 보니 올해 들어온 페이지인 모양이었다.

"헌터가 때렸으니까 어쩔 수 없지."

이번에도 여자아이의 목소리가 들렸다. 이건 누군지 알겠다. 익숙한 목소리에 로렌은 미소를 지었다. 헤이젤이다. 헤이젤의 말에 이어서 다이아나가 웃으면서 말했다.

"콜린 얼굴 봤어? 눈이 시퍼렇게 돼서."

깔깔거리는 다이아나의 웃음에 마구간의 분위기가 밝아졌다. 로렌은 슬쩍 들여다보고 마구간을 청소하는 에즈라 주변에 다섯 명의 아이들이 모여 있는 것을 확인했다.

세 명의 소녀와 두 명의 소년. 에즈라까지 하면 여섯 명이다.

퍼시는 갈퀴로 더러운 짚을 긁어내다 말고 갈퀴를 세워 기대며 말했다.

"잘했어. 언젠가 나도 콜린 그 자식 다리를 부러트릴 거야."

"에즈라가 때린 거로 끝난 거 아니었어?"

"그거랑 이거는 다르지. 에즈라가 때린 건 걔가 개소리를 해서였고."

묘한 조합이다. 로렌은 안쪽에 있는 아이들의 집안을 떠올리고 고개를 갸웃했다.

에즈라와 퍼시, 다이아나는 귀족 집안이다. 하지만 헤이젤과 또 다른 아이들은 평민 집안이었다.

보통 귀족 집안 아이들은 귀족 집안끼리, 평민 집안 아이들은 평민 집안끼리 모이기 마련이다.

퍼시의 말에 헤이젤의 어깨가 움츠러들었다. 다이아나가 그 것을 보고 헤이젤의 손을 잡으며 물었다.

"콜린이 하는 말 헛소리인 거 알지?"

안다. 헤이젤은 쓰게 웃어 보였다. 그녀는 왕비님이 좋았다. 살면서 그렇게 예쁜데 강하기까지 한 사람은 처음 봤다.

그런 분이 그녀 같은 아이들을 위해 뭔가를 하고 있다는 것을 들었을 때는 감격적이기까지 했다. 그리고 그 혜택을 받을 아이 들이 조금 부러웠다.

세이레나 왕비는 헤이젤처럼 가난한 아이들에게도 기본적인 교육을 제공하는 기관을 만들고 있었다.

궁극적으로는 검술, 마술, 예술 등을 가르치는 기관이라고 했 지만 당장 만들려 하는 건 기본적인 검술을 가르치는 기관이다.

그걸 위해 뜻을 함께하는 사람들과 함께 기금을 모으는 바자 회를 열고 있다.

하지만 모든 사람이 세이레나와 뜻이 같은 건 아니다. 일부 사 람들은 세이레나가 없는 곳에서 왕비님 때문에 기사단이 용병단 이 되겠다고 비아냥거렸다. 그들은 그렇지 않아도 여기사가 반 이상이 된 기사단을 오합지졸이라 여겼다.

그리고 안타깝게도 콜린의 아버지는 그렇게 말하고 다니는 사람 중 하나였다.

"웃기는 놈이야. 자기도 귀족은 아닌 주제에."

갈퀴로 짚을 긁어내며 상인의 아들인 맥스가 투덜거렸다. 곁에 있던 루스가 핀잔처럼 말했다.

"귀족은 귀족이지."

"그래 봤자 경이잖아. 우리도 몇 년 후면 똑같아진다고."

"테리 경은 할아버지도 기사였다며. 삼대가 기사단에 들어왔으니 뿌듯하기도 하겠지."

퍼시의 말에 네 명의 아이들이 에즈라를 향했다. 그렇게 따지면 에즈라는 엘리트 중에서도 엘리트다. 백작이고, 누나는 왕비가 됐으며 타인머스가 세워진 이래 헌터라는 이름이 계속 기사단에 남아 있으니까.

하지만 에즈라는 어깨를 으쓱해 보이며 말했다.

"멍청한 소리."

아이들 사이에 웃음이 터져 나왔다.

무슨 일인지 알겠다. 로렌은 마구간을 떠나며 머리를 쓸어 넘겼다.

세이레나와 애쉬가 결혼하고 왕위에 오르면서 할렉은 조금씩 달라지기 시작했다.

기사단뿐만이 아니다. 세이레나는 현자의 탑과도 뭔가를 하고 있었다. 지금까지 왕궁은 현자의 탑과 데면데면한 사이를 유지해 왔기 때문에 세이레나의 태도는 사람들의 관심을 불러일으키기에 충분했다.

"이건 이야기를 좀 해 봐야겠는데."

로렌은 단장실로 돌아가며 중얼거렸다. 세이레나와 만나서 이야기를 해 봐야겠다. 그러기 위해서는 불편하지만 사람들의 눈을 피할 필요가 있었다.

그녀는 모아나에게 보낼 편지를 쓰기 시작했다.

*　　*　　*

"이쪽이야."

로렌이 들어오자 모아나가 재빨리 다가와서 속삭였다. 로렌은 지난 몇 달간 몇 번이나 들락거린 클럽을 모아나의 안내에 따라 걷기 시작했다.

"이런 데가 있는 줄은 몰랐는데?"

좁은 복도를 굽이굽이 돌자 방이 하나 나타났다. 처음에는 사용인이 짐을 옮기는 복도인 모양이라고 생각했지만 여기 오는 동안 사용인은 한 명도 보지 못했다.

로렌의 질문에 모아나가 그녀를 돌아보며 씩 웃었다.

"지난번에 수리하면서 만들었지."

지진 때문에 금이 갔을 때를 말하는 거다.

일 층은 괜찮았지만, 이 층은 가구가 무너지고 물건이 떨어져서 문제였다고 들었다. 나중에 확인해 보니 속에서 금이 가는 바람에 공사를 해야 했다는 소문이 돌았다.

로렌은 안됐다는 표정으로 말했다.

"피해가 생각보다 컸나 보네."

"피해? 아, 아니야. 그거. 핑계 댄 거야."

"핑계라고?"

"그래야 이런 비밀 방을 만들 공사를 할 수 있잖아."

무슨 소린지 알겠다. 비밀 방이라는 말에 로렌은 금세 수긍했다. 그녀는 약간 감격한 표정으로 말했다.

"나와 세이를 위해서 만든 거야?"

"필립스 경, 감동하기엔 아직 일러. 비밀 만남이 필요한 사람이 너와 세이레나뿐이라고 생각하지 말라고."

여기사 클럽은 하루에도 수많은 여자들이 들락거린다. 사업상 회의를 위해서 이곳을 이용하는 사람도 있고 이런저런 이유로 모여서 비밀스러운 이야기를 하기도 한다.

모아나는 구체적으로 어떤 사람들이 이용하는지 말하지 않고 문을 두드린 뒤 살짝 열었다.

"로렌."

세이레나는 안쪽의 의자에 앉아 있었다.

최대 열 명 정도가 들어갈 수 있는 공간은 고급스럽게 꾸며 놓았다. 한가운데에 차지한 테이블과 그 주변에 놓인 소파는 클럽 일 층에서 사용하는 것보다 몇 단계나 고급품이었다.

하지만 로렌은 그런 것보다 세이레나를 만났다는 게 기뻐서 재빨리 안으로 들어갔다. 그 뒤로 모아나가 들어와서 문을 닫았다.

"잘 지냈어?"

세이레나는 고개를 살짝 기울이며 물었다. 마지막으로 만난 게 몇 주 전이다. 그때는 신년 파티에서 얼굴만 봤다.

로렌은 세이레나의 옆자리에 앉았다.

덥석 세이레나의 손을 잡고 싶지만 차마 그럴 수가 없었다. 전보다 어쩐지 세이레나가 더 점잖아진 느낌이었기 때문이다.

"왜 그래?"

그녀가 머뭇거리는 게 느껴져서 세이레나는 웃음을 터트리며 로렌의 손을 잡았다. 그제야 로렌의 눈에 세이레나가 그녀가 알던 세이레나로 보였다.

로렌은 멋쩍은 표정을 지으며 말했다.

"그냥, 너무 오랜만에 만나서 그런가. 네가 굉장히…… 뭐라고 해야 하지?"

"나이 들어 보인다고?"

세이레나는 그렇게 말하며 손을 머리에 가져가서 핀을 뽑았다. 그러자 핀으로 고정된 그녀의 머리카락이 천천히 풀리기 시작했다.

머리카락을 고정했었네. 로렌은 그제야 세이레나가 평소와 달랐던 이유를 깨달았다.

머리 스타일이 달랐다. 머리카락을 핀으로 뒤통수에 고정하고 그 위에 장식 핀을 달았다.

세이레나는 늘 짧은 머리카락을 간단하게 핀만 꽂거나 풀어 놓곤 했다. 핀이 모두 제거되자 세이레나의 분위기가 다시 젊어졌다.

"하도 단단하게 고정해서 아파서 혼났어."

세이레나는 한 주먹 나오는 핀을 테이블 위에 쏟으며 투덜거렸다. 단발머리를 뒤통수에 고정하려면 그 정도로 많은 핀이 필요하긴 할 거다.

로렌은 세이레나의 손에서 우수수 쏟아지는 핀을 보고 놀라서 말했다.

"엄청나네."

"그렇지? 이런 스타일은 정말 싫어."

"그럼 왜 했어?"

친구의 질문에 세이레나는 이맛살을 찌푸렸다. 별로 하고 싶어서 한 건 아니다. 최대한 잘 보여야 해서 이런 머리 스타일을 해야 했다.

"원로 회의에 참석했거든."

"아."

무슨 소린지 알겠다. 상급 귀족 중에서도 오 대 이상 이어져 내려온 귀족만 모여서 회의를 하는 것을 원로 회의라고 한다.

당연히 쿨린 백작은 참석할 수 없다. 그는 백작이기는 하지만 초대 백작이니까.

"원로 회의는 왜?"

사용인에게 바깥쪽에서 차를 받아 온 모아나가 쟁반을 테이블 위에 내려놓으며 물었다. 비밀 보장을 위해 이런 비밀 방에서빙하는 직원들은 특별히 입이 무거운 사람을 쓰지만, 오늘은 전부 물리고 모아나가 하고 있다.

세이레나는 로렌을 위해 찻잔을 들어 올리며 말했다.

"교육 기관 설립 때문에."

로렌은 찻주전자를 들어 올리며 물었다.

"그 사람들이 뭐래?"

모아나는 사용인이 차곡차곡 쌓아 온 접시를 꺼내 그 위에 과자와 케이크를 올리고 있었다. 그녀는 마지막 케이크를 얹은 접시를 세이레나 쪽으로 놓으며 빈정거렸다.

"손 떼라는 거지, 뭐."

"너한테 그렇게 말했어?"

깜짝 놀라는 로렌의 질문에 세이레나는 쓰게 웃었다. 테이블은 세 사람이 익숙하게 움직인 덕에 차와 과자가 가지런히 놓여졌다.

"그렇게 과격하게 말하진 않았어."

"좋게 말한다고 그게 손 떼라는 말이 아닌 건 아니잖아?"

그건 그렇다. 세이레나는 재빨리 찻잔을 들어 입에 가져다 댔다. 그 점에 대해서는 대답하지 않겠다는 태도에 모아나는 한숨을 내쉬었다.

"왜 손을 떼라고 하는 거야?"

로렌이 물었다. 찻잔이 아직 입술에 닿아 있는 세이레나를 대신해서 모아나가 재빨리 대답했다.

"기사가 되면 귀족이 될 수 있잖아?"

그게 고작 "경"이라고 해도 귀족이다. 평민과는 다른 특혜가 주어진다.

예를 들면 영지는 기본적으로 국왕의 것이다. 그리고 국왕은 귀족들에게 충성을 대가로 영지를 배분해 준다. 그 영지에서 나오는 소득은 모두 영주의 소득으로 돌아간다.

즉, 영지민들의 세금을 말한다.

국왕은 대신 영주에게 세금을 받는다. 그것은 영지가 없는 귀족도 마찬가지다. 기사들 모두 국왕에게 직접 세금을 낸다는 뜻이다.

여기서 문제가 발생한다. 수도는 국왕의 직속 영지이니 상관없지만 다른 귀족의 영지에 살고 있는 영지민이 귀족이 된다면? 그들이 내야 할 세금은 영주가 아니라 국왕에게 가게 된다.

지금까지는 그게 그렇게 대단한 수가 아니었다. 기사단에 입단하는 자들은 대부분의 귀족 자제고, 그들은 어차피 국왕에게 세금을 내던 자들이니 다른 귀족들과 아무 상관이 없었다.

하지만 세이레나의 사업이 성공해서 "경" 작위를 받는 평민들이 늘어나면 귀족들이 받을 영지민의 세금도 그만큼 줄어든다는 뜻이다.

"허."

모아나의 설명에 로렌은 입을 딱 벌렸다. 영지가 없는 그녀는 생각도 못 한 부분이었다. 로렌은 세이레나와 모아나를 번갈아 쳐다보다가 물었다.

"어, 그럼 어떻게 해? 무산되는 거야?"

"그럴 리가."

세이레나는 단호하게 대답했다. 그렇게 호락호락하게 멈출 거면 시작도 안 했다.

"내 목표는 많은 인재를 길러 내는 거야. 기사뿐만이 아니야. 마법사, 예술가, 연금술사. 이런 인재들은 많을수록 좋지만 그런 인재가 자연적으로 만들어지지는 않잖아."

대부분의 기사들이 귀족 집안에서 배출되는 이유는 간단하다. 그 정도의 교육을 할 수 있는 게 귀족 집안 정도기 때문이다.

하지만 귀족 자제들은 그 교육의 결과를 자신의 집안을 위해 사용하기 마련이다. 세이레나는 나라를 위해 귀족이 아닌 인재가 필요하다고 생각했다.

"엄청난데. 돈이 꽤 들지 않겠어?"

세이레나의 말에 로렌이 걱정스럽게 말했다. 물론 그레이윈드가는 부유하긴 하다. 하지만 교육은 장기적으로 돈이 드는 것이고, 시설 또한 필요하다.

심지어 세이레나는 가난하지만 재능 있는 평민 아이들을 가르치고 싶어 했다. 그건 절대 돈이 되지 않는 사업이다.

"음, 그래서 말인데."

모아나와 시선을 부딪친 세이레나가 조심스럽게 말했다. 그렇지 않아도 그 부분 때문에 로렌에게 부탁하고 싶은 게 있었다.

"반은 기금 조성을 위해 연 바자회에서 충당할 거야. 반은 모아나가 투자해 줄 거고."

"네가?"

세이레나의 말에 로렌이 모아나를 쳐다보며 물었다. 그렇게 돈이 많았어? 깜짝 놀라는 친구를 향해 모아나는 교만한 미소를 지으며 말했다.

"여기사 클럽이 있잖아."

"이거?"

이게 그렇게 돈이 돼? 로렌은 깜짝 놀라서 주위를 돌아봤다. 모아나는 깔깔대며 말했다.

"너만 해도 우리 클럽 VIP 고객이야. 네가 여기서 먹는 식비만 생각해도 그래."

로렌은 하루에 두 끼 정도를 클럽에서 해결하고 있기는 하다. 하지만 그녀에게는 대단한 돈이 아니었고, 매출이나 수익에 대해서는 거의 몰랐기 때문에 처음 알았다.

모아나는 세이레나를 쳐다보며 재빨리 덧붙였다.

"덕분에 세금도 많이 내고 있다고."

"투자해 주는 조건으로 세금을 감면해 주기로 했지."

세이레나의 제안이었다. 사업은 기존 귀족들의 반대를 받고 있었고 거기에 투자할 사람은 많지 않다.

세이레나는 모아나에게 투자해 주겠다면 클럽에 대한 세금은 감면해 주겠다고 제안했고, 모아나는 받아들였다.

"어, 잠깐. 그럼 난?"

모아나와 세이레나를 번갈아 보던 로렌이 손가락으로 자신을 가리키며 물었다. 그렇지 않아도 뭔가 할 일이 없는지 물어보러 온 거다.

하지만 세이레나와 모아나가 먼저 뭔가를 하고 있다는 걸 알게 되니 약간 섭섭하기까지 했다.

"너한테도 부탁할 게 많아."

다행히 세이레나는 빙그레 웃으며 말했다. 로렌에게도 부탁하고 싶은 것도, 하고 싶은 말도 많았다. 그녀는 찻잔을 감싸며 말을 이었다.

"건물과 비품은 해결이 될 것 같은데 교사가 문제야"

교사가 왜 문제가 되는 거지? 어리둥절해 하는 로렌에게 모아나가 설명했다.

"돈이 있다고 좋은 교사를 고용할 수 있는 건 아니거든."

실력 있는 교사를 고용하기 위해서는 교사에게 줄 돈과 실력 있는 교사를 구할 연줄이 필요하다. 괜히 기사의 대부분이 귀족 집안 자제인 게 아니다. 그들은 돈이 있고 연줄이 있기 때문이다.

실제로 모아나가 기사단에 들어갈 정도의 실력을 쌓기 위해 쿨린 백작은 어마어마한 돈을 쏟아부어야 했다.

돈으로 자작이 된 쿨린 백작에게 제대로 된 기사를 소개시켜 주는 사람은 없었다.

어떤 사람은 돈만 받고 모아나를 가르치지 않기도 했고, 어떤 사람은 가르친다는 핑계로 모아나의 호의를 사려 하기도 했다.

"교사로 적당한 기사를 알려 줄 수는 있지."

로렌은 빙그레 웃으며 말했다. 세이레나와 그녀의 사이가 좋지 않다는 소문 때문에 직접 소개해 주기는 어렵지만, 누군가를 가르치는데 재능이 있는 사람들을 알려 주는 건 어렵지 않다.

"아마 그중 몇몇은 보수를 받지 않고 강의를 할 수도 있을 거야."

기사단을 그만두고, 무료해 하는 사람들도 꽤 있다. 특히나 지금까지 여기사들은 딱히 그만둬야 해서 그만둔다기보다는 결혼하면 그만두는 분위기라 그만둔 사람도 많았다.

"그건 희소식이네."

모아나는 케이크를 포크로 찍으며 말했다. 하지만 세이레나는 무료 봉사를 오래 받을 생각이 없었다. 그녀는 못마땅한 표정으로 말했다.

"한두 번은 몰라도 무보수로 오래 강의를 부탁할 순 없어. 강의의 질이 낮아질 테니까."

강의의 질이 낮아지면 그녀의 계획이 어그러진다. 세이레나는 아직 이해하지 못하는 로렌에게 재빨리 계획을 설명했다.

"난 기관이 몇 년 안에 적자를 벗어나도록 하고 싶거든."

"그게 가능하겠어?"

"하지."

세이레나는 빙그레 웃었다. 귀족이 아닌 부유한 평민들은 기사단에 들어가기 위해 돈과 인맥을 써서 교사를 초빙하려 애쓴다.

그런 그들이 훌륭한 교사가 교육 기관에 있다는 말을 듣는다면?

그리고 교육 기관에 오면 훌륭한 교육을 받을 수 있다는 것을 안다면?

분명 많은 돈을 써서라도 교육 기관에 들어오려 할 것이다. 세이레나는 그들에게 돈을 받을 생각이었다. 사람들은 돈이 생기면 편리한 것에 돈을 쓰게 마련이다.

직접 믿을 수 있고 실력 있는 교사를 찾아서 고용하고, 꾸준히 강의할 수 있도록 교사를 붙잡아 놔야 하는 노력에 비하면 교육 기관에 와서 수업을 듣는 건 훨씬 간편하다.

"그래서, 한 가지 더 부탁이 있는데."

모아나가 눈을 반짝이며 입을 열었다. 그 옆에서 세이레나도 로렌을 향해 몸을 내밀었다.

* * *

"이게 누구신가? 라고말리 기사단의 단장님 아니신가?"

누군가 과도하게 반가운 척하며 다가왔다. 사람들 사이에 서서 춤을 추는 사람들을 구경하던 로렌은 깜짝 놀라서 고개를 돌렸다.

테리 경이었다. 윽, 하고 로렌의 인상이 구겨질 뻔했지만 그녀
는 가까스로 무표정을 가장할 수 있었다.

"오랜만입니다, 테리 경."

세이레나와 만난 지 몇 주가 지났다. 그사이에 기사단에서는
여러 가지 사건이 벌어졌다. 테리 경의 아들인 콜린은 다른 페이
지들과 두 번 더 싸움을 벌였고 승단 시험이 열렸다.

그리고 매년 승단 시험 전에 있었던 왕비님의 시범 대련이 올
해는 취소되었다.

그 일을 두고 사교계는 한 번 더 떠들썩해졌다. 기사단장과
왕비의 사이가 완전히 어그러진 게 아니냐는 소문이 퍼졌다.

왕비의 시범 대련은 특별한 이유를 제외하면 지금까지 단 한
번도 취소된 적이 없다. 그리고 특별한 이유는 상당히 아플 때를
말한다.

타인머스는 기사의 나라고 왕비가 기사단에서 시범을 보이는
건 큰 영광으로 여겨졌다. 그것을 취소했는데 왕비는 아픈 곳 하
나 없이 멀쩡해 보이니 시끄러워지는 것은 당연했다.

하지만 로렌과 세이레나는 아무 말도 하지 않았다. 두 사람은
마치 소문을 모르는 것처럼 아무 반응도 하지 않았고, 소문은 다
시 시들해졌다.

그리고, 오늘. 로렌은 왕궁에서 열린 신년 파티에 참석해 있
다.

"여기서 볼 줄은 몰랐습니다."

테리 경의 말에 로렌의 고개가 기울어졌다. 그녀는 가까스로 경멸의 표정을 숨기며 말했다.

"신년 파티는 모든 귀족이 참석하니까요. 당연히 와야죠."

"그렇죠. 그렇겠죠."

맞장구치면서도 테리 경은 히죽히죽 웃고 있었다. 그는 기사 단장과 왕비의 사이가 완전히 끝장났다는 소문을 들었다.

비록 국왕 부부가 기사단장이 기사단을 어떻게 운영하는지 상관하지 않겠다고 말했지만, 그는 왕비가 기사단장에게 작위를 수여하는 것을 반대했다는 말을 들었다.

기사단과 사교계는 분위기가 다르다고 해도 결국은 그 귀족이 그 귀족이다. 왕비의 미움을 산 자가 기사단장 자리에 오래 머물러 있을 리가 없다.

계집이 기사단장에 앉았다는 것부터가 어불성설이지.

그는 그렇게 생각하며 로렌에게서 한 발짝 물렀다. 그러자 테리 경이 인사하는 것을 기다리고 있던 다른 귀족이 로렌에게 다가갔다.

"필립스 경."

"오랜만입니다. 어시스 백작님."

애슐리는 친밀하게 로렌과 악수하고 그녀의 손을 다독였다. 그녀는 세이레나가 왕비가 된 것만큼이나 로렌이 기사단장이 된 게 반가웠고 기뻤다.

비록 사교계에서 세이레나와 로렌의 사이가 어그러졌다는 소문이 퍼졌지만, 그 말을 믿지 않는 몇 안 되는 사람 중 하나이기도 했다.

그녀는 로렌의 손을 잡은 채 물었다.

"기사단장으로서 왕비님의 사업을 어떻게 생각해요?"

로렌은 잠시 어리둥절한 표정을 지었다. 어떻게 생각하냐고? 당연히 좋은 일이라고 생각했다. 하지만 그렇게 말해서는 안 된다. 그녀는 재빨리 표정을 갈무리하며 말했다.

"기사단장으로서 생각하고 말고 할 문제가 아니라고 생각합니다."

"하지만 왕비님의 사업이 성공하면 기사단에 평민들이 많이 들어오게 될 텐데요?"

"그런 이유로 왕비님의 사업을 반대하는 사람은 많다고 하더군요."

로렌과 애슐리의 시선이 주변을 둘러싼 사람들을 훑었다. 몇몇 귀족들이 움찔하는 게 보였다.

그런 소문이 퍼져 있다. 기사단에 평민이 많이 들어오게 될 거라는 우려로 사업을 반대하는 귀족들이 있다고. 실제로 그런 귀족이 있기도 하다.

그리고 모아나와 로렌이 세이레나의 부탁으로 일부러 더 크게 소문을 냈다.

덕분에 기득권들이 귀족이 될 기회를 차단하려 한다고 생각한 부유한 평민들이 세이레나의 사업을 지지하고 나섰다. 세이레나의 일이 좀 더 원활해진 것은 말할 것도 없다.

애슐리는 빙그레 웃으며 말했다.

"그런 사람도 있다고 하더군요. 기사단장으로서는 어떻게 생각하는지 궁금한데요."

과연 라고말리 기사단의 단장이 왕비의 사업을 반대할 것인가, 지지할 것인가.

사람들의 흥미가 다시 로렌과 애슐리를 향했다. 그들은 로렌이 반대할 거라 생각했다. 왕비와 기사단장의 사이가 좋지 않다고 생각하기 때문이다.

하지만 로렌의 대답은 그런 게 아니었다.

"생각하고 말고 할 것도 없습니다. 입단 시험에서 기사단이 보는 건 애국심과 실력뿐이니까요. 라고말리 기사단의 기사들은 나라 최고의 실력자들이라고 자부합니다. 어쩌면 이 대륙에서도요. 귀족이건, 평민이건, 실력이 없다면 들어올 수 없습니다."

라고말리 기사단의 자부심은 그들이 귀족이라는 점이 아니라 나라 최고의 실력이라는 점에 있다.

로렌의 말에 애슐리의 얼굴에 미소가 떠올랐다. 그녀가 원하던 대답이 나왔다. 반대로 말하면, 실력만 있다면 누구나 기사단에 입단할 수 있다는 말이다.

멀찌감치 떨어졌던 테리 경은 어이가 없어서 헛기침을 내뱉었다. 왕비도 한심한 소리를 하더니 기사단장이라는 녀석이 저 모양이다. 그는 사람들 사이에 끼어들어서 물었다.

"그럼, 어디서 검술을 배웠는지도 모르는 평민을 받겠다는 말입니까? 기사단장이라면 기사단의 명예를 위해 좀 더 깊게 생각해야 할 겁니다."

뭐라는 거야, 이 멍청이가. 욱했던 로렌은 재빨리 감정을 가라앉혔다. 애쉬라면 이럴 때 뭐라고 할까. 잠시 고민하던 그녀는 모아나의 말을 떠올렸다.

애쉬와 그녀는 다르다. 입장과 상황이 다르다. 그리고 가장 중요한 건 사람이 다르다는 것이다.

약간 홀가분한 기분이 들었다. 로렌은 팔짱을 낀 채 테리 경을 향해 말했다.

"어디서 검술을 배웠는지도 모르는 평민에 콜린 테리 군도 들어간다는 걸 알고 말씀하시는 거겠죠?"

"무, 무슨! 여기서 콜린이 왜 나옵니까?"

"콜린도 평민이니까요. 아직은 말이죠."

테리 경의 얼굴이 붉어졌다. 그의 할아버지와 아버지, 그리고 그까지 전부 기사단에 입단했다. 이 정도로 오래 귀족 사회에 살면 자신이 기득권이라고 착각하는 모양이다.

그는 허리에 손을 얹으며 말했다.

"콜린도 내년이면 기사가 될 테니 감히 내 아들을 평민이라고 부른 것을 사과하시죠!"

"아, 그것 말인데……."

로렌은 고개를 기울였다. 그렇지 않아도 콜린 때문에 골치가 아프던 차다. 그녀는 테리 경을 향해 말했다.

"콜린 테리 군이 벌써 네 번이나 싸움을 일으켰다는 걸 알고 계시죠? 기사단의 명예를 위해 이런 호전적이고 사회화가 덜 된 페이지를 기사로 승격시켜도 되는지 고민하던 차였습니다."

테리 경의 눈이 커졌다. 그것을 본 로렌의 얼굴에 미소가 떠올랐다. 애쉬라면 테리 경을 단장실에 불러 경고를 줬을 것이다. 애쉬라면, 콜린을 어떻게든 가르칠 생각을 했을 것이다.

그리고 애쉬라면 테리 경과 콜린이 감히 단장을 향해 덤벼들 생각조차도 못했을 것이다.

입장이, 상황이, 사람이 다르다.

로렌은 그녀가 기사단장이 되기 전에 잔인하다 싶을 정도로 기사들을 밟았던 이유를 떠올렸다. 그녀는 그렇게 해야 했다. 그렇게 해야 멍청한 놈들은 감히 로렌에게 덤벼들 생각을 자제했다.

"공정은 개뿔."

그녀는 그렇게 중얼거리고 얼굴의 미소를 지웠다. 그리고 테리 경을 향해 말했다.

"앞으로 한 번. 한 번만 더 콜린 테리 군이 문제를 일으키면 퇴출하겠습니다. 경께서 그리 걱정하신 기사단의 명예를 위해서 말이죠."

테리 경의 얼굴이 하얗게 질렸다. 그러다가 곧 새빨갛게 달아올랐다. 그는 부들부들 떨며 입을 열었다.

"감히……."

그때, 시종이 소리쳤다.

"국왕 폐하 납시오!"

음악이 잦아들었다. 그리고 웅장한 음악이 연주되기 시작했다. 사람들이 양옆으로 비켜나며 고개를 숙이자 테리 경 역시 어쩔 수 없이 로렌에게서 물러나는 수밖에 없었다.

로렌 역시 뒤로 물러나며 고개를 숙였다. 그녀의 옆에 서 있던 애슐리가 고개를 숙인 채 로렌의 손을 잡았다.

"잘했어요."

그녀는 로렌의 "애쉬 짓"에 대해 잘 몰랐지만 후련해진 로렌의 표정을 보고 잘했다고 생각했다. 저런 자들에게는 강하게 나가야 한다. 상대방을 아래로 보고 대하는 자들에게는 그들이 아래라는 것을 보여 줄 필요가 있다.

로렌은 고개를 숙인 채 애슐리를 쳐다보며 미소 지었다. 두 사람 앞으로 애쉬와 세이레나가 지나갔다. 세이레나는 멀리서 애슐리가 로렌의 손을 잡는 것을 보고 눈을 동그랗게 떴지만, 재빨리 표정을 관리했다.

"좋은 시간이 되고 있길 바라네."

애쉬는 고개를 숙인 사람들을 쳐다보며 인사를 건넸다. 동시에 사람들도 가볍게 무릎을 굽혔다가 피며 인사를 건넸다. 국왕과 왕비의 만수무강을 비는 문구를 읊조리며 로렌도 고개를 들었다.

애쉬는 세이레나를 꽉 끌어안고 있었다. 지난 몇 달간 왕궁 공사는 전체의 반의반 정도 끝났다. 그는 원래 용도가 왕궁 관리들의 사무실이 될 건물을 둘러보고 세이레나를 쳐다봤다.

거대한 로비는 왕궁 신년 파티로 사용하기에는 약간 좁았지만 그레이윈드 저택보다는 낫다.

크기는 비슷했지만 애쉬는 저택에 수많은 귀족들을 들이는 게 꺼려졌다. 그는 세이레나가 춥지 않도록 그녀의 어깨를 감싼 망토를 가다듬으며 물었다.

"기분이 안 좋으면 바로 말해."

"괜찮다니까요."

이 정도는 문제없다. 자신만만한 세이레나의 태도에도 애쉬의 걱정스러운 표정을 풀리지 않았다. 여전히 다정한 국왕 부부의 태도를 보고 사람들의 얼굴에 흐뭇한 미소가 떠올랐다.

애쉬는 다시 사람들을 둘러보며 새해를 맞이한 것에 대한 감사와 축하, 그리고 사람들을 향한 덕담을 간단하게 말했다.

새로운 왕이 오르고 새해가 돌아왔다. 그리고 반의반뿐이지만 새로운 건물에서 열리는 신년 파티다. 사람들의 기분도 고양됐다.

"후사 소식만 있으면 좋겠는데 말이죠."

애슐리는 로렌에게 그렇게 속삭였다. 국왕 부부는 사이가 좋으니까 금세 후사를 볼 줄 알았는데 아직까지 소식이 없다.

그녀는 로렌이 뭔가 아는 게 있는지 확인하려는 듯 로렌을 물끄러미 쳐다보다가 활짝 웃으며 말했다.

"뭐, 결혼한 지 이제 겨우 몇 달째니까요."

"그렇죠."

로렌 역시 빙그레 웃었다. 새로운 것은 왕과 건물뿐 만이 아니었다. 애쉬에 이어 세이레나의 덕담도 이어졌다. 선왕은 왕비가 신년 파티에서 사람들에게 공개적으로 오래 말하는 것을 허락하지 않았다.

사람들은 자유롭게 이야기하는 세이레나의 모습에 잠시 당황했지만, 곧 적응했다.

로렌과 세이레나의 사이를 살피는 사람도 있었지만, 파티가 무르익으면서 그것도 곧 흐지부지됐다. 그리고 국왕 부부가 춤을 출 거라는 사람들의 기대를 배신하고 애쉬와 세이레나는 그대로 파티를 떠났다.

그리고 며칠 뒤. 왕궁에서 새로운 사실을 공표했다.

5

기적

　세이레나가 로렌과 여기사 클럽에서 비밀리에 만나고 온 뒤 이 주가 지났다. 솔직히 말하면 그녀는 시간이 어떻게 지나는지도 모를 정도로 바쁘게 지내고 있었다.

　교육 사업 때문만은 아니다. 세이레나는 왕비의 업무가 자신의 생각보다 훨씬 많았다는 것을 깨닫고 한숨을 내쉬었다.

　돌아오기 전 그녀가 미움받은 이유는 게일과 아드리아나가 그녀의 이름을 뒤에 업고 권력을 휘둘렀기 때문이다. 하지만 그것 외에도 그녀는 자신이 해야 할 일을 제대로 하지 않았다.

　예산을 확인한다거나 피해 지역을 살핀다거나 하는 일들.

　물론 왕비인 그녀가 주판을 튕기며 예산을 짜고 집행하는 일을 하지는 않는다. 하지만 제대로 집행이 됐는지 확인하는 건 그녀의 일이다.

피해 지역을 살피는 것 역시 마찬가지였다. 이건 엄밀히 말하면 왕인 애쉬의 일이긴 했다. 왕은 복구를 명령하고 필요한 자원을 옮길 수 있도록 허가를 내려 준다.

그리고 세이레나는 피해 지역의 영주에게 위로하는 편지를 쓰고 약간의 지원금을 보내 주는 일을 해야 했다.

귀족이 사망하거나 다쳤다면 사후 처리 역시 왕비의 일이었다. 가족들을 위로해 주고 도와줄 일이 없는지 물었다. 왕이 물리적인 일을 처리한다면 왕비는 감정적인 일을 처리해야 했다.

괜히 왕과 왕비를 나라의 아버지와 어머니라고 하는 게 아니다. 거의 온종일 편지를 쓰고 위문을 다닌 끝에 그녀는 그레이윈드 저택에 돌아와 개인 응접실 소파에 주저앉았다.

"전하. 의사를 불러야겠어요."

메디나 백작 부인이 걱정스러운 표정으로 말했다. 소파에 드러눕다시피 앉아 머리를 기대고 있던 세이레나는 한쪽 눈만 떠서 그녀를 쳐다봤다.

"저 그렇게 안 좋아 보여요?"

얼굴이 좋지 않다. 핼쑥한 데다 눈 밑이 거무스름해졌다. 메디나 백작 부인은 다음 일정을 위해 왕비님의 옷과 화장품을 준비하라고 이르고 세이레나를 향해 말했다.

"왕비님은 언제나 아름다우시죠. 그저 제가 걱정이 돼서 그렇습니다."

안 좋아 보인다는 말이다. 듣기 좋은 말 뒤에 감춰진 의미에 세이레나는 쓰게 웃었다. 최근 확실히 피곤하긴 했다. 하루 종일 앉아서 편지를 읽고 쓰는 것도 일이다.

게다가 그녀는 누군가 다치거나 죽었다고 하면 진심으로 가슴 아파했다.

메디나 백작 부인은 너무 착한 세이레나가 걱정이 됐다. 저렇게 감정적이어선 쉽게 지친다. 사람은 누구나 다치고 죽는다는 생각으로 약간은 냉정하게 상황을 봐야 할 필요가 있다.

하지만 그런 세이레나의 성격 덕분에 그녀는 사교계에서 상당한 인기를 얻고 있기도 했다.

왕비쯤 되는 높은 사람이 진심으로 자신의 우환을 걱정해 준다는 건 감동적이기 마련이다.

"괜찮아요. 그냥, 차를 마시고 싶어요. 우유와 설탕을 듬뿍 넣어서."

"알겠습니다."

의사보다는 진한 차가 더 갈급하다. 세이레나의 말을 들은 메디나 백작 부인은 재빨리 사람을 시켜 다과를 내오도록 했다.

하루 종일 편지만 쓴 건 아니다. 살롱이나 연회에 참석해서 사람들의 이야기를 듣기도 했다. 자리를 옮기며 약간의 음식을 몇 번이나 맛본 탓에 세이레나의 위는 예민해져 있었다.

다행히 그런 그녀를 달래 줄 수 있는 최상품의 음식이 그레이윈드 저택에는 있다.

메디나 백작 부인은 제일 먼저 미지근한 물을 세이레나에게 내밀었다. 그리고 다른 사람들을 전부 물린 뒤 문을 닫았다.

왕비님은 이다음에는 쿨린 영애와 만나기로 했다. 그전까지 시간이 약간 있으니 조금 편히 쉬었으면 좋겠다는 바람 때문이었다.

그녀의 바람대로 메디나 백작 부인과 단둘이 남게 되자 세이레나는 구두를 벗어 버렸다. 이 젊은 왕비님은 아무리 힘들어도 혼자 있지 않으면 절대로 구두를 벗거나 옷을 느슨하게 하지 않는다는 것을 백작 부인은 잘 알고 있었다.

이런, 나이에 맞지 않게 고지식한 부분도 백작 부인은 참 좋았지만 그래서 더 걱정스럽기도 했다.

"좀 더 편한 옷을 갈아입으시겠어요?"

최근에는 그래도 메디나 백작 부인과 단둘이 있게 되면 구두를 벗거나 단추 한두 개 정도는 끄르게 되었다. 백작 부인의 제안에 세이레나는 미지근한 물이 담긴 컵을 꽉 쥔 채 잠시 고민했다.

"이다음은 모아나뿐이죠?"

"네. 쿨린 영애와 간단하게 저녁 식사를 하신 뒤 바로 목욕하실 수 있도록 준비해 놓겠습니다."

"애쉬의 일정은 어때요?"

국왕을 폐하가 아니라 애쉬라고 부르는 것도 백작 부인 앞에서뿐이다. 그녀는 세이레나의 신뢰가 기분 좋아서 빙그레 웃으며 말했다.

"폐하께선 회의 중에 식사하실 수 있도록 준비해 놓았습니다."

곧 몬스터가 식량을 찾아 수도를 습격할 시기다. 그것 때문에 회의를 한다고 했던 것을 떠올리며 세이레나는 한숨을 내쉬었다.

애쉬를 생각하면 이렇게 틈을 타서 차를 마시는 것도 사치에 가깝다.

"음식은 충분하겠죠?"

"말씀하신 대로 생선보다는 육류 쪽으로 준비해 놨습니다."

그렇다면 됐다. 세이레나는 머리를 떨구고 한숨을 내쉬었다. 어쩌면 체력에 한계가 온 것인지도 모른다. 피곤함을 느끼는 일이 점점 더 늘어나고 있었다.

때마침 시녀가 세이레나를 위한 다과를 가지고 도착했다. 세이레나는 재빨리 자세를 바로 하고 구두에 발을 쑤셔 넣었다.

"어디 아픈 거 아니야?"

세이레나와 교육 사업에 관련해서 회의를 하러 온 모아나도 메디나 백작 부인과 똑같은 말을 했다. 세이레나의 얼굴은 마지막으로 만난 며칠 전보다 훨씬 핼쑥해 보였다.

어느 정도였냐면 안 그래도 작고 새하얀 얼굴에 보라색 눈동자만 도드라져서 얼굴에서 눈만 보일 정도였다.

"아니, 어디 아픈 건 아닌데. 그렇게 안 좋아 보여?"

"응. 오늘은 일찍 자는 게 좋겠다."

모아나는 그렇게 말하며 펼쳐 놓은 건축도면을 정리하기 시작했다. 귀족들이 평민이 기사단에 들어와 작위를 받을까 봐 왕비의 교육 사업을 반대한다는 소문이 퍼지자 부유한 평민들이 기부를 하고 싶다는 연락을 하기 시작했다.

덕분에 필요한 초기 자금보다 많은 돈을 구할 수 있었다.

오늘 모아나가 온 건 교육 기관을 지을 건축가를 구했다는 말을 하기 위해서였다. 건축가는 세이레나와 모아나가 생각한 건물을 건축도면으로 만들어 보냈고 두 사람은 그것을 확인하던 차다.

수정하고 싶은 부분이 없다면 이대로 건축 허가를 위한 절차를 밟고 학생을 모으기 시작할 거다.

이미 로렌이 추천하는 교사 명단도 지난주에 도착했다.

"아니야, 아니야."

세이레나는 모아나의 손을 막으며 고개를 저었다. 어차피 해야 할 일이다. 오늘 일을 내일로 미루면 내일 더 힘들어진다.

그런 친구의 표정을 본 모아나는 한숨을 내쉬었다. 진짜 피곤해 보인다. 그녀는 세이레나에게 물었다.

"요새 얼마나 자?"

"어, 으음."

세이레나의 얼굴에 곤란하다는 표정이 떠올랐다. 최근 평균 수면시간은 네다섯 시간 정도다. 하지만 그녀가 침대에 머무르는 시간은 일고여덟 시간 정도다. 그러니까 부족한 시간의 원인은 애쉬에게 있다.

그는 아침저녁으로 세이레나를 원했다. 어떨 때는 새벽에 그녀를 깨우기도 했다.

눈치 빠르게도 모아나는 곤란해하는 세이레나의 표정을 읽고 그녀가 왜 곤란해하는지 알아차렸다. 어휴. 모아나는 턱을 괴며 말했다.

"너무 피곤해도 임신이 잘 안 된대."

"어? 뭐? 뭐라고?"

세이레나의 얼굴이 당혹스러운 표정이 떠올랐다. 설마 다른 사람도 아니고 미혼인 친구에게 그런 말을 들을 줄은 몰랐다.

하지만 모아나는 다시 도면을 펼치며 심드렁하게 말했다.

"얼른 끝내자. 그래야 네가 조금이라도 더 자지."

친구의 배려에 세이레나의 얼굴이 달아올랐다. 어쩐지 민망하다. 하지만 두 사람은 재빨리 의견의 일치를 보고 회의를 끝냈다.

"푹 쉬어."

세이레나는 회의가 일찍 끝났으니 저택 현관까지만이라도 배웅해 주고 싶다고 말했지만, 모아나는 극구 거절했다. 세이레나의 상태가 어느 정도였냐면 목욕을 하느니 그 시간이 자는 게 나을 것 같다는 생각이 들 정도였기 때문이다. 그런 친구의 배웅을 받는다면 죄책감 때문에 발걸음이 떨어지지 않을 것 같다.

모아나는 세이레나에게 나오지 말라고 신신당부하고 시녀의 안내를 받아 저택을 나섰다. 점점 추워지는 날씨 탓에 밖으로 나오자마자 그녀의 입에서 하얀 김이 뿜어져 나왔다.

"잘했지, 잘했어."

이 날씨에 저렇게 피곤해 보이는 애가 배웅하다가 감기라도 걸리면 큰일이다. 모아나는 코트 자락을 여미며 대기하고 있던 마차를 향해 다가갔다. 그때 누군가 저택 밖으로 빠져나왔다.

"쿨린 경?"

"발자크 경?"

저렇게 키가 큰 사람은 흔치 않다. 모아나는 저택에서 뿜어져 나오는 빛 때문에 남자의 얼굴이 보이지 않았음에도 그가 데니스라는 것을 알아차렸다.

그의 뒤로 회의를 마친 사람들이 우르르 빠져나오기 시작했다.

"아, 왕비님과 회의했나 보죠?"

"네. 발자크 경은 폐하와 회의를 했나 봐요?"

정답이다. 두 사람은 마주 서서 킬킬거리다가 쿨린 백작가의 마차를 쳐다봤다. 다른 사람들의 마차를 위해 모아나의 마차가 자리를 비켜 줘야 한다.

그녀는 다시 데니스를 쳐다보며 물었다.

"집으로 가실 건가요? 태워 드릴까요?"

"아, 아닙니다. 전 오늘 야간 근무라."

근위대는 삼 교대로 왕을 지킨다. 오늘 야간은 데니스와 다른 대원이 애쉬의 주변을 지킨다는 말이다.

모아나는 고개를 기울이며 물었다.

"그럼 여기 왜 나와 있어요?"

"아, 그게."

데니스는 머리를 쓸어 넘기다가 우뚝 서 있는 다른 사람들을 보고 빙그레 웃으며 말했다.

"조심히 가십시오."

아하. 오늘 회의에 참석한 사람들을 배웅해 주러 나온 거다. 데니스의 인사에 남자들이 다음에 보자는 인사를 건넸다.

그리고 몇몇은 시종이 가져온 말을 타고 떠나갔고 몇몇은 마차를 기다리고 있었다.

"예정보다 좀 일찍 끝나서요."

데니스의 말에 모아나는 다 안다는 듯한 미소를 지었다. 예상보다 회의가 일찍 끝난 이유를 그녀는 알고 있다. 누군가 애쉬에게 세이레나의 회의가 일찍 끝날 것 같다고 알려 준 거겠지.

그리고 덤으로 세이레나의 상태가 좋지 않아서 빨리 끝냈다는 말도 했을 것이다. 당연히 부인이라면 껌뻑 죽는 현 국왕은 세이레나가 걱정돼서 회의를 최대한 빨리 진행했을 거고.

"그거, 저 때문이에요."

모아나의 말에 데니스가 고개를 갸웃하더니 빙그레 웃으며 말했다.

"그렇습니까?"

"네. 왕비님의 컨디션이 좋지 않은 것 같아서 최대한 빨리 끝냈거든요. 푹 쉬었으면 해서요. 지금 와선 다 틀렸지만요."

다 틀렸다고? 왜? 어리둥절해서 물어보려던 데니스는 입을 벌린 순간 이유를 깨달았다. 아하. 그는 씩 웃으며 말했다.

"폐하께선 감사하실 겁니다."

서늘한 손이 세이레나의 뺨과 이마를 감쌌다. 목욕도 물리고 침대에 기어들어 갔던 그녀는 어느새 까무룩 잠들었다가 누군가 그녀의 이마를 만지는 손길에 놀라 퍼뜩 눈을 떴다.

"나야. 놀라게 해서 미안해."

다정한 목소리가 놀란 세이레나를 부드럽게 얼렀다. 애쉬의, 남편의 목소리와 냄새에 그녀의 표정이 부드럽게 풀어졌다.

"빨리 왔네요."

세이레나는 다시 눈을 감으며 애쉬의 품에 꾸물꾸물 기어들어 갔다. 그러다가 '어라?' 하고 다시 눈을 뜨고 그를 쳐다봤다.

"차가워요. 찬물로 씻었어요?"

"음. 마음이 급해서."

물을 뜨거워지는 걸 기다릴 수가 없었다. 세이레나가 피곤해서 일찍 잠자리에 들었다는 걸 들은 순간 그는 진행하던 회의를 재빨리 정리하고 일어났다.

그리고 급하게 샤워를 하고 침실로 들어왔다.

"비누 냄새."

세이레나는 애쉬의 가슴에 코를 박고 비누 냄새와 그의 체취가 섞인 향을 들이마셨다. 어차피 씻을 거면 따듯한 물로 느긋하게 씻어도 됐을 텐데. 그녀는 애쉬의 가슴에 얼굴을 묻은 채 웅얼웅얼 물었다.

"날도 추운데. 따듯한 물로 씻지 그랬어요."

"마음이 급했다니까."

애쉬는 그렇게 말하며 세이레나의 등을 감쌌다. 세이레나가 피곤해 한다는 말에 걱정되어 한시라도 빨리 가고 싶었지만 씻지 않을 수는 없었다. 혹시라도 그녀의 상태가 좋지 않다면 씻지 않고 들어오는 건 세이레나를 더 아프게 만들 수 있다.

그는 평소보다 좀 더 높은 듯한 세이레나의 체온에 감기를 의심하고 있었다. 그렇다면 역시 씻고 오길 잘했다.

애쉬는 그녀의 등을 살살 쓰다듬으며 물었다.

"어디 아파? 의사는 뭐래?"

"의사 안 만났어요."

"어째서?"

애쉬의 손이 멈췄다. 세이레나는 그의 가슴에 얼굴을 문지르면서 웅얼거렸다.

"그냥 좀 피곤한 것뿐이에요. 의사를 만날 필요는 없어요."

그 말에 애쉬의 표정이 일그러졌다. 그는 한숨을 내쉬고 세이레나의 머리를 향해 고개를 숙였다.

"이런 말을 하는 버릇은 없는데."

"무슨 말이요?"

"필요의 문제가 아니라는 거 말이야."

아, 그 말. 세이레나는 킥킥 웃다가 말했다.

"내일 의사를 만나 볼게요. 그걸로 당신 마음이 편해진다면요."

"제발 그렇게 해 줘."

세이레나의 약속에 애쉬는 고개를 끄덕였다. 그녀의 말대로 단순히 피곤해서일 수도 있다.

그는 세이레나의 몸을 바짝 끌어안고 눈을 감았다. 문득 그의 머릿속에 오늘 아침에도 그녀를 괴롭혔던 게 떠올랐다.

"내가 미친놈이지."

애쉬는 끙 하고 신음을 내뱉고 다시 한숨을 내쉬었다. 그가 슬쩍 내려다보자 세이레나는 그의 가슴에 뺨을 대고 어느새 잠이 들어 있었다.

어지간히 피곤했던 모양이다. 덕분에 애쉬의 죄책감은 배가 되었다.

* * *

"북문에 습격이 있었다고 합니다."

이튿날 아침, 눈을 뜬 세이레나를 기다리고 있던 것은 몬스터의 습격 소식이었다. 메디나 백작 부인의 도움을 받아 세안을 하고 옷을 갈아입던 세이레나는 놀란 표정을 지었다가 물었다.

"피해자는요?"

"부상자나 사망자는 없습니다. 다만 북문 밖의 상인들이 지니고 있던 물품이 약간 파손됐다고 합니다."

인명 피해는 없다는 말에 그녀는 안도의 한숨을 내쉬었다. 기사단은 빠르게 상황을 정리했고 수도의 피해는 없다시피 했다. 그건 라고말리 기사단뿐 아니라 세이레나에게도 기쁜 소식이었다.

애쉬가 왕이 되고 라고말리 기사단이 출전한 첫 전투기 때문이다.

그 말은, 기사의 수가 줄어들고 여 기사의 비율이 반 이상을 차지한 뒤 첫 전투라는 말이기도 했다.

그런 기사단을 두고 사람들이 우려의 시선을 보내고 있다는 것을 세이레나는 잘 알고 있었다. 그녀와 로렌의 사이가 좋지 않다고 생각한 사람들이 기사단에 대한 안 좋은 이야기를 세이레나 앞에서 떠들어댔기 때문이다.

"다행이네요."

세이레나는 그렇게 말하고 다시 옷을 갈아입었다. 피해가 거의 없다면 그녀가 할 일은 없다. 마음 같아서는 기사단을 치하하고 싶지만, 지금은 그럴 수가 없다.

왕비로서는 그렇다.

세이레나의 머릿속에 좋은 생각이 떠올랐다. 칭찬이란 좋은 것이다. 받는 사람의 기분을 고양되게 만드니까. 그리고 지금의 기사단은 그들이 해낸 업적에 대해 칭찬을 받을 필요가 있다.

그녀는 메디나 백작 부인을 힐끔 쳐다봤다. 백작 부인은 오늘 일정에 맞춰 세이레나의 옷을 점검하고 있었다. 시녀들이 가져오는 드레스를 살피고 거기에 어울리는 장식을 고르고 있었다.

"오늘은 목이 올라오는 드레스를 입으시는 게 좋을 것 같아요."

메디나 백작 부인이 시녀들이 들고 있는 드레스 중 가장 꼼꼼하게 피부를 가리는 드레스를 가리키며 말했다. 날이 쌀쌀해졌을 뿐 아니라 어제 세이레나의 몸 상태를 염려해서 하는 말이다.

세이레나가 고개를 끄덕이자 그녀는 이어서 옷 위에 걸 목걸이와 브로치를 하나씩 가져왔다.

세이레나의 시선이 목걸이를 향했다. 얼마 전에 어느 남작에게 선물 받은 목걸이였다. 하지만 착용한 적은 없다. 그녀가 물끄러미 쳐다보자 선물 받은 것을 잊어버렸다고 생각한 백작 부인이 재빨리 말했다.

"페시 남작이 보낸 선물입니다."

"그게 아니라."

세이레나는 슬쩍 시녀들을 둘러보았다. 다들 믿을 수 있는 집안의 사람들이다. 그러니 지금 이 상황은 더 믿기 어려웠다.

왕비의 태도에 메디나 백작 부인은 눈치 빠르게 시녀들을 물렸다. 그녀는 세이레나의 곁에 가까이 다가가며 물었다.

"뭔가 문제라도 있으신가요?"

세이레나는 목걸이를 물끄러미 쳐다보고 있었다. 백작 부인은 그녀가 보기 쉽도록 목걸이를 들어 올려 주었다. 세이레나의 시선이 목걸이에 달린 보석들을 훑고 다시 백작 부인을 향했다.

"손버릇이 나쁜 사람이 있군요."

한숨을 내뱉으며 하는 말에 메디나 백작 부인의 표정이 굳었다. 손버릇이 나쁜 사람이 있다고? 그건 누군가 목걸이에 손을 댔다는 뜻이다. 그녀는 허둥지둥 목걸이를 들어 올려 쳐다봤다.

목걸이는 금으로 된 두 줄짜리 체인에 보석을 박아 넣은 메달이 총 열아홉 개가 고리로 연결된 형태였다. 첫 번째 줄에 아홉 개. 두 번째 줄에 열 개.

"빠, 빠진 것으로 보이지는 않는데요."

백작 부인의 말에 세이레나는 손가락으로 두 번째 줄의 가장 끝에 달린 메달을 가리켰다.

"이 줄에 있는 보석이요. 원래 있던 것보다 등급이 낮아요."

메디나 백작 부인의 눈이 커졌다. 확실히 첫 번째 줄에 있는 보석이 더 등급이 높다. 한두 개만 다르다면 그녀도 눈치챘을 것이다. 하지만 두 번째 줄의 보석 열 개가 전부 바꿔치기 돼 있었다.

"취향이 아니라서 안 썼던 건데……."

세이레나는 그렇게 말하며 한숨을 내쉬었다. 두 번째 줄에 있는 보석 열 개를 통째로 바꾸려면 시간이 꽤 걸린다. 대담하게도 그런 짓을 했다는 건 이 목걸이가 세이레나의 취향이 아니라는 것을 알 정도로 가까운 사람이라는 말이다.

　　"제 장신구는 누가 관리하죠?"

　　세이레나의 질문에 백작 부인은 입술을 깨물었다. 왕비님을 모시는 게 그녀의 일이다. 시녀를 관리하지 못했다는 건, 그리고 그걸 눈치채지 못했다는 건 그녀의 수치였다.

　　"바로 조치하겠습니다."

　　"그리고……."

　　세이레나는 망설이다가 다시 입을 열었다.

　　"페시 남작과 관련 있는지도 알아봐 주시고요."

　　별로 생각하고 싶지 않은 가능성이지만 단순히 보석을 노린 게 아니라 세이레나를 공격하려는 시도일 수도 있다.

　　"물론입니다. 전하."

　　메디나 백작 부인은 다시 목걸이를 부드러운 천 안에 정리했다. 수치심에 그녀의 손이 덜덜 떨리고 있었다. 세이레나는 그것을 못 본 척하며 다시 입을 열었다.

　　"그리고 한 가지 더 부탁이 있는데요."

　　"말씀만 하십시오."

　　지금의 수치를 만회하겠다는 듯 백작 부인의 목소리가 결연했다. 세이레나는 빙그레 웃으며 말을 이었다.

"이름을 밝히지 않고 누군가를 칭찬하고 싶어요."

백작 부인의 표정에도 미소가 떠올랐다. 그녀는 모아나와 로렌을 제외하면 현재 세이레나와 가장 가까운 사람이다. 이미 로렌과 세이레나의 사이가 좋지 않다는 게 거짓말이라는 것을 알고 있었다.

하지만 세이레나가 먼저 말하지 않는다면 그녀도 모르는 척할 생각이었다. 메디나 백작 부인은 고개를 끄덕이며 말했다.

"많은 수라면 연회를 베푸는 게 가장 좋은 방법이겠죠."

그 말에 세이레나의 눈이 커졌다. 그녀는 누군가라고만 말했을 뿐이다. 하지만 백작 부인은 마치 세이레나가 말하는 게 기사단이라는 것을 아는 것처럼 말하고 있었다.

"네. 많은 수라면 그게 가장 좋겠죠."

세이레나는 그렇게 말하며 다시 미소 지었다. 그녀의 이름을 밝히지 않고 많은 수를 치하하려면 연회가 가장 좋다. 백작 부인은 고개를 끄덕이고 목걸이가 든 천을 집어 들었다.

"그렇게 처리하겠습니다."

"부탁할게요."

역시 메디나 백작 부인은 믿을 수 있는 사람이야. 세이레나는 뒷걸음질로 방을 가로지르는 그녀를 쳐다보며 생각했다.

주변에 있는 모든 사람이 좋은 사람일 수는 없다. 그녀를 속이려는 사람은 어디에나 있다. 그렇기 때문에 세이레나는 가장 가까운 곳에서 도움을 받을 사람을 고를 때는 고심해서 선택했다.

로렌과 모아나뿐 아니라 애쉬나 데니스, 다른 여기사들의 이야기도 들어가며 선택했다. 그렇게 선택한 사람 중 하나가 메디나 백작 부인이었다.

괜찮아. 지난번과는 달라.

세이레나는 그렇게 생각하며 숨을 깊게 들이쉬었다. 매 순간 그녀는 이번 생과 지난 생의 차이를 떠올리며 불안해하거나 안도하기를 반복했다.

어떨 때는 이번 생이 전부 꿈이 아닐지 불안해하다가도 애쉬의 품에서 현실이라는 것을 실감하며 감사했다.

이런 점은 어쩌면 꽤 오래갈지도 모른다. 죽을 때까지 세이레나는 지금 생이 꿈이 아니라는 것을 확인하며 감사할지도 모른다.

그것도 나쁘지 않다. 그녀가 길을 잘못 들지 않도록 매번 정신을 차리게 해 주니까.

"들어와."

메디나 백작 부인은 문을 열고 밖에서 대기하고 있던 시녀들을 들여보냈다. 이제 왕비님이 옷을 갈아입는 것을 돕고 화장과 머리를 해야 할 시간이다.

시녀들이 우르르 들어오면서 백작 부인도 목걸이를 품에 안고 장신구를 보관하는 방으로 향했다. 그러다가 그녀는 세이레나에게 의사를 만나 보라고 한 번 더 이야기해야 한다는 사실을 깨달았다.

오늘 아침은 푹 쉰 덕분에 훨씬 생생해 보였지만 어젯밤에는 정말 피곤해 보였다. 그녀는 왕궁 의사에게 먼저 연락해야겠다고 생각하며 장신구 방으로 들어섰다.

"전하."

점심 일정을 마치고 나서 세이레나는 마차에 올라 한숨을 내쉬었다. 피곤하다. 그래도 어제 일찍 잠자리에 든 덕에 어제보다는 덜했다.

그런 세이레나의 얼굴을 메디나 백작 부인은 걱정스럽다는 표정으로 쳐다보고 있었다.

"괜찮아요."

"차를 드시겠어요?"

백작 부인이 피크닉 바구니를 열며 물었다. 일반 피크닉 바구니에는 물을 끓이는 버너가 들어 있지만, 이 피크닉 바구니에는 버너 대신 마법이 걸려 있다.

세이레나는 빈 찻잔을 집어 들었다. 굳이 뜨거운 물을 담아 데우지 않아도 찻잔은 따뜻했다. 메디나 백작 부인이 뜨거운 물로 차를 내려 세이레나가 든 찻잔에 조심스럽게 따랐다. 그리고 입을 열었다.

"기사단에서 연락이 왔는데요."

양손으로 찻잔을 감싸 쥐던 세이레나는 그대로 고개만 들어 메디나 백작 부인을 쳐다봤다. 다른 사람에게는 약간 작다 싶은 피크닉 바구니의 찻잔은 세이레나에게 딱 맞는 크기로 보인다.

백작 부인은 우유와 설탕이 든 통을 양손으로 하나씩 각각 들어 올리며 말을 이었다.

"몇 주 후에 기사단 승단 시험이 있다고 해요. 올해 왕비님께서 시범 대련을 해 주십사, 요청을 보냈습니다."

"아."

벌써 그렇게 됐나. 세이레나는 손 안의 온기를 느끼며 날짜를 가늠했다. 정신없이 지내서 날짜가 어떻게 지나는지도 모르고 살았다.

로렌과 만난 게 언제였더라? 세이레나가 날짜를 더듬는 사이 백작 부인은 세이레나의 찻잔에 우유와 설탕을 넣어 주었다.

"시범 대련은 명예로운 일이죠."

세이레나는 홍차를 한 모금 마시고 말했다. 역대 왕비들이 매년 해 왔던 일이다. 아프거나, 왕궁에서 누군가 사망하지 않는 한, 타인머스의 왕비라면 반드시 참석했다.

그건 로렌과 세이레나의 사이가 좋지 않다고 소문난 지금도 달라지지 않는다. 어차피 사람들은 다들 자기 멋대로 생각한다.

세이레나와 로렌이 사이가 좋지 않다고 생각하는 사람들은 그녀가 시범 대련을 한다고 해도 연례행사니 어쩔 수 없다고 생각할 것이다.

하지만 반대로 메디나 백작 부인의 표정은 어두워졌다. 그녀는 걱정스러운 마음에 입을 열었다.

"저는 안 가셨으면 좋겠습니다."

"하지만 연례행사인 걸요. 그리고 말했다시피 아주 명예로운 일이고요."

"하지만 위험해요."

맙소사. 세이레나는 믿을 수 없다는 표정으로 메디나 백작 부인을 빤히 쳐다봤다. 그녀의 어머니뻘인 이 부인은 진심으로 젊은 왕비의 안전을 걱정하고 있었다.

세이레나는 백작 부인을 안도시키기 위해 천천히 말했다.

"백작 부인. 폐하께서 검을 휘두르실 때 그 옆에 저도 있었어요."

그녀는 백작 부인이 작년에 일어난 습격 사건 때문에 걱정한다고 생각했다. 그럴 수 있다. 작년 승단 시험 때는 시범 대련을 마치고 돌아가던 왕비님이 습격을 당했다.

왕비님은 거의 죽을 뻔했고 그때 그 자리에 세이레나도 있었다.

하지만 세이레나는 미카엘라 왕비와 다르다. 그녀는 자신을 죽이려 하는, 출생의 비밀을 가진 아들이 없다. 그리고 미카엘라 왕비보다 검을 훨씬 잘 다룬다.

가장 중요한 점은 세이레나가 소드 마스터라는 점이다. 최근에는 바쁘고 피곤해서 훈련을 게을리하고 있지만 세이레나는 지금이라도 검을 잡으면 몬스터 두세 마리 정도는 순식간에 처리

할 수 있다.

메디나 백작 부인은 잠시 무슨 소린지 모르겠다는 표정을 지었다가 곧이어 깜짝 놀라서 입을 벌렸다.

"아니에요. 전하. 전하의 실력을 의심하는 건 아니에요."

사실 약간 의심스럽다. 백작 부인은 눈앞의 작고 아름다운 왕비님이 소드 마스터라는 사실을 가까스로 떠올렸다.

딱히 소드 마스터라고 해서 우락부락한 근육질을 떠올리는 건 아니다. 소드 마스터가 그렇지 않다는 건 애쉬와 데니스, 로렌을 보면 쉽게 알 수 있으니까.

하지만 세이레나는 그런 문제가 아니었다. 세이레나는 작고 가느다랗고 아름답다. 지금처럼 드레스를 차려입고 마차에 앉아 작은 피크닉 바구니의 찻잔을 들고 있는 것을 보면 사람이 아니라 숲 속에서 막 빠져나온 요정처럼 보인다.

메디나 백작 부인은 한숨을 내쉬고 말을 이었다.

"저는 다만, 최근에 몸 상태가 좋지 않으셨잖아요. 그래서 걱정이 되어서 그래요."

그런 문제라는 걱정 없다. 세이레나는 빙그레 웃으며 말했다.

"괜찮아요. 시범 대련이라고 해도 그렇게 대단하지 않은 걸요. 사실 그건 대련에 의의가 있는 게 아니라, 왕비라는 사람이 가서 검을 휘두른다는 점에 의의가 있는 거니까요."

선발된 여기사와 몇 번 검을 부딪치는 수준일 거다. 세이레나는 메디나 백작 부인이 걱정하는 격렬한 훈련은 아닐 거라고 말하면서 속으로 한숨을 내쉬었다.

솔직히 그녀는 격렬한 훈련이 그리웠다. 땀이 줄줄 흘러내리고 팔 근육이 당길 정도로 검을 휘두르는, 그런 훈련을 하고 싶었다.

운동량으로 따지면 사실 그리 부족하진 않을 거다. 애쉬는 아침저녁으로 세이레나를 원했고 늘 먼저 지쳐서 잠드는 건 그녀였으니까.

하지만 그것과 이것은 다르다. 세이레나는 머릿속에 떠오르는 생각을 떨쳐 내기 위해 고개를 흔들었다.

"하지만 검을 다루시는 거죠."

백작 부인은 여전히 걱정된다는 표정을 짓고 있었다. 세이레나는 어쩐지 어머니가 생각나서 빙그레 미소 지었다.

헌터 백작 부부가 사망한 지 일 년이 지났지만, 그녀에게는 십 년이 넘는 기간이다. 메디나 백작 부인은 세이레나에게 그녀의 어머니가 어땠는지 떠올리게 해 주곤 했다.

"괜찮아요."

헌터 백작 부인도 이랬을까. 세이레나는 그렇지는 않을 거라고 생각했다. 헌터 백작가는 기사단에 헌터라는 이름이 끊이지 않은 것을 명예롭게 생각하는 집안이다.

세이레나가 왕비가 되어 시범 대련을 하는 것을 그녀보다 더 영광으로 생각할 것이다. 약간 허세와 사치를 부렸던 그녀의 성격으로 보아 어쩌면 사교계에서 신나게 자랑할지도 모른다.

"하지만 전하."

백작 부인은 세이레나가 다 마신 찻잔을 받아 들며 뭔가를 호소하려는 듯 입을 열었다. 하지만 곧 멈칫하더니 입을 다물었다.

무슨 일이지? 세이레나가 어리둥절해 하는 사이, 마차는 다음 일정인 자선회장에 들어섰다.

"전하, 그러면 이렇게 해 주세요."

백작 부인은 재빨리 피크닉 바구니를 정리하고 세이레나의 옷을 정리했다. 마차 문이 열리고 뒷 마차에 타고 있던 시녀가 들어와 세이레나의 화장과 머리를 다시 손보는 사이, 그녀는 자신의 옷을 정리하며 말을 이었다.

"의사를 만난 다음에 결정해 주세요."

의사의 진료를 받고, 의사가 별다른 문제가 없다고 하면 시범 대련에 참석하라는 말이다. 그제야 세이레나는 백작 부인이 무엇을 걱정했는지 깨달았다.

그녀는 세이레나의 검술을 의심한 게 아니다. 최근 피곤해하는 세이레나를 걱정한 거다.

확실히 최근 세이레나는 결혼하기 전보다 야위었다. 그리고 쉽게 피곤해지곤 했다. 하지만 그건 잠이 부족하기 때문이다.

세이레나는 백작 부인의 걱정을 깨닫고 웃음을 터트렸다. 그 정도로 그녀가 피곤해 보인다는 말이지만 동시에 백작 부인이 세이레나를 그만큼 걱정한다는 말이기도 했다.

"알았어요."

메디나 백작 부인은 고개를 끄덕이며 마차에서 내리는 세이레나를 보고 안도의 한숨을 내쉬었다. 며칠 전부터 꾸준하게 왕비님이 의사를 만나게 하려고 했는데 드디어 성공했다.

좋은 결과가 있었으면 좋겠다. 백작 부인은 세이레나의 뒤를 따르기 전에 재빨리 시녀에게 의사에게 연락을 해 두라고 지시했다.

참석이든 불참이든 기사단에 연락을 하려면 바쁘게 움직여야 한다. 그녀는 늦어도 오늘이 가기 전에 왕비님이 의사를 만나도록 할 생각이었다.

"도둑?"

한편, 같은 시간 그레이윈드 저택에서는 애쉬가 서류 더미에 둘러싸여 있었다. 차를 가지고 들어오던 시종은 그의 미간에 잡힌 주름을 보고 놀랐지만 티를 내지는 않았다.

무슨 일인지 몰라도 국왕의 심기를 매우 어지럽힌 모양이다. 시종은 책상 위에 있는 빈 찻잔을 수거하고 새로운 찻잔에 차를 따라 내려놓았다.

슬쩍 그의 시선이 애쉬가 쥐고 있던 서류를 향했다. 하지만 그와 동시에 애쉬의 손이 자연스럽게 찻잔을 향해 움직였다. 그의 팔이 서류를 가리자 시종은 정신을 퍼뜩 차리고 허리를 세웠다.

내가 무슨 짓을 한 거지? 순간적인 호기심이었지만 그것으로 충분했다. 시종이 당혹스러워하며 허리를 숙였다.

"실례했습니다."

시종을 바꾸라고 해야겠군. 애쉬는 시종에게 시선도 주지 않은 채 마일즈 백작에게 물었다.

"범인은 잡았나?"

그 사이 시종은 재빨리 방 밖으로 빠져나갔다. 마일즈 백작은 시종이 나가고 문이 닫힌 다음에야 입을 열었다.

"네."

"레나는?"

"범인을 잡은 건 아직 모르십니다."

"잡은 건 모른다고?"

마일즈 백작의 시선이 닫힌 문을 향했다. 그는 방금 나간 시종을 교체해야겠다고 생각하던 차였다.

여기서 일하던 자들은 왕궁이 완공되면 전부 왕궁으로 함께 옮겨 갈 사람들이다. 당연히 최대한 믿을 수 있는 자들로 골랐다. 하지만 새로운 사람들이고 새로운 왕이다. 이런 일들은 왕궁에서도 가끔씩 일어날 것이다.

"도난당한 것을 왕비님께서 알아차리셨습니다."

애쉬의 눈이 가늘어졌다. 마일즈 백작은 허리를 숙이고 재빨리 설명했다. 오늘 아침에 세이레나가 치장 중에 목걸이의 보석이 교체된 것을 지적했다는 것과 목걸이는 페시 남작이 선물한 것이지만 세이레나의 취향이 아니라서 한 번도 착용하지 않았다는 것까지.

"흠."

마일즈 백작이 설명하는 동안 애쉬는 석고상처럼 앉아 아무 말도 하지 않았다. 그는 방금 전까지만 해도 그의 신경을 차지하고 있던 서류의 끝을 만지작거리며 물었다.

"범인과 페시 남작의 관계도 조사해 봤나?"

애쉬의 질문에 마일즈 백작은 고개를 끄덕이며 말했다.

"조사 중입니다."

그렇지 않아도 범인을 잡은 뒤 메디나 백작 부인이 제일 먼저 확인한 게 바로 그 점이었다.

목적이 보석이 아니라 세이레나를 웃음거리로 만들려는 거라면 페시 남작도 연루돼 있을 것이다. 하지만 시간이 부족해서 아직 다 조사하지는 못했다.

애쉬는 미간에 주름을 잡은 채 못마땅하다는 듯 책상을 손가락으로 톡톡 치며 말했다.

"만약 페시 남작과 관련이 있다면 내게 먼저 말해 주게."

누군가 세이레나를 웃음거리로 만들려 했다면 그녀는 크게 상처받을 것이다. 그게 선물을 준 페시 남작이라면 그 상처는 더 크겠지.

애쉬는 그게 마음에 들지 않았다. 다른 사람이 선물한 것을 바꿔치기한 것보다 자신이 선물하고 바꿔치기한 게 더 질이 나쁘다.

그건 세이레나를 웃음거리로 만들기 위해 그녀에게 호의를 가장한 선물을 했다는 말이다. 당연히 세이레나는 누군가의 호의를 기쁘게 받았을 것이다. 그녀가 자신의 거짓된 호의를 기쁘게 받아들이는 것을 보면서 즐거워했을 페시 남작과 그 일당을 생각하니 애쉬는 속이 부글부글 끓어올랐다.

"도둑은 처분이 어떻게 되지?"

냉정한 목소리에 마일즈 백작은 애쉬과 머리끝까지 화가 났다는 것을 깨달았다. 그는 화난 국왕과 시선을 부딪치지 않기 위해 눈을 내리깔며 재빨리 말했다.

"보통 왕궁에서 쫓아냅니다."

"최고는?"

끙 하고 마일즈 백작의 입에서 신음이 흘러나왔다. 그는 재빨리 신음을 숨기기 위해 말했다.

"사형입니다."

하지만 지금까지 사형을 당한 멍청이들은 없다. 사형을 당하려면 옥쇄를 훔치려 했을 때 정도다. 애쉬는 분노를 참기 위해 눈을 감았다.

"손을 잘라."

*　　*　　*

세이레나가 저택으로 돌아온 것은 저녁 식사까지 마친 다음의 일이었다. 녹초가 된 그녀를 애쉬가 맞이했다.

"어서 와."

이미 현관에서 그가 기다리고 있다는 이야기를 들은 세이레나는 깜짝 놀라서 애쉬에게 달려갔다. 애쉬는 양팔을 벌려 세이레나를 끌어안더니 나직하게 말했다.

"고생 많았어."

세이레나는 애쉬의 목을 끌어안았다. 남편의 몸에 폭 감싸이자 안정된 기분이 들었다. 동시에 이상하게 감정이 북받쳐 올랐다.

"어, 어쩐 일이에요?"

세이레나는 눈물을 감추기 위해 애쉬의 가슴에 얼굴을 묻은 채 물었다. 왜 눈물이 나왔는지 모르겠다. 그녀는 어젯밤에도 그와 함께 잠자리에 들었다.

애쉬는 당황한 세이레나의 기분을 아는 것처럼 허리를 숙여 그녀의 어깨에 입술을 대며 말했다.

"음, 그냥 보고 싶어서."

"어제도 봤는데요?"

"오늘은 아직 못 봤잖아."

천천히 애쉬의 입술이 세이레나의 어깨와 목을 타고 올라오기 시작했다. 그녀는 간지러움에 킥킥거리며 애쉬의 얼굴을 밀어냈다. 하지만 그는 그녀의 손을 잡으며 계속해서 뺨과 코에 입을 맞췄다.

"오늘 하루 어땠어?"

"괜찮았어요."

나쁘지 않았다. 그녀는 자선회에서 부상 입은 기사들을 위한 모금을 요청하는 연설을 했고, 예상을 웃도는 모금액이 들어왔다고 들었다.

저녁때는 상급 여귀족들과의 모임이었다. 대부분이 나이 지긋한 분들이었지만 어시스 백작 덕분에 그녀는 나이 지긋한 분들과 대화하는 데 익숙했다.

"난 별로였는데."

애쉬는 세이레나를 꽉 끌어안은 채 중얼거렸다. 끔찍했다. 세이레나의 목걸이에 손을 댄 시녀는 페시 남작에게 돈을 받고 그런 짓을 저질렀다고 말했다. 그리고 그녀는 페시 남작이 왜 그런 짓을 시켰는지는 몰랐다.

세이레나를 웃음거리로 만들려 하거나, 약점을 잡으려 하거나. 그 외에 또 뭐가 있을까.

그 외에 어떻게 사용하려는지 감이 잡히지 않지만 사용 방법이 악의적일 거라는 것만은 확실했다.

"무슨 일 있었어요?"

세이레나는 애쉬의 얼굴을 보기 위해 그의 몸을 살짝 밀어내며 물었다. 이렇게 꽉 안겨 있어서야 얼굴을 볼 수가 없다. 그는 잠시 그녀를 쳐다보다가 세이레나의 뒤를 따라와 대기하고 있던 메디나 백작 부인을 쳐다보고 말했다.

"옷 갈아입고 이야기할게."

이미 애쉬는 실내복을 입고 있으니 세이레나가 갈아입고 나서 이야기하자는 말이다. 메디나 백작 부인은 재빨리 뒤에서 기다리고 있던 시녀들에게 눈짓했다.

그때까지도 애쉬는 세이레나 옆에 서 있었다. 세이레나는 시녀들이 자신의 옷에 손을 대지 못하고 망설이자 어리둥절해 하다가 애쉬를 보고 물었다.

"안 나가요?"

"옆에 있고 싶은데."

"옷 갈아입는 걸 보겠다고요?"

말도 안 된다. 어이없어하는 세이레나의 표정에 애쉬는 한숨을 내쉬며 나갔다. 시녀들은 웃음을 참기 위해 고개를 숙였다.

보통의 귀족 부부도 대부분 사이가 좋다. 비슷한 세계의 비슷한 가치관을 가지고 자란 두 남녀가 만나서 결혼을 한 거기 때문이다.

하지만 세이레나와 애쉬 같은 커플은 드물었다. 두 사람 다하루의 몇 시간 정도밖에 만나지 못했지만 매 순간 서로가 어디에서 무엇을 하고 있는지 궁금해했다.

게다가 애쉬는 세이레나가 불면 날아갈까 봐 걱정된다는 것처럼 굴었고 함께 있으면 손을 떼지 못하는 것처럼 보였다. 사교계에서 누군가가 세이레나처럼 미인이면 누구라도 애쉬처럼 굴거라고 말했지만 그건 틀린 말이라는 것을 다 알고 있었다.

애쉬는 세이레나를 만나기 전까지 어떤 여자도 그런 식으로 쳐다본 적이 없다. 그게 사람들을 더욱더 부럽게 만들었다.

"이리 와."

세이레나가 실내복으로 갈아입고 나오자 애쉬는 그녀의 응접실에 앉아 차를 따르고 있었다. 그는 세이레나를 위해 데운 찻잔에 차를 따르고 자신의 옆자리를 툭툭 쳤다. 맞은편에 앉으려던 그녀는 어쩔 수 없다는 듯 애쉬의 옆자리에 앉았다.

"진짜로 무슨 일이에요?"

세이레나는 애쉬가 건네는 찻잔을 받아 들며 물었다. 그녀보다 더 바쁜 사람이다. 늘 그는 세이레나가 잠자리에 들고 나면 침대에 들어왔다. 그러니 지금처럼 세이레나보다 먼저 일을 끝마치고 그녀를 기다리고 있다는 건 할 말이 있다는 뜻이다.

굳어진 세이레나의 표정에 애쉬는 쓰게 웃었다. 그녀는 긍정적인 일보다 부정적인 일에 더 눈치가 빠른 편이다. 할 말이 있다고 하면 즐거운 소식을 기대하는 게 아니라 불행한 소식에 대비한다.

그게 애쉬는 마음이 아팠다. 그는 세이레나의 어깨를 끌어당겨 품에 안으며 말했다.

"목걸이 도둑 말인데."

"어, 어떻게 알았어요?"

오늘 아침에 있었던 일이다. 그게 벌써 애쉬의 귀에 들어갔을 줄은 몰랐다.

애쉬는 한숨을 내쉬었다. 그걸 자신이 몰랐다고 생각한다는 게 세이레나답다.

그의 시선이 잠깐 메디나 백작 부인을 향했다가 다시 세이레나를 향했지만 그녀는 알아차리지 못했다.

"범인은 잡았어."

"잠깐, 어째서 당신이 먼저 아는 거예요, 그걸?"

"난 하루 종일 집에 있었으니까."

그러니 먼저 알 수 있었던 거다. 세이레나는 납득하고 다시 애쉬의 가슴에 몸을 기댔다. 그의 몸에서 열기가 뿜어져 나와서 따뜻했다.

애쉬는 소파에 비스듬하게 기대고 세이레나를 자신의 몸 위에 올린 채 천천히 마일즈 백작에게 받은 보고를 이야기했다. 시녀 중 하나가 돈을 받고 세이레나의 목걸이에 손을 댔다는 것. 돈을 주고 일을 시킨 게 페시 남작이라는 것.

아직 페시 남작을 취조하지는 않았다는 것까지.

세이레나는 우울한 표정으로 애쉬의 가슴에 뺨을 댄 채 이야기를 듣고 있었다. 그럴지도 모른다고 생각했다. 그리고 그럴 가능성이 크다고도 생각했다.

하지만 그렇게 생각하는 것과 실제 그런 것은 하늘과 땅 차이만큼이나 차이가 있다.

"시녀는 어떻게 돼요?"

세이레나는 이런 경우 최대한 가벼운 벌이 쫓겨나는 정도라는 것을 알고 있었다. 역사적으로 사형을 당한 사람도 있다. 하지만 그녀의 시녀는 페시 남작의 사주를 받았다. 그 말은 어차피 시녀가 저택을 나갈 생각이었다는 뜻이다.

쫓겨나는 건 벌이 되지 못한다.

애쉬는 아무 말도 하지 않았다. 불길한 침묵 속에서 세이레나는 고개를 들어 그의 얼굴을 쳐다보려 했다.

"너는 어떻게 하고 싶어?"

세이레나의 얼굴이 일그러졌다. 누군가에게 벌을 준다는 건 상대방을 고통스럽게 만든다는 말이다. 그녀는 망설이다가 말했다.

"재산을 몰수하는 건 어때요?"

시녀는 수도에서는 일자리를 구할 수 없을 것이다. 세이레나와 애쉬를 가까이에서 모시는 사람들은 귀족의 방계가 대부분이라 해당 귀족가도 수치를 입게 된다.

그녀는 시녀가 적당한 때에 그만두고 시골로 도망칠 계획이었을 거라고 생각했다. 그 후에 보석이 바꿔치기 당한 것을 알아도 바꿔치기한 정확한 시기를 알 수가 없으니 세이레나와 메디나 백작 부인은 주변에서 일하는 시녀들을 엄히 문책하고 사건을 묻었을 것이다.

하지만 메디나 백작 부인이 예상보다 빨리 목걸이를 세이레나에게 보여 줬고 세이레나가 알아차려 버렸다. 그게 페시 남작과 시녀에게 불운이었을 것이다.

"글쎄."

애쉬는 세이레나의 몸을 끌어안은 채 그녀의 어깨를 문지르며 천천히 말했다.

"도둑질한 자의 손을 자르라는 벌이 있지."

세이레나의 몸이 움찔했다. 뭔가 말하려던 그녀는 곧 한숨만 내쉬고 말았다. 안다. 그녀는 더 이상 백작 영애가 아니다. 백작 영애의 보석에 손대는 것과 왕비의 보석에 손대는 건 전혀 다른 문제다.

시녀도 그 정도는 각오하고 손을 댔을 것이다.

게다가 애쉬와 세이레나는 즉위한 지 얼마 되지 않은 왕과 왕비고, 당연히 왕이 되리라 생각한 일 왕자를 실각시키고 즉위한 만큼 두 사람을 못마땅하게 생각하는 사람도 있다.

그런 사람들에게 본보기를 보여 줘야 할 필요도 있다.

"미안해."

애쉬는 세이레나의 어깨를 문지르며 나직하게 말했다. 그는 이런 일이 세이레나를 가슴 아프게 한다는 것을 알았다. 누군가의 악의로 둘러싸이는 것. 그게 세이레나가 가장 두려워하던 일이라는 것을 알고 있었다.

그럼에도 애쉬는 세이레나를 놓지 않았다.

"당신이 왜 미안해요."

세이레나는 애쉬의 몸을 끌어안으며 속삭였다. 어쩔 수 없다. 이런 건 그녀가 견뎌 내고 강해지는 수밖에. 하지만 익숙해지지는 않을 것 같다고 생각하며 세이레나는 한숨을 내쉬었다.

"전하."

이야기가 끝나자 메디나 백작 부인이 의사를 불러왔다. 나이가 조금 있는 여의사였다. 그녀는 먼저 애쉬에게 인사를 하고 세이레나의 앞에 앉았다.

긴장 때문에 메디나 백작 부인의 표정은 굳어 있었다. 세이레나는 그녀의 표정을 보고 애쉬의 얼굴을 본 뒤 그녀의 남편도 긴장하고 있다는 것을 깨달았다.

왜 다들 긴장하는 거지? 세이레나의 시선이 그녀의 손목을 잡는 의사를 향했다. 의사도 어딘지 모르게 긴장해 있었다.

"왜 그래요?"

세이레나의 질문에 애쉬는 쓰게 웃었다. 그는 긴장을 풀며 말했다.

"전혀 모르고 있나 보군."

그의 말에 메디나 백작 부인도 쓰게 웃었다. 왜 그러지? 어리둥절해 하는 세이레나의 상태를 조심스럽게 살핀 의사가 한숨을 내쉬며 말했다.

"축하드립니다. 전하."

"네?"

의사는 애쉬를 쳐다보고 미소 지었다. 가까스로 긴장을 풀었던 애쉬의 턱이 단단해졌다. 그는 너무 세게 쥐지 않으려 노력하며 세이레나의 손을 잡았다.

어찌나 긴장했던지 애쉬의 손등에 핏줄이 불거져 나왔다.

의사는 세이레나를 보며 빙그레 웃었다. 이 젊은 왕비는 전혀 모르고 있었던 모양이다. 그녀는 다정하게 말했다.

"회임입니다, 전하."

순간 모든 것이 멈췄다. 잔잔하게 두근거리며 뛰던 세이레나와 애쉬의 심장 소리도, 창밖에 들리던 바람 소리도 그리고 응접실 안에 있는 모든 사람의 숨소리도 들리지 않았다.

세이레나는 눈을 크게 뜨고 그대로 굳어 있었다. 그녀가 숨 쉬는 것도 잊은 것 같아서 애쉬는 슬쩍 몸을 틀어 세이레나의 얼굴을 쳐다봤다.

"레나."

조심스럽게 세이레나의 얼굴을 확인한 애쉬는 그대로 움찔하고 멈췄다. 놀란 표정 그대로 세이레나의 눈에서 눈물이 흘러내리고 있었다.

마치 샘에서 물이 솟아나는 것 같았다. 어디서 이렇게 눈물이 흘러나오는 건지 신기할 정도로 그녀는 눈물을 펑펑 흘리고 있었다.

"레나."

애쉬는 손을 뻗어 세이레나의 몸을 끌어안았다. 그제야 그녀는 애쉬의 가슴에 얼굴을 묻고 소리 내어 울기 시작했다.

"모, 몰랐……."

몰랐다. 세이레나는 자신이 임신했으리라고는 생각도 하지 못했다. 그녀는 지난 생에서 자식을 갖지 못했다.

그게 죽은 왕 때문이라는 것을 알아도, 지금은 전혀 다른 인생을 살고 있어도, 마음 한편은 계속 두려움이 도사리고 있었다.

그녀가 아이를 가질 수 없을까 봐. 왕과 상관없이 그녀와 애쉬의 사이에도 아이가 없을까 봐.

하지만 달라졌다. 세이레나는 여전히 납작해서 임신했다고 믿기 어려운 자신의 배에 손을 가져다 댔다.

아이가 생겼다. 애쉬와 그녀의 아이가.

그녀에게 주어지지 않을 줄 알았던 기적이 벌어졌다.

6

정답

　이상한 기분이 들었다. 세이레나는 눈을 뜨자마자 벌떡 상체를 일으켜 세웠다. 그 순간 그녀를 끌어안고 있던 애쉬가 번개같이 그릇을 집어 들었다.

　"윽."

　쓴 물이 넘어왔다. 세이레나는 그릇에 정신없이 위액을 토해 놓고 그대로 다시 쓰러졌다. 애쉬는 한 팔로 세이레나를 끌어안은 채 그릇을 내려놓고 설렁줄을 잡아당겼다.

　대기하고 있던 사람들이 재빨리 들어와서 그릇을 새것으로 교체하고 미지근한 물을 적신 수건으로 세이레나의 입 주변을 닦기 시작했다.

　"괜찮아?"

애쉬는 수건을 가로채며 세이레나에게 물었다. 대답할 기운
도 없어서 그녀는 애쉬의 품에 쓰러진 채로 눈을 감았다. 핼쑥해
진 세이레나의 얼굴에 애쉬의 표정도 어두워졌다.

걱정돼서 미칠 것 같다. 그는 세이레나의 입가를 수건으로 조
심스럽게 닦았다.

"아침이에요?"

간신히 체력을 회복한 세이레나가 물었다. 애쉬는 세이레나
를 끌어안은 채 그녀의 손을 문지르며 말했다.

"아직 좀 남았어."

평소 애쉬가 일어나는 것보다 이르지만 상관없다. 그는 세이
레나가 뭔가를 먹을 수 있을 것 같자 사람들이 가져다 놓고 간
쟁반에서 물 컵을 집어 들었다.

"당신은 따로 자는 게 좋지 않겠어요?"

거의 한 달째 매일 새벽마다 이런다. 세이레나는 그녀뿐 아니
라 애쉬까지 잠이 부족할까 봐 걱정됐다. 하지만 그는 안 들리는
것처럼 컵에 차가운 물을 따랐다. 그리고 세이레나의 입가에 갖
다 댔다.

"애쉬."

한숨 같은 세이레나의 말에 애쉬의 한쪽 눈썹이 올라갔다. 그
는 물 컵을 억지로 세이레나의 손에 쥐어 주며 말했다.

"일단 마셔."

속을 진정시켜 주기에는 미지근한 물이 더 도움이 되지만 입

덧이 심해서 차가운 물을 마실 수밖에 없다. 초봄에 세이레나가 얼음장같이 차가운 물을 마신다는 사실이 못마땅한 나머지 애쉬의 미간에 주름이 잡혔다.

그는 혹시라도 그녀가 추울까 봐 품에 단단히 안고 목까지 이불을 덮어 준 다음에야 손을 뻗어 크래커를 집어 들었다.

세이레나를 위해서 주방장은 매일 물과 밀가루만으로 크래커를 만들고 있었다. 애쉬는 그녀가 먹기 쉽도록 크래커를 반으로 자른 뒤 세이레나의 입 앞으로 가져갔다.

아기 새가 된 기분이다. 세이레나는 애쉬가 내민 비스킷을 받아먹은 뒤 고개를 젖혀 자신의 남편을 쳐다봤다. 그는 세이레나의 손에서 컵을 받아 다시 쟁반 위로 치우고 있었다.

"당신은 당신 방에서 자야 하지 않겠냐고요. 아니면 내가 거기서⋯⋯."

"싫어."

더 말할 필요도 없다는 듯 애쉬는 싹둑 잘라 버렸다. 하지만 세이레나는 포기하지 않고 다시 말했다.

"이래서야 당신도 잠을 못 자잖아요."

"따로 자는 게 더 못 자."

따로 잔다면 그는 밤새 세이레나가 괜찮은지 걱정하느라 몇 번이나 확인하려 할 것이다. 차라리 이게 낫다. 애쉬는 세이레나를 끌어안고 그녀의 목에 입술을 문질렀다.

"나 토해서 냄새나요."

"좋은 냄새밖에 안 나."

그럴 리가. 세이레나는 한숨을 내쉬었다. 그리고 애쉬의 품에서 자세를 잡으며 말했다.

"나 때문에 당신이 고생하는 거 같아서 마음이 별로예요."

"반대지. 나 때문에 네가 고생하는 거지."

그는 차가운 물 때문에 세이레나가 어깨를 움츠리자 더욱 꼭 그녀를 끌어안았다. 입덧이 이렇게 심할 줄 알았다면 아이 따위는 없어도 상관없다. 하지만 그런 말을 입 밖에 내지 않는 건 세이레나가 아이를 얼마나 원하는지 알고 있기 때문이었다.

"그래서 같이 고생하자는 거예요?"

세이레나는 애쉬의 뺨에 손바닥을 대며 물었다. 임신한 뒤로 그녀는 외출을 삼가고 있었다. 기사단의 시범 대련까지 이유도 알리지 않고 거절했으니 사교계는 지금은 무슨 일이냐고 시끌벅적할 게 분명하다.

그래서 더더욱 그녀는 가까운 사람들을 제외하면 아무도 만나지 않았다.

일어나지 않을지도 모른다고 생각한 기적이다. 그리고 첫 임신이다. 처음 임신한 사람이라면 누구나 그런 것처럼 세이레나도 그녀가 할 수 있는 모든 위험 요소를 피하고 있었다.

"이 정도 가지고?"

애쉬는 세이레나가 눕는 것을 부축하며 피식 웃었다. 그 정도는 고생 축에도 속하지 않는다. 그는 입덧 때문에 제대로 먹지 못해 약간 마른 세이레나의 뺨을 쓸었다.

요리사와 세이레나 자신의 노력에도 그녀는 계속해서 말라
갔다. 물에서 비린내를 맡을 정도니 말 다 했다.

그래도 애쉬의 냄새가 역하게 느껴지지 않아서 다행이라고,
세이레나는 생각했다. 그런 사람도 있다고 들었다.

애쉬는 세이레나가 더 쉴 수 있도록 누운 채 그녀의 등을 끌어
안았다. 뒤에서 안아 보니 말랐다는 게 더 잘 느껴진다.

결국, 그는 세이레나의 머리카락에 코를 묻으며 중얼거렸다.

"의사를 교체하든가, 마법사를 교체해야겠어."

이건 또 무슨 소리야. 느닷없는 말에 눈을 뜬 세이레나는 슬쩍
고개를 돌려 애쉬를 쳐다봤다. 그리고 웃음기 띤 목소리로 말했
다.

"입덧을 없애는 약이나 마법은 없다고 했잖아요."

"할 수 있는 놈으로 교체해야지."

"애쉬, 처음 몇 달만 그렇다고 했잖아요."

"처음 몇 달이 대체 몇 달째야."

좌절한 신음이 그의 입에서 흘러나왔다. 세이레나는 제대로
먹지 못해서 말라 가는데 그가 할 수 있는 일이 없다는 게 괴로
웠다.

세이레나는 그런 그를 위로하기 위해 말했다.

"임신하면 다 이런대요."

"모든 사람이 다 아프다고 너도 아파야 할 필요는 없어."

"하지만 난 좋아요."

"입덧이?"

애쉬의 한쪽 눈썹이 올라갔다. 그는 그의 부인이 진짜로 어딘가 아픈 게 아닌가 하고 걱정하기 시작했다. 세이레나는 몸을 돌려 애쉬를 마주 끌어안았다.

"지금은 티가 별로 안 나잖아요. 그러니까 아침에 이렇게 깨면 내가 임신한 게 꿈이 아니라는 걸 확인할 수 있어서, 그래서 좋아요."

횟수는 줄었지만, 여전히 세이레나는 가끔 꿈을 꾸곤 한다. 그녀가 처참하게 죽어 가던 그 순간을.

하지만 입덧 때문에 깨면 그 모든 게 꿈이라는 것을, 그녀가 전혀 다른 삶을 살고 있다는 것을 떠올리게 된다. 여전히 그녀는 왕비였지만 잘생기고, 다정하고, 그녀를 사랑하는 남편이 있고, 배 속에 아이도 있다.

세이레나는 애쉬의 가슴에 얼굴을 묻었다. 그를 만나고 매일매일 조금씩 더 행복해지고 있다. 그녀는 애쉬의 가슴에 대고 말했다.

"내가 전에 당신한테 고맙다고 말했어요?"

세이레나의 숨결이 애쉬의 가슴에 닿았다. 그는 끙하고 자신의 인내심을 확인하며 말했다.

"임신을 말하는 거라면 그걸로 감사받고 싶지 않으니까 말 안해도 돼."

"그거 말고요."

물론 그것도 고맙지만. 세이레나는 애쉬를 올려다보고 빙그레 웃었다. 그녀가 임신했다는 것을 알았을 때 기뻐했던 애쉬는 세이레나의 입덧이 시작되자마자 후회하기 시작했다.

심지어 며칠 전에는 왕궁 마법사에게 입덧을 없애는 마법을 당장 개발하라고 윽박지르기까지 했다. 전혀 애쉬답지 않은 태도에 마일즈 백작과 메디나 백작 부인은 부인의 임신으로 남편의 성격이 바뀌는 경우도 있는지 확인할 정도였다.

"날 돌려보내 줘서요. 고마워요."

잠시 애쉬의 움직임이 멈췄다. 그는 세이레나가 무슨 소리를 하는지 이해하지 못하다가 그녀의 눈동자를 보고 이해했다.

세이레나는 다른 인생에서 그녀를 돌려보내 준 것을 고마워하고 있는 거다. 그는 무슨 말을 해야 할지 몰라 말을 고르다가 가까스로 입을 열었다.

"그건 내가 아니야."

"하지만 블라드는 당신이라고 했는 걸요."

"아니야, 레나."

애쉬는 세이레나를 꽉 끌어안았다. 그녀가 겪은 일을 떠올리면 가슴이 무너져 내린다. 그런 경험을 하게 해서는 안 됐다. 일어나지 않은 일이 되어 버렸지만 그래도 그건 세이레나의 기억 속에 남아 있다.

그리고 그는 세이레나가 가끔 그 일로 악몽을 꾼다는 것도 알았다.

"나라면 그런 일 따위는 일어나지 않게 했을 거야."

세이레나의 예전 생에서 그는 천하의 바보 멍청이인 게 분명하다. 그녀가 왕과 결혼하고 누명을 쓰고 죽기 직전까지 몰리는 것을 두고 보고만 있었다.

유일하게 예전 생의 애쉬가 잘한 거라면 세이레나를 돌려보내는 마법을 빈 것뿐이다.

"하지만 당신 덕분에 내가 돌아왔으니까요."

애쉬의 마음도 모르고 세이레나는 계속해서 말했다. 그녀가 느끼는 건 고마움뿐만이 아니었다. 애쉬는 알지 못하지만 세이레나는 그에게 미안함도 가지고 있었다.

"나, 아무리 생각해도 당신이 뭘 대가로 줬는지 모르겠거든요."

지난 생과 지금 생의 애쉬는 잃은 게 없다. 왕이 되었고 결혼까지 했다. 세이레나의 배 속에 두 사람의 아이도 있다.

애쉬는 세이레나를 끌어안은 채 끙 하고 신음을 내뱉었다. 그녀가 무슨 말을 하려고 하는지 알 것 같다. 그는 고개를 숙여 세이레나의 입술을 찾았다.

덕분에 세이레나의 말이 멈췄다. 애쉬는 천천히 그녀의 입술을 빨았다. 처음에는 세이레나의 말을 멈추게 하기 위해서 시작한 거였지만 키스는 곧 깊어졌다. 그는 세이레나 뺨과 목을 감싸고 다시 속도를 늦췄다.

아차 하면 세이레나의 몸 위로 올라가 버린다. 그러지 않도록 노력하며 애쉬는 입술을 떼고 세이레나의 얼굴을 쳐다봤다.

"상관없어."

세이레나는 애쉬의 목을 끌어안은 채 멍한 표정으로 그를 쳐다봤다. 임신한 뒤로 조심하느라 두 사람은 가벼운 키스만 나누곤 했다. 지금처럼 진한 키스가 그리웠다.

그녀는 애쉬의 눈을 보고 그 역시 자신과 같은 마음이라는 것을 알았다. 눈동자에 진득하게 고인 욕망이 천천히 옅어지더니 곧 눈동자 안쪽으로 사라졌다.

"그게 뭐든 상관없어. 나한테 너보다 더 중요한 건 없으니까."

하지만. 세이레나는 블라드에게 들었던 이야기를 떠올렸다.

윌리엄은 사랑하는 루실을 구하기 위해 소원을 빌었다고 했다. 그 대가는 루실을 향한 사랑. 그래서 윌리엄이 루실이 죽기 전으로 돌아갔을 때, 그는 더 이상 루실을 사랑하지 않았다고 했다.

세이레나는 잠깐 수도 주변을 구경하고 온다며 저택을 나간 블라드를 떠올렸다. 그가 나간 지 몇 주가 지났다. 처음에는 하루나 이틀 뒤에 돌아와서 자고 나가기도 했다.

하지만 점점 그 간격이 늘어나더니 마지막으로 들어온 게 몇 주 전이다.

드래곤이니 어디 가서 맞고 다니진 않겠지. 돈도 충분할 것이다. 그러니 세이레나도 애쉬도 블라드의 안전을 걱정하지는 않았다.

"하지만."

세이레나는 불안한 표정으로 입을 열었다.

"만약 당신한테 다른 여자가 이……."

"레나."

더 이상 들을 가치도 없다. 애쉬는 세이레나의 말을 가로막았다. 그는 세이레나의 배에 손을 얹으며 물었다.

"나한테 그런 게 있었어?"

모른다. 기억나지 않으니까. 세이레나는 한숨을 내쉬며 말했다.

"모르겠어요. 기억나지 않으니까요."

"그럼 그게 대가인가 보지."

애쉬는 자세를 바꿔 세이레나에게 팔베개를 해 주며 말을 이었다.

"네가 나에 대한 기억을 전부 잊는 거 말이야."

가능성 있는 이야기지만 문제점이 있다. 세이레나는 코를 찡그리며 말했다.

"내가 당신을 잊는 게 어떻게 대가가 될 수 있어요?"

"모르지 뭐. 마법이란 원래 이상한 거잖아."

말도 안 된다. 세이레나는 반박하려 했지만, 그보다 먼저 누군가 침실 문을 두드렸다.

두 사람의 시선이 동시에 창문을 향했다. 아직 어둡다. 하지만 겨울의 아침은 늦은 편이다.

애쉬는 세이레나를 이불로 꼼꼼하게 감싼 뒤 자리에서 일어나 가운을 걸쳤다. 그가 움직이는 소리가 들리자 메디나 백작 부인과 마일즈 백작이 문을 열고 들어왔다.

"크래커를 한 개 먹었어."

애쉬는 메디나 백작 부인에게 세이레나가 뭘 먹었는지 일러주고 옷을 갈아입기 위해 자신의 방으로 돌아갔다. 백작 부인은 이불에 둘둘 말린 세이레나를 돌아보고 미소 지었다.

입덧 때문에 바짝 마른 세이레나는 말 그대로 얼굴에서 눈만 보였다. 그러니 크래커를 먹었다는 건 좋은 소식이다. 그녀는 따듯한 지방에서 공수한 과일이 최대한 빨리 도착하길 바라며 세이레나의 세안을 도왔다.

"어, 뭐야."

블라드가 그레이윈드 저택으로 돌아온 것은 그로부터 한 달 뒤의 일이었다. 다행히 세이레나는 더 이상 입덧으로 토하지 않게 되었다.

덕분에 저택의 분위기가 밝아졌다. 그동안 사람들은 세이레나보다 애쉬의 눈치를 봐야 했다. 정작 세이레나는 별생각 없어 보였는데 애쉬가 예민했기 때문이다.

하지만 왕궁 마법사는 국왕이 정말로 입덧을 멈추는 마법을 개발하지 못한다는 이유로 자신을 자르려고 했던 건 아닌지, 그

후로도 한동안은 두려움에 떨었다.

"너 임신했어?"

블라드는 아직 그다지 부풀지 않은 세이레나의 배를 보고도 바로 알아차렸다. 세이레나는 기분이 좋아서 활짝 웃으며 물었다.

"티 나요?"

"아니."

뭐야. 실망한 나머지 세이레나의 얼굴이 어두워졌다. 다들 꽤 많이 불렀다고 해서 티가 많이 나는 줄 알았는데 아닌 모양이다.

하지만 그건 그녀가 임신 전보다 말랐기 때문이다. 옷을 입으면 그리 티가 나지 않는다. 블라드는 실망한 세이레나를 물끄러미 쳐다보며 말했다.

"심장 소리가 두 개가 들려서."

"심장 소리가 들려요?"

세이레나의 심장 소리 외에도 작은 심장 소리가 하나 더 들린다. 블라드는 입덧이 끝난 덕에 천천히 다시 살이 찌는 세이레나의 얼굴을 인상을 쓰고 바라봤다.

이상한 기분이 들었다. 아주, 아주 먼 증증증손녀쯤 되는 아이가 임신한 것을 보는 기분이다. 그는 세이레나의 맞은편 소파에 앉으며 물었다.

"기분은 어때?"

"좋아요."

의사는 아무 문제 없다고 말했고 입덧이 사라졌다. 덕분에 먹을 수 있는 게 늘어났고 애쉬의 기분은 점점 좋아졌다.

그리고 세이레나의 기분도 훨씬 안정됐다.

늘 안절부절못하는 커다란 남자가 곁에 있는 건 기분이 좋지만 조금은 불편한 법이다.

하지만 무엇보다 좋은 건 이른 아침에 깨서 토하지 않는다는 점이다. 세이레나는 시녀가 놓고 간 딸기를 집어 들었다. 이 계절에도 애쉬와 메디나 백작 부인이 먼 지방에서 공수한 과일 덕분에 그녀의 주변은 과일로 가득했다.

블라드는 딸기를 보고 한쪽 눈썹을 들어 올리더니 말했다.

"이거 이 근처에서 못 봤는데."

"딸기요?"

이 계절에는 적어도 여기서 일주일은 말을 달려야 하는 지방에서나 난다.

블라드는 딸기를 집어 입 안에 넣으며 물었다.

"그래서 애 이름은 뭐야?"

"아직 안 지었어요."

"엥? 어째서?"

"그야, 아직 성별을 모르니까요."

블라드가 멈칫했다. 그의 얼굴을 본 세이레나 역시 멈칫했다. 그녀는 조심스럽게 물었다.

"호, 혹시 애가 여자애인지 남자애인지 알아요?"

"알려 줘?"

알고 싶다. 그렇다고 말하려던 세이레나는 손을 들어 올렸다.

"아뇨. 태어났을 때의 기쁨으로 둘래요."

"그럼 이름은 어쩌게?"

"두 개 만들어 놓죠, 뭐."

남자 이름과 여자 이름으로. 나쁘지 않네. 블라드는 턱을 쓰다듬으며 물었다.

"언제 태어나?"

"올해 가을에요."

"그럼 가기 전에 이름 두 개 다 알려 줘."

가기 전에? 세이레나의 눈이 커졌다. 그녀는 딸기를 띄운 차를 내려놓으며 물었다.

"어디 가게요?"

"다른 데는 얼마나 더 많이 변했나 보려고."

최소한 드럼란리그. 최대는 이 대륙 밖까지 구경할 생각이다. 적어도 몇 년은 걸릴 거다.

세이레나의 얼굴이 어두워졌다. 그 모습을 블라드는 신기한 기분으로 처다보고 있었다.

"내가 가서 서운해?"

"당연하죠."

세이레나는 한숨을 내쉬었다. 블라드와 만난 게 작년 말. 몇 달을 한 집에서 같이 살았다. 물론 집이 커서 하루 종일 얼굴도 못 보는 날도 많았지만.

좀 더 이야기하고 싶었는데. 바쁘고 임신 때문에 그와 더 이야기하지 못한 게 미안하고 아쉬웠다.

"궁금한 거 있으면 물어봐."

블라드는 소파 등받이에 몸을 기대며 말했다.

그가 떠난다니 서운해하는 세이레나를 보니 기분이 묘했다. 그가 드래곤이라는 것을 아는 사람들은 그를 불편해했다. 아니면 한번 겨뤄 보고 싶어 하거나.

애쉬는 둘 다였다. 그는 블라드를 불편해하는 동시에 한번 겨뤄 보고 싶어 했다.

세이레나는 찻잔을 만지작거리다가 말했다.

"돌아오면 저와 한번 겨뤄 주실래요?"

그녀와 애쉬는 블라드와 겨루지 못했다. 초반에는 너무 바빴고 그다음에는 세이레나가 임신했기 때문이다.

블라드는 약간 질린다는 표정으로 말했다.

"뭐든 물어보라는데 물어보는 게 고작 그거야?"

"그게 제일 궁금했거든요."

드래곤은 얼마나 강할지 궁금했다. 세이레나의 말에 블라드는 어이가 없어서 웃음을 터트렸다. 그러고 보니 기사단의 필립스라는 기사단장도 똑같은 소리를 했다.

그리고 근위대장인 발자크 경도 그랬다.

블라드는 흔쾌히 고개를 끄덕였다.

"그래. 돌아오면."

그 말에 세이레나의 얼굴이 밝아졌다. 블라드와 겨룰 수 있어서 만이 아니다. 그녀가 살아 있는 동안 한 번 더 그녀를 보러 오겠다는 약속이나 다름없기 때문이다.

블라드는 드래곤이다. 그의 시간 감각은 인간과 다르고, 몇백 년을 갇혀 지내면서 더 틀어졌다. 그것을 최근 할렉에서 지내면서 천천히 인간에 맞추고 있었다.

"아, 그리고요."

세이레나는 최근 그녀를 가장 걱정시키는 문제를 떠올렸다. 그녀는 자신의 거동을 돕기 위해 응접실에 남아 있던 시녀들을 전부 내보낸 뒤 블라드와 단둘이 되자 입을 열었다.

"대가 말이에요."

"그건 나도 모른다고 했잖아."

"그게 아니라, 대가를 수명 같은 거로 받아 가는 경우도 있나요?"

블라드의 눈이 가늘어졌다. 세이레나는 바짝 긴장한 채 그가 할 말을 기다리고 있었다. 그는 그녀가 무엇을 걱정하는지 알았다.

"윌리엄의 후손 때문에?"

애쉬를 말하는 거다. 세이레나는 고개를 끄덕였다. 만약, 그가 그녀를 돌려보내기 위해 지불한 대가가 그의 수명이라면.

끔찍한 생각에 세이레나는 고개를 흔들었다. 상상하고 싶지 않다.

하지만 블라드에게 대가를 지불한 것은 애쉬라는 이야기를 듣고 나서 그녀는 그녀가 살고 온 삶에서의 애쉬와 지금의 애쉬가 뭐가 다른지 열심히 생각했다.

없다.

그때의 애쉬와 지금의 애쉬는 달라진 게 없었다. 세이레나는 조심스럽게 말했다.

"처음엔 애쉬에게 다른 사랑하는 사람이 있었던 게 아닐까 했는데요."

"그럴 리가."

블라드는 말도 안 된다는 듯 미간을 찡그렸다. 애쉬도 들을 가치가 없다는 듯 굴긴 했다. 세이레나는 한숨을 내쉬며 말했다.

"물론 애쉬는 아무 관계 없는 저를 구하기 위해 사랑하는 사람을 버릴 남자는 아니지만요. 그게 선택의 문제가 아닐 수도 있잖아요."

초대 왕인 윌리엄은 어떤 사람인지 모른다. 하지만 세이레나는 애쉬가 어떤 사람인지 알았다. 그는 공정한 사람이지만 자신과 관계없는, 죽어 가던 왕비를 구하기 위해 사랑하는 사람을 버릴 남자가 아니다.

하지만 선택의 문제가 아니라면? 마법사가 애쉬를 속인 거라면?

걱정하는 세이레나의 얼굴을 빤히 쳐다보던 블라드가 고개를 기울이며 말했다.

"그건 불가능해. 시간을 움직인다는 건 이미 지난 일은 취소한다는 거야. 그리고 균형이 어긋난다는 뜻이고."

그게 무슨 말인지 모르겠다. 세이레나는 멍하니 블라드를 쳐다보며 눈을 깜빡였다.

블라드는 세이레나가 이해하지 못한 것을 깨달았다. 그는 자신의 잔 위에 받침잔을 올리고 다시 그 위에 티스푼를 올린 다음 말했다.

"내가 여기서 받침잔을 빼면 어떻게 될까?"

티스푼이 떨어질 거다. 세이레나가 그렇게 생각하는 것과 동시에 블라드가 받침잔을 빼냈다. 그러자 티스푼이 찻잔 안에 떨어지면서 찻물이 테이블보에 튀었다.

블라드는 냅킨으로 찻물을 대충 닦아 낸 뒤 얼룩을 가리켰다.

"봐. 균형이 어긋나면서 없었을 얼룩이 생겼잖아. 이건 찻물이 이 테이블보에 영향을 끼쳤다는 거고. 모든 생명체는, 행동은, 말은 영향을 끼쳐. 그리고 세상은 그 영향에 맞춰서 균형을 맞추려 하고. 만약 내가 지금 네게 네 배 속의 아이가 딸이라고 하면 넌 어떨 것 같아?"

세이레나의 눈이 휘둥그레졌다. 그녀가 놀란 것을 보고 블라드는 손을 들어 보이며 덧붙였다.

"만약에라고 말했잖아."

딸일 수도 있고 아들일 수도 있다. 약간 진정한 세이레나가 입을 열었다.

"다음 왕은 여자가 되겠죠."

그리고 잠시 생각한 뒤 말했다.

"그 애를 위해 호위 기사와 남편감을 고르려 할 거고요."

블라드의 얼굴에 미소가 떠올랐다. 그는 세이레나를 물끄러미 쳐다보며 물었다.

"그 과정에서 누군가의 인생이 결정되지 않을까?"

맞는 말이다. 세이레나는 굳은 표정으로 고개를 끄덕였다. 그녀도 그랬다. 왕비가 죽은 시점에서 돌봐 줄 부모가 없는 귀족 영애는 세이레나뿐이었다. 지난 생에서 그녀는 몇 번이고 생각했었다.

만약 부모님이 돌아가지 않으셨다면. 그녀가 금발이 아니었다면. 금발을 짧게 잘랐다면.

"세상은 그런 것 하나하나가 촘촘하게 쌓이면서 무너지지 않도록 균형을 이루는 거야. 이건 고작 찻잔이고 테이블보니까 내가 균형을 망가트려도 아무 반응이 없지만, 세상은 시스템이라는 게 있거든."

누군가 균형을 어긋나게 하면 반발이 일어난다. 반발을 막기 위해 대가를 지불하는 것이다.

균형이 크게 어긋날 마법일수록 대가도 커진다.

"하지만 마법사가 설명을 안 했다면요? 안 할 수도 있잖아요?"

블라드의 눈이 세이레나를 지그시 쳐다봤다. 마치 할아버지가 어린 손주를 쳐다보는 듯한 눈빛이었다. 그는 세이레나가 마법사가 아니라 검사라는 것을 떠올렸다. 그녀는 마법이 실행되는 시스템에 대해 알지 못한다.

그는 곧, 한숨을 내쉬며 말했다.

"내가 마법사라면, 그런 짓은 하지 않을 거다."

"어째서요?"

"대가는 기꺼이 내놓아야 하거든. 상대를 속이거나 대가를 강제로 탈취한다면, 최소한 마법이 실행되지 않거나 마법사가 대가를 치르게 돼."

영향이 큰 마법일수록 대가도 커진다. 그렇다면 마법사가 내놓아야 하는 대가도 커진다는 뜻이다.

그는 세이레나를 쳐다보며 말을 이었다.

"그 마법사가 자신의 목숨을 내놓으면서까지 윌리엄의 후손이 원하는 마법을 사용할 사람이었어?"

세이레나의 미간에 주름이 생겼다. 칼리스타는 드래곤을 깨우기 위해 그녀를 돌려보내 주었다. 드래곤의 힘을 가지고 싶어 했다. 어디까지나 살아서.

그런 사람이 자기 목숨이 위험한 짓을 할 리가 없다. 세이레나는 고개를 저었다.

최소한 칼리스타가 애쉬에게 모든 것을 설명했다는 말이다. 그렇다면 그가 그녀 때문에 속아서 원치 않은 대가를 치렀을 리는 없다.

하지만 수명은 어떨까.

그녀는 지난 삶에서 애쉬와 자신이 서로를 마음에 품고 있었던 게 아닐까 의심하고 있었다. 그렇다면 수명을 대가로 지불할 수도 있지 않을까.

세이레나가 애쉬를 위해 죽을 수 있는 것처럼, 그도 그녀를 위해 그럴 수 있지 않았을까.

"다시 한 번 물을게요. 대가로 수명이 줄어들 수도 있나요?"

세이레나의 질문에 블라드는 고개를 저었다.

"수명은 가변성이 너무 커서."

뿐만이 아니다. 수명은 균형의 영역이기도 하다. 하지만 블라드는 거기까지는 말하지 않았다. 인간인 세이레나에게 괜한 이야기를 할 필요가 없다.

하지만 어떤 이유로든 세이레나는 애쉬가 대가로 내놓은 것이 그의 수명이 아닐 거라는 사실에 안도했다.

그렇다면 대체 그는 뭘 대가로 내놓은 걸까.

애쉬의 성격을 생각했을 때 그가 포기할 만한 건 더 이상 생각나지 않았다. 세이레나는 한숨을 내쉬었다. 블라드는 그런 그녀를 보고 히죽 웃으며 말했다.

"잊어버려. 알아 봤자 어떻게 할 수 있는 것도 아니잖아."

그의 말이 맞다. 그리고 애쉬도 그렇게 말했다. 세이레나와 애쉬는 이미 바뀐 삶을 살고 있다. 이전 삶에서는 소중했던 게 지금은 소중하지 않을 수도 있다.

"애쉬도 그러라고 했는데 마음이 그렇게 쉽지가 않네요."

세이레나는 죄책감 어린 표정으로 말했다. 애쉬가 그녀에게 두 번째 기회를 주기 위해 뭔가를 포기했다는 게 가슴이 아팠다. 그런 세이레나의 얼굴을 확인한 블라드는 허리에 손을 얹으며 말했다.

"의외로 별것 아닐 수도 있어."

"대가가요?"

"음. 대가는 마법을 실행할 때 기준으로 받아 가는 거거든. 예를 들면."

블라드는 세이레나의 개인 응접실을 둘러보고 진열장에 위에 걸어 둔 검을 집어 들었다.

당연히 장식용이 아니다. 예전에 애쉬가 세이레나를 위해 몰래 주문해서 선물했던 검이다. 아직 쓸만하지만 세이레나는 그것을 그녀의 개인 응접실을 장식하는 데 사용하기로 했다.

왕비가 된 후로 직접 검을 다룰 일은 사라졌지만 그래도 혹시라도 사용하다가 완전히 두 동강이 나거나 하면 가슴 아플 것 같았기 때문이다.

"이런 게 대가일 수도 있어."

"검이요?"

"네가 이 검을 너무 아껴서 검을 신으로 숭배하게 된다면, 물론 그럴 가능성이 없다는 건 알아. 하지만 그렇게 생각해 보라고."

떨떠름한 세이레나의 표정이 원래대로 돌아갔다. 그녀는 못마땅하다는 듯 고개를 끄덕였다. 블라드는 다시 검을 원위치로 돌려놓으며 말했다.

"네가 이 검을 포기함으로써 검을 신으로 숭배하는 종교가 사라지는 거잖아? 대가란 그런 거야."

마법으로 뭔가가 바뀐다면 그 바뀌는 만큼의 영향을 줄 수 있는 뭔가를 대가로 내놓아야 한다는 말이다.

윌리엄에게는 루실이 그랬다. 그는 루실을 사랑했고 그녀가 죽자 그녀를 살리기 위해 드래곤의 분노조차 감수했다.

그렇구나. 세이레나는 블라드의 말을 듣고 고개를 끄덕였다. 그리고 다시 물었다.

"만약 그런 게 두 가지라면요? 한 사람이 마법을 숭배하는 종교를 만들 수도 있고, 검을 숭배하는 종교를 만들 수도 있잖아요?"

"그때는 둘 중 포기할 것을 선택하는 거지."

그렇군. 세이레나는 다시 고개를 끄덕였다. 적어도 애쉬가 그녀를 돌려보내기 위해 뭔가를 포기했다면 그가 가진 여러 가지 중에 가장 별것 아닌 것을 선택했으면 좋겠다.

세이레나가 그렇게 말하자 블라드는 웃음을 터트렸다. 그는 배를 잡고 웃으며 말했다.

"귀여운 소리를 하는구나."

"하지만, 대가를 지불하는 사람이 선택하는 거라면서요."

"대가는 그런 게 아니야. 만약 두 가지 대가 중에 선택할 수 있다면 그 두 개는 지불하는 사람에게 완전히 똑같은 무게를 지니고 있을 거거든."

뭐, 근소하게 차이가 있을 수는 있겠지. 블라드는 그렇게 생각했지만, 입 밖으로 내지는 않았다. 그 근소한 차이는 당사자조차 알아차리기 힘든 수치일 테니까.

그는 다시 소파에 앉으며 말했다.

"사람은 누구나, 어떻게든 선택을 할 수 있어. 하지만 대가로 내놓을 수 있는 게 두 개라면, 인간은 보통 선택을 하지 못하더군."

블라드의 머릿속에 윌리엄과 루실이 떠올랐다. 윌리엄은 루실을 되살리기 위해 루실을 향한 사랑을 대가로 내놓았다.

"딱 한 사람. 윌리엄을 빼고 말이야."

세이레나의 눈이 커졌다. 그녀는 몸을 내밀며 물었다.

"초대 국왕이 내놓을 수 있는 대가가 여러 개였어요?"

"정확히 두 개였지."

"사랑, 빼고 하나 더 있었다는 말이죠?"

"그래."

블라드의 눈이 가늘어졌다. 그의 머릿속은 윌리엄이 저지른 짓을 깨닫고 그에게 분노하던 순간으로 돌아가 있었다.

"네가 드래곤인 줄은 몰랐는데."

윌리엄이 괴로운 표정으로 말했다. 방금 그의 눈앞에서 황금 빛 비늘을 가진 드래곤이 그의 친구로 변했다. 블라드는—물론 그때는 다른 이름이었지만—윌리엄을 경멸하는 표정을 짓고 있었다.

그는 자신의 가장 친한 친구가 그런 짓을 했다는 사실을 믿을 수 없었다. 하지만 가장 친한 친구라고 해서 넘어갈 수는 없다.

블라드의 시선이 윌리엄 뒤에 전투 자세를 취하고 있던 다른 사람들을 향했다. 전부 함께 여행을 하고 나라를 세운 자들이다.

역사에는 갑자기 포악해진 드래곤을 물리친 다섯 용사가 나라를 세웠다고 나와 있지만 나라의 기틀은 그 이전부터 세워지고 있었다.

다섯 명의 용사들은 몬스터 때문에 교류가 되지 않던 지방과 지방 사이의 다리가 되어 주었고 일족의 대표를 모아 대륙에 사는 사람들을 보호하고 안전하게 살 수 있는 방안을 모색했다.

사람들이 부르는 노래에 다섯 용사의 명성과 공로가 포함되기 시작했을 때, 블라드는 대륙에 두 번째 나라가 생길 것이라고 예상했다.

하지만 그 시기에, 루실이 죽었다.

병에 걸렸거나 암살을 당한 게 아니었다. 사고였다. 그게 윌리엄을 미치게 만들었다.

차라리 암살이었다면, 루실을 죽인 자들을 잡기 위해 혈안이 되었을 것이다. 하지만 그녀는 사람을 구하다가 죽었고 그게 윌리엄의 정신을 반쯤 빼앗아갔다. 루실의 시체를 잡고 삼 일을 꼬박 새운 그는 그녀를 되살리기 위해 마법사를 찾아다녔다.

사고가 일어났을 때 블라드는 윌리엄의 곁에서 멀리 떨어져 있었다. 그는 루실이 죽은 것도 몰랐고, 당연히 윌리엄이 반쯤 미쳤다는 것도 몰랐다.

그가 이상한 일을 깨달은 것은 자신의 거처를 살피고 있을 때였고, 윌리엄을 시간을 돌린 지 일주일째 되는 날이었다.

뭔가가 이상했다. 시간이 일주일 전으로 돌아갔고 윌리엄은 루실을 구해 냈다. 동시에 원래라면 루실이 살렸을 사람이 죽었다. 루실과 그녀가 구했어야 할 사람이 세상에 미치는 영향력은 다르다.

세상은 바뀐 영향력에 맞춰 다시 균형을 만들기 시작했다.

분노한 블라드는 이변이 일어난 곳으로 그대로 날아갔고 그렇게 역사서에 나와 있는 드래곤이 포악해졌다는 사건이 벌어졌다.

"알았으면?"

블라드는 화를 눌러 참으며 물었다. 그가 드래곤이라는 것을 알았다면, 타임머스라는 것을 알았다면 윌리엄이 루실을 살리기 위해 시간을 돌리지 않았을까?

그런 질문에 윌리엄은 고개를 저었다.

"모르겠어."

윌리엄의 눈동자에서 블라드는 혼란스러움을 읽었다. 그는 더 이상 루실을 사랑하지 않았다. 그녀를 사랑할 때 느꼈던 사랑스러움이나 안타까움, 애타는 마음 같은 건 더 이상 존재하지 않았다.

윌리엄은 혼란스러워하고 있었다. 루실을 살리기 위해 자신이 한 짓에 대해.

"지금이라면 그런 짓은 하지 않았을 거야. 하지만 그때의 나는."

윌리엄은 자조하며 말했다.

"웃긴 거 알려 줄까? 대가를 선택하라고 했을 때 난 진심으로 고민했어. 둘 중 어느 것도 포기할 수 없었거든. 그런데 나라가 아니라 루실을 포기한 건 루실을 다시 사랑하게 될 거라는 믿음 때문이었어."

윌리엄은 사랑을 대가로 지불했다. 사랑이 더 포기하기 쉬워서가 아니었다. 둘 다 포기할 수 없었다. 하지만 그럼에도 사랑을 포기한 건 드래곤을 봉인해야 하기 때문이었다.

타임머스를 죽일 수는 없다. 마법사가 마법에 대해 설명하면서 그렇게 말했다.

시간을 되돌리면 반드시 드래곤이 분노한다고. 그와 마법사가 저지른 짓을 되돌리기 위해 모든 것을 파괴하려 할 거라고.

그러니 드래곤과 싸워야 하지만 드래곤을 죽여서는 안 된다고 말했다. 오래, 아주 오래 드래곤을 봉인해야 한다고 했다.

이미 나라의 기틀은 쌓여 있었다. 이제 누군가 왕위에 앉고 나라를 선포하면 되는 상황이었다. 그리고 그 왕이 윌리엄이 될 것이라는 것은 윌리엄 자신도 알았다.

그렇기 때문에 윌리엄은 사랑을 포기했다. 드래곤을 봉인하고 그 위에 나라를 세워 봉인을 유지하기 위해서.

그 계산에는 언제든지 다시 루실을 사랑할 수 있을 거라는 자신감이 있었다.

"멍청한 자식."

블라드의 말에 검은 머리와 검은 눈을 가진, 애쉬를 닮은 윌리엄은 괴로운 표정을 지었다. 그의 시선이 화려한 금발과 보라색 눈동자를 가진 루실을 향했다.

그녀는 눈에 띄는 미인은 아니었다. 하지만 늘 생기 있고 밝은 사람이었다. 윌리엄은 그녀를 사랑했다.

한때는.

"윌리엄은 오만했지. 자만했고."

현실로 돌아와 블라드가 말했다. 대가를 지불할 때 윌리엄은 루실을 다시 사랑할 수 있다고 자만했다. 하지만 윌리엄과 루실의 관계는 오랜 기간 동안 쌓아 온 감정이었다.

같은 사람, 같은 관계지만 전혀 다른 시간과 다른 환경이 되자 마음이 달라졌다. 결국, 윌리엄과 루실은 서로 다른 사람과 결혼했다.

"음, 하지만 루실의 딸이 두 번째 왕비가 됐잖아요? 그래도 마음이 좀 돌아왔다거나."

그런 게 아닐까? 자신 없어 하는 세이레나를 보며 블라드는 어깨를 으쓱해 보였다. 그때 밖에서 메디나 백작 부인이 문을 두드렸다.

"전하, 의사가 왔습니다."

세이레나와 아기의 건강 상태를 확인하기 위해 이틀에 한 번 검진을 받는다.

의사와 세이레나는 한 달에 한 번이나, 잦아도 일주일에 한 번 정도면 충분하다고 말했지만 애쉬가 하루에 한 번씩 의사를 만나야 한다고 주장했다.

심지어 메디나 백작 부인조차도 애쉬를 말릴 생각이 없었기 때문에 세이레나는 가까스로 이틀에 한 번으로 조정할 수 있었다.

"글쎄. 그건 나도 모르지. 그리고 그게 예전과 같은 마음은 아닐 테니까 돌아왔다고 할 수는 없는 거고."

그럴까. 세이레나의 표정이 어두워졌다. 블라드는 메디나 백작 부인을 들여보내기 위해 자리에서 일어나며 말을 이었다.

"생각해 봐. 너라면 사랑하는 남자의 자식과 네 자식을 결혼시킬 수 있겠어?"

껄끄럽지 않을까? 블라드의 말에 세이레나는 아무 말도 하지 않았다. 그런 사람도 있고 저런 사람도 있겠지. 하지만 드래곤은 그렇게 생각하지 않는 모양이었다.

그는 옷매무시를 가다듬은 뒤 문을 향해 다가갔다. 그때 세이 레나가 다시 입을 열었다.

"저는, 대가를 지불한 게 애쉬라는 걸 알기 전까지 제가 대가를 지불했다고 생각했어요."

"그래?"

"애쉬에 대한 기억이 없거든요."

모든 기억이 다 있는데 애쉬에 대해서만 없었다. 그렇지는 않지. 세이레나는 자신의 생각을 재빨리 정정했다.

오래된 기억은 가물가물하다. 하지만 최근에 가까울수록 더 많이 기억했다. 그중에서 애쉬에 대한 기억만 없다는 게 이상했다.

"그게 윌리엄의 후손에게는 중요한 건가 보지."

"제, 제 기억이요?"

"기억일 수도 있고. 감정일 수도 있고. 어떤 사건일 수도 있고."

기억은 감정이나 사건에 수반된다. 어느 것 때문에 그런지는 모른다. 하지만 기억이 통째로 날아갔다면 감정 쪽이 더 가능성이 높다.

블라드는 더 이상 말하지 않고 문을 열었다. 얌전히 기다리고 있던 백작 부인과 그는 인사를 하고 엇갈렸다.

세이레나는 블라드가 나가고 나서 메디나 백작 부인이 시녀들과 의사를 데리고 들어오는 것을 물끄러미 쳐다보고 있었다. 애쉬에게 중요했던 게 대체 뭘까.

그녀가 애쉬를 사랑했던 걸까.

하지만 그랬다면 어째서 돌아왔을 때 그녀는 애쉬를 싫어했던 걸까.

풀리지 않는 의문이 세이레나의 머릿속에 복잡하게 엉켰다. 나이가 지긋한 의사는 복잡한 세이레나의 얼굴을 보고 빙그레 웃으며 말했다.

"고민이 있으신가 보군요."

"평생 안 풀릴 고민이죠."

세이레나의 말에 의사는 잠깐 놀란 표정을 지었다가 다시 미소를 지으며 말했다.

"그렇다면 흘러가게 두세요, 전하. 평생 풀리지 않을 거라면 잘라 버리는 것도 한 방법이랍니다."

그녀는 세이레나의 얼굴을 살피고 맥을 짚으며 스트레스받지 말라고 덧붙였다.

*　　　*　　　*

"아무래도 내가 당신의 추종자였나 봐요."

블라드가 수도를 떠난 지 몇 달이 지났다. 세이레나의 배는 완전히 부풀어 올랐고 애쉬는 그녀가 혼자서는 절대로 움직이지 못하게 하도록 백작 부인에게 신신당부를 했다.

"지금 말이야?"

애쉬는 세이레나의 부푼 배에 손을 댄 채 물었다. 그는 배 속의 아이를 향해 자장가를 불러 주고 있었다.

쿠션을 몇 개나 덧댄 침대 헤드에 상체를 기댄 채 책을 읽고 있던 세이레나는 피식 웃으며 말했다.

"아뇨, 예전에 말이에요. 그러니까, 내가 돌아오기 전에."

"흠."

애쉬의 손이 천천히 세이레나의 배를 쓰다듬었다. 그의 목소리를 알아듣는 것처럼 배 속의 아이가 애쉬의 목소리를 따라 움직이는 게 보였다.

"그 반대였을 것 같은데. 세상에서 가장 아름다운 왕비님을 스토킹하는 미혼의 기사단장."

그렇게 말하니까 엄청나게 위험하게 들린다. 애초에 스토킹 자체도 위험하긴 하지만.

세이레나는 그녀의 배에 얹은 애쉬의 손을 꼬집으며 말했다.

"장난치지 말아요. 난 진짜 심각하다고요."

"네가 내 추종자였다는 게?"

"당신에 대한 기억만 하나도 없잖아요. 돌아왔을 땐 당신을 별로, 음."

안 좋아했다. 세이레나는 그렇게 말하려 했다. 하지만 애쉬는 고개를 들어 세이레나의 뺨에 입을 맞추고 말했다.

"싫어했지."

덕분에 세이레나의 얼굴이 달아올랐다. 그녀를 위해 애쉬는 재빨리 말했다.

"내 추종자였다면 날 좋아하지 않았을까?"

"그래서 하는 말이에요. 당신이 내 마음을 안 받아 줘서 미워하게 됐다거나."

"다시 말하지만, 반대쪽이 더 가능성이 높을 것 같은데."

애쉬가 그녀의 추종자였고, 세이레나는 애쉬에게 아무 감정이 없는 걸 넘어 서서 끈질긴 애정 공세를 불편해했을 수도 있다. 그의 설명에 세이레나는 머리를 쿠션에 대고 한숨을 내쉬었다.

"어느 게 답인지 아무도 모르겠죠?"

"드래곤도 모르면 아무도 모르는 게 맞지 않을까?"

세이레나와 달리 느긋한 애쉬의 말에 그녀는 고개를 돌려 자신의 남편을 쳐다봤다. 애쉬는 옆으로 비스듬히 누워 한쪽 손으로는 턱을 괴고 한쪽 손으로는 세이레나의 배를 쓰다듬고 있었다.

어휴. 세이레나는 한숨을 내쉬었다. 느긋한 애쉬의 태도가 짜증 나면서도 잘생긴 얼굴을 보니 화낼 생각이 들지 않았다.

이렇게 잘생긴 남자가 그녀의 추종자였다고는 믿기 어렵다. 하지만 그녀가 돌아오기 전까지 그가 미혼이었다는 것을 생각하면 애쉬의 말이 맞을지도 모른다는 생각이 들었다.

"당신은 걱정되지 않아요?"

"뭐가?"

"당신이 지불한 대가가 뭔지 모른다는 게요."

애쉬는 세이레나의 걱정스러운 표정을 물끄러미 쳐다봤다.

그는 그녀가 왜 이러는지 알고 있다.

그가 걱정되면서도 미안한 거다.

그런 점이 좋아서 애쉬는 빙그레 미소 지었다. 솔직히 말하면 그는 대가를 지불한 게 세이레나가 아니라 자신이라는 말을 드래곤에게 들었을 때 안도했다.

세이레나가 살다가 돌아온 삶에서의 그도 그녀를 사랑했던 거다. 그는 그녀가 기억하지 못하는 자신이 세이레나를 사랑하지 않을 정도로 멍청하지 않다는 점에 안도했다.

"사실, 별로 걱정 안 돼."

"어째서요?"

놀라움 반, 비난 반으로 세이레나의 목소리가 높아졌다. 애쉬는 세이레나의 뺨을 감싸고 나직하게 말했다.

"그게 뭐든, 지금의 너보다 소중하지는 않을 테니까."

솔직한 대답에 당황한 건 세이레나였다. 그녀는 말문이 막혀서 눈을 동그랗게 뜨고 애쉬를 쳐다봤다.

애쉬는 당황하는 세이레나의 얼굴을 보고 피식 웃었다. 이게 그렇게 놀랄 말이라는 게 더 놀랍다.

"난 오히려 이득을 본 기분인데. 그게 뭐든 나는 대신 너를 얻었잖아. 예전의 나는 멍청이였다며."

"당신은 멍청하지 않았어요."

"멍청한 거지. 네가 다른 남자와 결혼하는 걸 손 놓고 보고 있었으니까."

애쉬는 다정하게 세이레나의 입술을 훔쳤다. 그녀가 어떻게 생각하든, 그는 세이레나가 말하는 예전의 자신보다 지금의 자신이 더 마음에 들었다.

매일 밤 세이레나와 한 침대에 누울 수 있고 그녀가 자신의 아이를 품고 있는 지금이.

맙소사. 세이레나는 다시 쿠션에 머리를 대고 한숨을 내쉬었다. 어쩌면 애쉬의 말이 맞는지도 모른다. 그리고 블라드의 말도.

블라드가 말했다. 대가는 마법을 사용할 때의 기준으로 지불하는 거라고. 그때의 애쉬와 지금의 애쉬는 다르다. 같은 사람이지만 같은 사람이 아니었다.

그건 세이레나도 마찬가지다. 에즈라도, 로렌도, 모아나도. 그리고 데니스도.

모두 그녀가 살고 왔던 시간 속의 사람과 같은 사람이면서 다른 사람이 되었다. 다른 일을 겪었고 다른 시간을 보냈기 때문이다.

"블라드 씨 말이 맞아요."

세이레나는 다시 한숨을 내쉬며 말했다. 그녀는 애쉬를 향해 고개를 돌리며 말했다.

"역시 이건 잊어버려야겠어요."

"잘 생각했어."

기억은 돌아올 것처럼 보이지 않는다. 그리고 돌아온다고 해도 대가는 돌아오지 않는다. 무엇보다, 대가가 뭔지 알아낸다고 해도 어떻게 할 도리가 없다.

세이레나는 다시 한숨을 내쉬고 애쉬를 쳐다봤다. 고민을 너무 많이 했더니 배가 고파졌다. 사실 세 시간 전에 가볍게 과일을 먹었지만 금세 다시 배가 고파지곤 했다.

"뭐 필요해?"

세이레나의 눈빛을 읽은 애쉬가 눈치 빠르게 물었다. 세이레나는 음 하고 잠시 생각하다가 말했다.

"뭐가 먹고 싶은데 정확하게 뭔지 모르겠어요."

"어떤 종류인데?"

고기? 야채? 빵? 아니면 과일? 애쉬가 제안하는 것들을 가만히 듣고 있던 세이레나는 불쑥 내뱉었다.

"팬케이크요. 두껍게 부풀어 올라서 폭신폭신한 팬케이크가 먹고 싶어요. 거기에 산딸기 조림을 얹은 걸로요."

뭐가 먹고 싶은지 생각나자마자 곧바로 그게 미친 듯이 먹고 싶어졌다. 심지어 산딸기 조림까지 먹고 싶어졌다. 맙소사. 세이레나는 애쉬의 가슴에 얼굴을 묻고 신음을 내뱉었다.

"왜 그래?"

설렁줄을 잡아당기던 애쉬는 세이레나가 좌절하는 것을 보고 놀라서 물었다. 그녀는 그의 가슴에 얼굴을 묻은 채 중얼거렸다.

"세 시간 전에 과일을 먹었는데 또 먹고 싶잖아요."

"그게 어때서?"

"좀 그래요."

세 시간에 한 번씩 사람을 시켜서 음식을 가져오게 하려니 부끄럽다. 세이레나의 말에 애쉬는 피식 웃으며 그녀를 끌어안았다. 별 걸로 다 부끄러워한다.

"아무것도 못 먹었을 때 기억 안 나?"

임신 초기에는 음식 냄새만 맡아도 토하느라 난리였다. 심지어 세탁한 옷에서 물비린내를 맡는 바람에 큰일이었다. 애쉬의 말에 몇 달 전 일을 떠올린 세이레나는 다시 좌절해서 신음을 내뱉었다.

"그때에 비하면 나는 고마운데."

먹고 싶은 게 있다는 건 감사한 일이다. 애쉬는 덕분에 훨씬 살이 오른 세이레나의 등을 쓰다듬었다. 바짝 말라서 뼈가 만져질 때는 심장이 철렁했다.

그때만 생각하면 지금은 감사해서 신전에 감사 기도를 드리고 싶을 정도다.

곧이어 부름을 받은 메디나 백작 부인이 시녀들을 데리고 달려왔다. 백작 부인 역시 세이레나가 몇 달 전과 달리 먹고 싶은 게 생긴 지금에 감사하고 있었다.

덕분에 한 시간 뒤, 두 사람의 침실에는 두툼하게 부풀어 오른 팬케이크에 갖가지 과일 조림이 곁들여져 도착했다.

7

이용

"너무 작은 거 아니야?"

애쉬는 요람 안에 있는 아기를 차마 가까이 다가가지 못하고 중얼거렸다. 세이레나에게 너무 크다고 생각했던 아기는 따로 떼어 내서 보니 또 너무 작아 보인다.

그의 말에 메디나 백작 부인이 빙그레 웃으며 말했다.

"곧 자랄 거예요."

물론 백작 부인은 다른 아기들처럼 곧 자랄 거라는 말이었다. 하지만 애쉬는 세이레나를 떠올리고 못마땅한 표정을 지었다.

"많이 커지진 않을 것 같은데."

세이레나를 생각하면 아이도 별로 커질 것 같진 않다. 평균 남성에 비해 훨씬 큰 애쉬와 평균 여성에 가까운 세이레나 사이에서 태어난 아이니까 어느 쪽을 닮을지는 모르지만.

백작 부인은 애쉬가 무슨 걱정을 하는지 알아차렸다. 그녀는 웃음을 삼키며 말했다.

"폐하를 닮았으니 분명 훤칠한 키를 가진 미인이 되실 거예요."

그녀의 말에 애쉬의 시선이 메디나 백작 부인을 향했다가 다시 아기를 향했다.

검정색 머리카락과 검정색 눈동자를 가진 아기는 마치 상황을 다 이해하는 것처럼 요람 안에 얌전히 누워 있었다.

그렇게 엄마를 고생시킨 것치고는 얌전한 태도라 애쉬는 헛웃음을 지었다.

"폐하."

곧이어 에즈라가 아기 방을 찾아왔다. 시녀들이 시키는 대로 손을 깨끗이 씻은 소년은 잔뜩 긴장한 표정으로 쭈뼛거리며 안으로 걸어 들어왔다.

애쉬는 요람 앞에 서 있다가 에즈라를 향해 손짓했다.

에즈라에게는 조카가 되는 셈이다. 애쉬는 에즈라의 옷차림이 기사단 정복인 것을 보고 한쪽 눈썹을 들어 올리며 물었다.

"어디 갔다 와?"

"네? 아닙니다."

그럼 왜 기사단 정복을 입고 왔어? 그렇게 물어보려던 애쉬를 에즈라가 왜 정복을 입고 왔는지 알아차렸다.

첫 조카를 만나는 날이다. 더 비싼 옷도 있었지만 에즈라는 기사인 자신의 모습을 보여 주고 싶었던 거다.

아직은 페이지지만.

"안아 보셔도 됩니다."

메디나 백작 부인이 말했지만 애쉬도, 에즈라도 선뜻 손을 내밀지 못했다. 두 사람은 서로를 쳐다보다가 동시에 백작 부인을 쳐다보며 말했다.

"으스러지는 거 아니야?"

"떨어트리면 어떻게 해요?"

어디서부터 짚어야 할까. 백작 부인은 애쉬와 에즈라를 물끄러미 쳐다보다가 한숨을 내쉬었다.

그때 시녀가 아기 방으로 들어와서 백작 부인을 찾았다.

"왕비님께서 찾으십니다."

세이레나는 방금 목욕을 끝냈다. 애쉬는 도와주고 싶어 했지만, 그녀가 극구 반대했다. 덕분에 쫓겨났던 터라 시녀의 말을 듣자마자 애쉬의 발걸음이 방 밖으로 향했다.

애쉬의 행동에 시녀가 백작 부인의 눈치를 살폈다. 세이레나는 메디나 백작 부인을 불렀지, 애쉬를 부른 게 아니다. 하지만 그렇다고 왕에게 널 부른 게 아니라고 말할 수 있을 리가 없다.

"필요한 게 있다면 이 아이들에게 말씀하십시오."

백작 부인은 에즈라에게 그렇게 말하고 애쉬의 뒤를 따랐다. 에즈라가 고개를 들자 아기 방 여기저기에 흩어져 있던 시녀들이 그를 바라보며 고개를 숙였다.

필요한 건 하나도 없다. 에즈라는 곤란한 표정으로 다시 조카를 쳐다봤다.

검정색 머리카락과 검정색 눈동자를 가진 아기는 이번에는 에즈라의 얼굴을 빤히 쳐다보고 있었다.

"저와 누님을 구분할까요?"

에즈라의 질문에 시녀들은 미소를 지었다. 둘 다 금발에 미인이다. 물론 에즈라의 눈동자는 파란색이기는 하지만 키도 비슷했다.

"아직 그 정도로 시력이 발달하진 않았을 거예요."

"그럼 저를 누님으로 생각할 수도 있다는 말이네요. 엄마가 안아 주지 않는다고 섭섭해하지 않을까요?"

사려 깊은 질문에 시녀들의 눈이 커졌다. 가장 가까운 데에 있던 유모가 앞으로 나서며 말했다.

"아기님께서는 아직 거기까지는 알지 못하실 거예요."

그렇다면 다행이다. 에즈라의 표정이 조금 부드러워졌다. 그는 한 줌도 되지 않은 듯한 조카를 쳐다보며 인사를 건넸다.

"안녕하세요, 공주님."

인사를 알아들은 것처럼 아기가 에즈라를 보며 배시시 미소지었다. 깜짝 놀란 에즈라는 유모와 시녀를 번갈아 쳐다보더니 다시 아기를 쳐다봤다. 그리고 씩 웃으며 말했다.

"솔직히 말해 봐. 너 말 알아듣지?"

그럴 리가 없다.

세이레나는 잠옷을 입고 침대에 누워 있었다. 솔직히 말하면 지루하고 심심해서 죽을 것 같다. 그래도 출산 직전에는 출산을 쉽게 하기 위해 산책이라도 했는데 지금은 산책도 금지됐다.

"레나."

묵직한 발걸음이 세이레나의 방문 앞에 멈추더니 노크가 이어졌다. 세이레나는 애쉬가 말을 하기도 전에 그라는 것을 알아차렸지만 기다렸다가 들어오라고 말했다.

애쉬는 문을 열자마자 성큼성큼 세이레나에게 다가오며 물었다.

"기분이 어때?"

그건 오늘 아침에도 물어본 거다. 세이레나는 심드렁하게 말했다.

"심심해요."

"책, 부족해?"

"책은 이제 지겹다고요."

애쉬는 믿을 수 없다는 표정을 지었다. 책이 지겹다고? 놀라는 그에게 세이레나가 뾰로통한 표정으로 말했다.

"당신은 돌아다니고 산책도 하잖아요. 난 움직이지도 못한다고요."

"걸어 다니잖아."

"이 방에서 저 방까지 말이죠?"

세이레나가 원하는 건 산책이다. 정원을 걷고 검을 휘두르고 싶다. 하지만 검을 휘두른다는 말을 꺼내는 순간 메디나 백작 부인과 애쉬가 어떤 반응을 보일지 알고 있기 때문에 세이레나는 입을 다물었다.

그런 그녀를 쳐다보던 애쉬가 한숨을 내쉬며 침대에 걸터앉았다.

조심스럽게 걸터앉은 것임에도 세이레나의 몸이 휘청했다. 애쉬는 세이레나를 끌어안으며 물었다.

"꼭 걸어야 해?"

이건 또 무슨 소리야? 세이레나는 어이가 없어서 약간 퉁명스럽게 말했다.

"내가 평생 안 걷기를 바라는 거예요?"

"아니, 그게 아니라. 온실까지 내가 널 안고 옮기면 어떨까?"

그 순간 세이레나의 얼굴이 달아올랐다. 그가 무슨 말을 하는지 알겠다. 산달이 다가오면서 세이레나와 애쉬는 왕궁으로 거처를 옮겼다. 아직 공사가 끝나지 않은 구역이 조금 남아 있지만, 왕과 왕비의 머무는 공간은 공사가 끝났다.

애쉬는 세이레나에게 몸을 기울이며 다정하게 말했다.

"정원은 안 돼. 날이 쌀쌀하니까."

메디나 백작 부인과 애쉬가 세이레나를 싸고도는 데는 지금이 가을이라는 이유도 있었다. 그리고 곧 있으면 겨울이 올 거다.

세이레나는 앞으로 몇 달 동안 밖을 나갈 수 없다는 사실에 염증을 느끼고 있었다. 그런 그녀를 위해 애쉬가 제안한 것이다.

"온실이라도 좋아요."

여기가 아니면 어디라도 좋다. 세이레나가 움직일 수 있는 곳은 그녀의 침실과 개인 응접실, 그리고 개인 서재뿐이다. 전부 약간 덥다 싶을 정도로 불을 피워 놨다.

"에즈라와 온실에서 차라도 마실까?"

그렇게 말하며 애쉬는 메디나 백작 부인을 향해 고개를 돌렸다. 반대하려던 그녀는 세이레나의 얼굴이 환해지는 것을 보고 속으로 한숨을 내쉬었다.

저렇게 지겨워하는데 반대할 수는 없다. 백작 부인은 시녀에게 세이레나를 위해 숄과 담요를 잔뜩 가져오고 온실에 화로를 넉넉하게 가져다 두도록 명령했다.

그사이 애쉬는 담요로 세이레나를 둘둘 말고 안아 들었다.

"그렇게까지 할 필요 없어요."

이불에 말린 채 세이레나가 말했다. 하지만 곧 애쉬의 검정색 눈동자를 맞닥뜨리자 저도 모르게 중얼거렸다.

"이제 당신이 필요의 문제가 아니라고 말할 차례죠?"

잘 알고 있다. 애쉬는 씩 웃고 세이레나를 안은 채 방 밖으로 나갔다.

혹시라도 그녀가 멀미라도 일으킬까 봐 조심스럽게 걷는 애쉬와 그에게 안겨 있는 이불에 둘둘 말린 세이레나. 그리고 걱정스러운 표정으로 그 뒤를 따르는 메디나 백작 부인의 행렬은 왕궁 사람들의 시선을 사로잡았다.

"내가 미쳐."

세이레나는 이불 속에서 얼굴을 묻은 채 투덜거렸다. 이불 안에 들어가 있긴 하지만 국왕이 직접 안아 들고 옮길 사람은 한 명밖에 없다.

다들 이 안에 있는 게 세이레나라는 것을 알아차린다는 말이다.

"괜찮아?"

온실에 도착하자 애쉬가 세이레나를 의자 위에 내려놓으며 물었다. 솔직히 말하면 그녀는 이불에 둘둘 말려 있어서 그가 그녀를 내려놓는 곳이 땅바닥인지 의자인지 분간할 수도 없었다.

"창피해서 죽을 거 같아요."

세이레나의 푸념에 애쉬는 어리둥절한 표정을 지었다. 뭐가 창피하다는 거지? 하지만 그는 곧 세이레나가 이불에 말린 채 옮겨지는 것을 사람들이 봤다는 사실에 부끄러워한다는 것을 깨닫고 물었다.

"앞으로는 아무도 못 보게 할게."

메디나 백작 부인이 끼어들었다.

"아니면 휠체어를 준비하면 어떨까요?"

"둘 다 기각이에요."

누굴 환자 취급할 생각이냐고 생각하며 세이레나는 거추장스러운 이불을 걷어 냈다. 하지만 그 위로 메디나 백작 부인이 준비한 솔과 담요가 다시 쌓였다.

곧이어 에즈라도 도착했다. 그는 솔과 담요로 움직이기 힘들 정도로 감싸인 누나를 보고 조금 당황해서 물었다.

"누님, 괜찮아요?"

어째 다들 그녀만 보면 괜찮냐고 물어본다. 세이레나는 쓰게 웃으며 손을 내밀었다. 아니, 손을 내밀려 했다. 하지만 솔과 담요 때문에 간신히 손가락 끝만 삐져나왔을 뿐이다.

에즈라는 눈치 빠르게도 누나의 손가락을 잡았다.

"잘 지냈어?"

세이레나의 질문에 에즈라는 쓰게 웃었다. 왕궁 안에 있다 보니 예전처럼 매일 보는 건 어려워졌지만 두 사람은 일주일에 세 번은 꼭 함께 식사를 하고 있었다.

그럼에도 최근에는 세이레나의 출산 때문에 일주일이 넘게 만나지 못했다.

"아기 봤어요."

에즈라는 아직 꽤 부어 있는 누나의 얼굴을 바라보며 말했다. 오는 길에 시녀에게 설명을 듣기는 했다. 그리고 지금은 훨씬 많이 가라앉은 거라는 말도.

세이레나도 자신이 꽤 부었다는 것을 알고 있었지만 크게 신경 쓰지 않았다. 누구라도 시간 날 때마다 만나러 오는 남편이 자신을 세상에서 가장 아름답다는 눈으로 쳐다보면 그럴 것이다.

"응. 이름 들었어?"

아니요. 에즈라는 고개를 저었다. 아직 듣지 못했다. 이름을 물어봤지만 유모도 왕비님께 직접 들으라고 말했다.

동생에게 딸의 이름을 알려 줄 수 있는 기회에 세이레나의 얼굴이 밝아졌다.

"제네비브."

제네비브. 에즈라는 예쁜 이름이라고 생각하며 누나에게 말했다.

"폐하를 닮았던데요."

검은 머리카락에 검은 눈동자기도 했지만, 아기는 애쉬를 닮았다. 물론 애쉬는 여자라면 누구나 눈을 떼지 못할 정도로 잘생겼으니까 그를 닮았다면 딸이어도 미인일 거다.

하지만 에즈라는 조카가 누나를 닮지 않았다는 게 못내 아쉬웠다. 그리고 그건 애쉬도 마찬가지였다.

유일하게 세이레나만 그 사실을 즐거워하고 있었다. 그녀는 눈을 반짝이며 물었다.

"그렇지? 애쉬와 똑같이 생겼어."

좋아하네. 에즈라는 그렇게 생각하고 애쉬를 쳐다봤다. 애쉬역시 쓰게 웃으며 말했다.

"어차피 아이는 하나만 있으면 되니까 가능하면 레나를 닮았으면 했지만 할 수 없지."

"하나요?"

세이레나의 시선이 애쉬를 향했다. 그녀의 표정을 본 그가 당황해서 물었다.

"설마 또 낳을 생각인 건 아니겠지?"

말도 안 된다. 당황을 넘어서서 반대하는 게 역력한 애쉬의 얼굴을 보고 세이레나는 입을 다물었다. 그녀도 그 힘든 걸 또 하고 싶은 생각은 없다.

하지만 형제가 있다는 건 좋은 거다. 세이레나의 시선이 에즈라를 향했다.

애쉬가 있어서 행복한 것만큼이나 그녀는 에즈라가 있어서 마음 한쪽 끝이 단단하게 고정되는 것 같았다.

에즈라가 없었다면 그녀는 지금 이 자리에 없었을 것이다. 몰락하기 직전의 백작 영애.

미친 왕의 세 번째 부인이 되어 학대당하는 미래가 기다리고 있는 것을 알면서 타인머스에 남아 있을 정도로 세이레나는 멍청하지도, 무모하지도 않았다.

그녀가 회귀한 후에, 타인머스에 남아 자신의 운명을 바꾸려한 것은 에즈라 때문이었다. 동생이 마땅히 받았어야 할 것들을 돌려줘야 한다는 의무감과 죄책감, 그리고 에즈라를 향한 사랑 때문이었다.

그러니 지금 이 자리에 그녀가 있는 것은 에즈라 덕분이다.

세이레나는 에즈라의 손을 잡은 채 애정을 담아 물었다.

"어떻게 지내?"

시녀들이 그녀와 에즈라를 위해 세이레나와 가까운 곳에 에즈라의 의자를 놓아주었다. 소년은 누나의 손을 잡은 채 의자에 앉아 쓰게 웃었다.

"누님, 메디나 백작 부인한테 제가 어떻게 지내는지 듣고 있는 거 아니었어요?"

그렇기는 하다. 세이레나는 어딘지 모르게 애쉬를 닮아 가는 에즈라를 살짝 흘겨보며 말했다.

"네게 직접 듣고 싶단 말이야."

"잘 지내요."

페이지 2년 차인 에즈라는 기사단 생활에 익숙해져 있었다. 벌써 가을이니 몇 달 후면 페이지 3년 차가 된다. 그리고 내후년이면 승단 시험을 받아서 분단에 배속된다.

하지만 이런 건 이미 세이레나도 알고 있다. 두 사람이 마지막으로 만난 건 고작 일주일 전이니까.

"사고는 안 쳤고?"

"누님!"

진심으로 걱정스러운 듯한 세이레나의 질문에 에즈라가 섭섭하다는 듯 외쳤다. 그가 사고를 친 건 올해 초, 한 번뿐이다.

하지만 세이레나는 잊어버릴 만하면 그때 일을 꺼내서 묻곤 했다.

애쉬와 세이레나의 가르침으로 어지간해서는 목소리도 높이지 않도록 교육받은 에즈라가 자신보다 한 살 많은 페이지와 싸웠다는 사실이 세이레나에게 어지간히 충격이었던 모양이다.

세이레나는 고개를 기울이며 물었다.

"하지만 에즈라. 네가 그 불쌍한 애의 한쪽 눈을 보라색으로 만들었잖니."

세이레나가 봤을 때 콜린 테리의 눈 주변의 멍은 파란색에서 보라색으로 변해 있었다.

고작 그런 걸로 콜린을 불쌍한 애라고 생각하면 곤란하다. 에즈라는 한숨을 내쉬지 않으려 애쓰며 말했다.

"누님, 그 녀석은 맞을 짓을 했다고요."

"알아."

"누님은 모르시겠지만, 어, 네?"

"안다고."

에즈라는 안다는 세이레나의 말이 대체 무슨 의민지 몰라 누나를 빤히 쳐다봤다. 콜린이 맞을 짓을 했다는 것을 안다는 건가? 하지만 페이지들 외에는 아무도 콜린이 무슨 짓을 했는지 모른다.

그는 충분히 맞을 짓을 했지만 페이지들은 암묵적으로 콜린이 무슨 짓을 했는지 입을 다물었다.

세이레나는 에즈라의 놀란 표정을 보고 배시시 웃었다. 그녀가 돌아왔을 때는 한참이나 어린 것처럼 느껴졌던 동생이 고작

2년 만에 이렇게 어른스러워졌다는 게 신기하게 느껴졌다.

이런 게 자식을 키우는 마음과 비슷한 거겠지. 세이레나는 갓 태어난 제네비브도 이렇게 빨리 자랄 거라는 생각에 안타까운 한숨을 내쉬고 말했다.

"네가 때릴 정도니까 당연히 맞을 짓을 한 거겠지. 안 그래?"

동생이 아무 이유 없이 누군가를 때리지 않는다고 믿는다는 말이다. 에즈라는 누나의 믿음이 기쁘기도 하고 당황스럽기도 해서 아무 말도 하지 못했다.

하지만 세이레나는 거기서 말을 끝내지 않았다.

그녀는 슬쩍 몸을 기울여 에즈라의 귀에 대고 속삭였다.

"그리고 나는 네가 그 불쌍한 멍청이를 때리는 이유에 그 페이지가 포함돼 있어도 괜찮다고 생각해."

"네?"

에즈라는 말 그대로 자리에서 펄쩍 뛰어올랐다. 얌전히 앉아 세이레나가 동생과 대화하는 것을 지켜보고 있던 애쉬가 한쪽 눈썹을 들어 올릴 정도였다.

"그게 무슨, 아니, 뭔가 잘못 알고 있는 거 아니야?"

당황한 나머지 에즈라의 입에서 존대가 아닌 말이 튀어나왔다. 세이레나는 자신이 정곡을 찔렀다는 사실을 확인하고 빙그레 웃었다.

뒤늦게 자신의 실수를 깨달은 에즈라가 당황한 표정으로 애쉬와 메디나 백작 부인을 쳐다봤다. 하지만 이미 그의 얼굴은 보기 좋은 분홍빛으로 물들어 있었다.

"아, 아닙니다. 누님. 뭔가 잘못 알고 계신 거예요."

가까스로 수습하려 해 보지만 이미 늦었다. 세이레나는 말없이 빙글빙글 웃기 시작했고 그제야 애쉬도 호기심이 인 표정을 지었다.

"진짜로. 진짜 잘못 아신 거라니까요?"

"뭘 잘못 알고 있다는 거야?"

애쉬가 에즈라를 향해 몸을 기울이며 물었다. 세이레나가 에즈라에게 속삭였으니 그녀와 에즈라 외에는 무슨 대화가 오갔는지 모른다.

이쯤 되자 에즈라도 차라리 입을 다무는 게 낫다는 것을 깨달았다. 그는 국왕을 향해 완강하게 말했다.

"아무것도 아닙니다."

애쉬의 한쪽 눈썹이 올라갔다. 그는 세이레나를 향해 고개를 돌렸고 그녀는 동생을 위해 고개를 기울이며 말했다.

"말할 수 없어요."

대체 뭘까. 메디나 백작 부인뿐 아니라 시녀들의 표정에도 궁금하다는 표정이 떠올랐지만, 시녀들과 백작 부인은 능숙하게 표정을 숨겼다.

젠장. 진짜 누나가 잘못 잡은 건데. 에즈라는 억울하다는 표정을 지었지만, 이번에는 아무 말도 하지 않았다. 진짜로 뭔가 잘못 안 거다. 어디서 무슨 이상한 소리를 들은 게 분명하다.

결국, 주제를 바꿔 준 애쉬 덕분에 에즈라는 곤란한 상황에서 벗어나 오랜만에 만난 누나와 이야기를 하다가 나올 수 있었다.

"좋은 아침."

이튿날, 로렌은 출근하는 에즈라를 발견하고 인사를 건넸다. 스물한 살이 되기 전까지 왕궁에서 지내는 에즈라는 남들과 똑같이 말을 타고 기사단으로 출근하고 있었다.

그는 단장의 인사에 반사적으로 인사했다.

"안녕하십니까."

그리고 곧 로렌을 못마땅하다는 표정으로 쳐다보기 시작했다.

뭔데? 로렌은 무슨 일이냐는 듯 고개를 기울였지만 에즈라는 쉽게 입을 열지 않았다. 주변에 사람들이 지나간 다음에야 그는 로렌에게 물었다.

"단장님, 혹시 최근에 제 누님과 만나셨습니까?"

세이레나와? 로렌의 눈이 커졌다. 세이레나가 출산하고 나서 모아나를 통해 축하 선물을 보내기는 했다. 하지만 아직 만나지는 못했다.

그녀는 솔직하게 고개를 저었다.

"아니, 무슨 일인데?"

"혹시 누님께……."

이상한 소리를 한 거 아니냐고 물어보려던 그는 다시 입을 다

물었다. 입 밖에 내려고 보니 진짜로 이상한 소리라는 것을 깨달았기 때문이다.

그가 어느 페이지에게 관심이 있어서 콜린 테리를 두들겨 팼다고 말했냐고? 그럴 리가 없다. 그는 로렌이 자신이 콜린을 때린 이유를 모른다고 확신하고 있었다.

"아니, 아닙니다."

결국, 그는 한숨을 내쉬며 물러났다.

일주일 전에 출산한 세이레나의 귀에까지 들어갔다면 이미 할렉에 소문이 쫙 퍼졌거나, 누군가 비밀리에 알렸다는 뜻이다.

둘 중 어느 쪽일까.

고민하는 그의 어깨를 다이아나가 툭 치며 인사를 건넸다.

"에즈라, 일찍 왔네?"

여전히 세이레나와 같은 단발을 고수하고 있는 다이아나는 오늘도 활기차 보였다.

넌 좋겠다. 고민이 없어서. 친구 앞에서 깊은 한숨을 내뱉는 에즈라를 보고 다이아나가 눈을 크게 떴다.

"뭐야? 무슨 일이야?"

"아니야, 아무것도."

"왜? 설마 왕비님, 어디 안 좋으셔?"

"전혀 아니거든."

에즈라는 재빨리 부인했다. 그의 행동 하나, 말 한 마디에 이상한 루머가 만들어진다는 것은 이미 알고 있다.

그는 잠시 망설이다가 다이아나를 향해 속삭였다.

"혹시, 이상한 소문 들은 거 있어?"

"소문? 어떤 거?"

"그러니까……."

에즈라는 다시 주변을 둘러보고 다이아나를 향해 고개를 숙였다.

"내가 누구를 좋아한다거나 하는 소문 말이야."

"그 반대 말고?"

응? 에즈라가 멈칫했다. 그는 잠시 다이아나를 쳐다보다가 물었다.

"누가 날 좋아한다는 소문은 많아?"

"허."

몰랐냐는 표정이 친구의 얼굴에 떠올랐다. 그녀는 에즈라의 어깨를 툭 치며 말했다.

"왜 이래? 모르는 것처럼."

"뭘 말이야?"

"사교계에 네가 하루빨리 자라서 데뷔하기를 기다리는 사람이 한둘이 아니라는 것쯤은 알고 있잖아?"

몰랐는데. 에즈라는 전혀 몰랐다는 표정으로 눈을 깜빡였다. 그런 친구의 모습에 다이아나는 한숨을 내쉬었다. 당연히 아는 줄 알았는데.

에즈라는 잘생겼다. 그의 누나인 세이레나는 나라 최고, 더 나

아가 대륙 최고의 미인이라고 불릴 정도다. 동생인 에즈라가 누나의 반만 닮았다고 해도 나라 최고의 미남이 될 거다.

다이아나는 화려한 금발과 새파란 눈동자를 가진 에즈라의 얼굴을 빤히 쳐다봤다. 아직 열다섯 살의 소년은 앳된 얼굴인 탓에 미소년이지만 앞으로 몇 년만 지나면 상당한 미남이 될 것이다.

애쉬의 뒤를 이어 기사단 최고의 미남이 되겠지.

게다가 세이레나가 스물한 살이 되기 몇 주 전에 애쉬와 결혼을 했기 때문에 에즈라의 백작 위는 확실시되어 있었다.

결국, 사람들의 인식 속에서 에즈라는 현재 차기 애쉬쯤 되는 위치에 있었다. 화사한 금발과 새파란 눈동자를 가진, 몇 년 후가 기대되는 미소년, 백작 후계자, 왕비의 단 하나뿐인 가족이자 동생.

기사로서의 실력도 상위에 속한다. 물론 누나가 최연소 소드 마스터고 나라에서 가장 강한 소드 마스터인 애쉬에게 가르침을 받았다는 소문 때문에 그도 당연히 소드 마스터가 될 거라는 기대도 받고 있다.

"정신 차려."

다이아나는 무릎으로 에즈라의 무릎 뒤를 툭 쳤다. 현 왕비님이 페이지 때보다 에즈라가 훨씬 더 많은 관심을 받고 있다고 들었다. 기사로서, 남자로서.

어느 쪽이든 다이아나와는 상관없다. 그녀는 그녀가 왕비님

의 동생과 친하다는 사실에 싱글벙글하는 아버지를 떠올리고 인
상을 썼다.

"좋은 아침."

그때 또 다른 페이지가 다가오며 인사를 건넸다. 동시에 다이
아나와 에즈라의 얼굴이 밝아졌다. 처음 입단했을 때는 마치 남
자아이처럼 짧게 잘랐던 머리카락이 꽤 길어져서 어깨에 닿고
있었다.

헤이젤은 다이아나와 에즈라를 번갈아 보고 미소를 지으며
물었다.

"여기서 뭐 해?"

바짝 말라서 소년인지 소녀인지 구분이 가지 않을 정도였던
헤이젤은 페이지 생활을 하면서 살이 붙고 근육이 붙어서 훨씬
건강해져 있었다. 비쩍 마른 몸으로도 기사단에 입단한 실력이
다. 몸에 근육이 붙으면서 그녀의 실력은 훨씬 좋아졌다.

지금은 2년 차 페이지 중에서 상위권까지 올라왔다. 다이아나
는 헤이젤의 어깨를 감싸 안으며 말했다.

"널 기다리고 있었지."

"정말?"

"에즈라의 헛소리도 좀 듣고."

그게 뭐야? 헤이젤이 깔깔대고 웃으며 에즈라를 쳐다봤다. 덕
분에 에즈라의 얼굴은 가볍게 달아올랐다. 다이아나는 헤이젤
의 어깨를 끌어안은 채 복도를 걸으며 말했다.

"에즈라는 자기가 인기 있는 걸 모른다네."

"오, 자기가 인기 있는 걸 모르는 미소년이라니, 희귀종이네."

"으."

다이아나와 헤이젤의 대화에 에즈라는 신음을 내뱉었다. 민망해 죽겠다. 그는 부끄러움을 감추기 위해 다이아나의 어깨를 툭 치며 말했다.

"어차피 기사단에서만 있는데 그게 다 무슨 상관이야."

"어차피라니? 곧 사교계에 데뷔하게 되면 훨훨 날아다니는 거지, 에즈라 헌터는."

사교계에 에즈라가 데뷔하기만을 기다리는 사람들이 한둘이 아닐 것이다. 차기 헌터 백작이자 왕비의 동생. 사람들은 그와 친해지려 야단일 것이고 또래의 딸을 가진 집안에서는 에즈라와 혼인을 성사시키고 싶어 할 것이다.

그걸 생각하니 기분이 나빠져서 에즈라의 인상이 일그러졌다.

사교계는 열일곱 살 이후에 데뷔할 수 있다. 그리고 대부분의 페이지가 열세네 살에 기사단에 입단해서 삼 년의 페이지 기간을 거친다는 것을 생각하면 그들이 기사가 되는 것도 열일곱 살 정도다.

때문에 페이지들은 기사 서임을 하는 해에 사교계에 데뷔하곤 했다. 중간에 쫓겨나거나 페이지 졸업 시험을 통과하지 못하는 페이지를 제외하면.

"으, 출장 신청해 버릴 거야."

에즈라는 머리를 짚으며 신음을 내뱉었다. 출장? 어리둥절해하는 헤이젤에게 다이아나가 설명했다.

"지방에 요청이 오거나, 조사를 해야 할 필요가 있으면 그쪽으로 출장 가는 경우도 있거든. 보통은 지원자를 받지."

"하지만 할렉으로 돌아와야 하잖아?"

헤이젤의 질문에 에즈라는 쓰게 웃었다. 그는 두 친구를 위해 대련장 문을 열어 주며 말했다.

"그래도 왔다 갔다 하는 시간 동안은 수도에 있지 않아도 되잖아. 누님을 위해서라도 그게 더 좋고."

"누님? 왕비님을 위해서?"

으음. 에즈라의 시선이 대련장을 향했다. 이미 다른 친구들이 도착해 있었다. 그는 다이아나와 헤이젤에게만 들리도록 목소리를 맞춰 말했다.

"아무래도 내가 수도에 너무 오래 있으면 누님이 좀 부담스럽지 않을까 싶어서."

세이레나가 들었다면 깜짝 놀랄 소리지만 에즈라는 담담했다. 그는 세이레나의 단 하나뿐인 가족이다. 물론 저 멀리 수도원에 갇혀 지내는 아드리아나가 있기는 하지만 그녀는 사회적으로 어떤 행동을 할 수가 없으니 문제가 생긴다면 에즈라를 통해서겠지.

에즈라는 그게 좋지 않을 거라 생각했다. 그의 머릿속에 재작년에 봤던 게일과 아드리아나의 행동이 떠올랐다. 그는 그러지 않을 것이다. 하지만 사람이 언제 어떻게 변할지 알 수 없다.

세이레나의 변화는 좋았다. 하지만 게일의 변화는 좋지 않았다.

고작 열다섯 살인 그는 게일처럼 변하고 싶지 않았다.

"왕비님은 슬퍼하실 것 같은데."

헤이젤은 자기 자리로 가 버리는 에즈라를 보고 다이아나에게 말했다. 다이아나 역시 가슴 위로 팔짱을 낀 채 어두운 표정으로 에즈라를 쳐다보고 있었다.

"뭐, 쟨 좀 어려운 일을 겪었으니까."

"어려운 일?"

"그, 왜. 작년에 쟤네 집이 좀 복잡했잖아."

그렇게 말하니 헤이젤의 머릿속에도 작년에 에즈라가 기사단에 출근하지 않았던 사건이 떠올랐다. 새벽에 저택을 침입한 강도단을 당시 백작 영애였던 세이레나 헌터 경이 물리쳤는데 알고 보니 강도가 아닌 작위를 노린 삼촌이었다고 했던가.

누가 깨워서 일어나 보니 삼촌이 에즈라의 목에 검을 겨누고 있었다는 소문은 들었다.

그 후에 헌터 경이 지금 단장님인 필립스 경과 드럼란리그로 놀러 가면서 에즈라를 현 국왕이자 당시 헌터 경의 약혼자였던 그레이윈드 공작에게 맡겼었다.

단순히 놀러 간 줄 알았던 드런란리그 출장이 알고 보니 일 왕자의 친부를 찾기 위한 출장이 아니었냐는 소문도 공공연하게 돌았다.

그리고 후견인이었던 그레이윈드 공작이 반역을 저질렀다는 누명을 쓰고 감옥에 갇혔었고.

"파란만장했네."

헤이젤은 한숨을 내쉬며 말했다. 다이아나 역시 고개를 끄덕였다. 작년, 가장 파란만장한 사람을 고르라면 단연 세이레나와 애쉬일 것이다. 하지만 에즈라 역시 그들 못지않았다.

"에즈라가 비뚤어지지 않아서 다행이지."

다이아나는 자기 자리에 서며 한숨처럼 말했다. 헤이젤 역시 그녀의 옆, 자기 자리에 섰다.

정말 그렇다. 헤이젤은 자기 검을 들어 올리며 힐끔 에즈라를 쳐다봤다. 저렇게 잘생긴 소년이, 집안도 좋은 아이는 콜린처럼 될 가능성이 크다. 그녀는 헤이젤을 향해 검을 겨누며 말했다.

"왕비님과 폐하께서 잘 키우신 거 같아."

맙소사. 다이아나의 얼굴이 웃음이 번졌다. 친구의 진지한 말이 너무 웃기게 들린 탓에 그녀는 헤이젤의 첫 번째 공격을 제대로 받아내지 못할 정도였다.

*　　　*　　　*

다시 한 해가 지났다.

세월이 빠르기도 하지. 세이레나는 제네비브를 끌어안은 채 창밖을 쳐다보며 생각했다.

제네비브가 태어난 게 엊그제 같은데 벌써 일 년이 지났다. 그녀의 시선이 애쉬를 닮은 딸의 얼굴을 향했다.

부모 눈에 제 자식은 다 예쁘다지만 제네비브는 정말로 예뻤다. 세이레나는 미소를 지으며 손등으로 제네비브의 뺨을 가볍게 쓸었다.

밤새 열이 있어서 칭얼거렸다기에 걱정했는데 지금은 열이 내려서 괜찮아 보인다. 디아즈 백작 부인이 세이레나를 향해 손을 내밀며 말했다.

"제가 안겠습니다, 전하."

무거울 테니 그만 달라는 말에 세이레나는 아쉬운 표정을 지었다. 좀 더 안고 싶었다. 그녀는 디아즈 백작 부인을 향해 고개를 돌리며 말했다.

"육아실까지만 안고 있을게요."

왕비의 방과 육아실은 가까운 편이지만 그래도 세이레나가 제네비브를 볼 수 있는 시간은 그리 많지 않다. 그 시간이 아깝다는 태도에 디아즈 백작 부인을 고개를 끄덕이고 물러났다.

두 사람은 제네비브의 유모들과 세이레나의 시녀들을 이끌고 천천히 복도를 걷기 시작했다.

"제네비브가 좀 까다롭진 않나요?"

"세상에 나온 지 얼마 되지 않은 아기들은 모두 혼란스러워해요."

까다롭다는 말이다. 세이레나는 쓰게 웃었다. 솔직히 말하면 제네비브는 아주 까다로운 아이였다. 잘 때까지 누가 안아 주지 않으면 잠들지 않았고 안아 줄 수 있는 사람도 한정돼 있었다.

그 한정된 사람에 엄마인 세이레나가 포함돼 있는 건 천만다행이라 할 수 있을 것이다.

모든 귀족이 자기 자식에게 시간을 쏟는 건 아니다. 태도의 차이는 있어도 다들 자식에게 애착을 가지고 있기는 하다. 하지만 시간을 쏟는 것은 조금 다른 문제다.

아침저녁 인사만으로 충분하다는 사람도 있고, 틈날 때마다 보고 싶어 하는 사람도 있다. 세이레나는 후자에 가까웠다. 그녀는 바쁜 일정 사이에서도 시간을 쪼개 제네비브를 안아 보곤 했다.

그리고 세이레나와 똑같이 행동하는 사람이 또 하나 있다.

"폐하."

디아즈 백작 부인은 육아실에 들어서자마자 보이는 커다란 남자의 모습에 허둥지둥 허리를 숙였다. 검정색 머리카락을 깔끔하게 뒤로 쓸어 넘긴 애쉬가 육아실 한가운데에 서 있다가 아기를 안고 들어오는 세이레나를 보고 고개를 돌렸다.

"애쉬, 어쩐 일이에요?"

세이레나는 반가운 마음에 제네비브를 안은 채 그에게 다가갔다. 애쉬는 빙그레 웃으며 한 손으로 제네비브를 안아 들었다.

그리고 재빨리 남은 손으로 세이레나를 끌어안으며 말했다.

"회의가 일찍 끝나서."

시간이 비어서 제네비브를 보러 왔다는 말이다. 남편의 딸을 향한 애정에 세이레나는 기분 좋은 미소를 지어 보였다. 처음 제네비브가 태어났을 때 그는 약간 못마땅한 태도를 보였다.

임신 때문에 세이레나가 고생하는 게 싫었기 때문이다. 그는 자신을 닮은 딸이 아내를 힘들게 했다는 게 못마땅했고 그게 자신이 그녀를 임신시켰기 때문이라는 사실에 괴로워했다.

한동안은 잠든 제네비브를 내려다보며 아이는 한 명으로 족하다고 중얼거리는 애쉬를 발견할 수 있을 정도였다.

"당신이 기다리는 줄 알았으면 좀 일찍 올 걸 그랬어요."

세이레나는 애쉬의 등을 끌어안으며 그의 뺨에 가볍게 입을 맞췄다. 그와 동시에 불편했는지 제네비브가 울음을 터트렸다.

"제가 안겠습니다, 폐하."

재빨리 디아즈 백작 부인이 다가왔다. 애쉬는 기다렸다는 듯 아이를 백작 부인에게 넘기고 세이레나의 허리를 끌어안았다.

"아니야. 나도 금방 왔어."

그렇게 말하며 애쉬도 세이레나의 뺨에 입을 맞췄다. 육아실에 온 건 얼마 안 됐다. 하지만 그는 먼저 세이레나의 개인 응접실에 갔었다.

거기서 그녀가 딸을 안고 있는 것을 보고 물러난 거다. 세이레나가 제네비브와 좀 더 시간을 보낼 수 있도록 하느라.

그는 여전히 울음을 그치지 않는 제네비브를 돌아보며 걱정스럽게 물었다.

"어제 열이 좀 있었다던데."

"오늘 아침에 가라앉았다고 하더라고요."

사실 세이레나의 개인 응접실에서 그녀가 안고 있을 때의 제네비브는 꽤 기분이 좋았다. 지금 울고 있는 건 애쉬가 안은 게 불편했기 때문이리라.

하지만 그녀는 그건 말하지 않았다. 애쉬가 아이를 아는 방법은 틀리지 않았다. 제네비브가 예민하기 때문이다.

그 사실을 모르는 애쉬는 여전히 걱정스러운 표정으로 딸을 쳐다보다가 백작 부인을 쳐다보며 물었다.

"약은 먹었나?"

백작 부인이 안아 들자 제네비브의 울음이 잦아들긴 했다. 그녀는 제네비브를 안고 등을 다독이며 말했다.

"네. 어제 의사가 처방했습니다. 오늘 아침에는 더 이상 먹지 않아도 된다고 했고요."

의사는 이 정도 일은 아이에게 흔한 일이라고 했고 약을 자주 먹이는 건 좋지 않다고 말했다. 그리고 그녀의 말대로 제네비브의 열은 오늘 아침이 되자 가라앉았다.

하지만 애쉬는 걱정스러운 표정으로 제네비브를 보다가 세이레나에게로 고개를 돌렸다. 그는 아내와 딸이 약한 것 같아서 걱정이었다. 출산 직후 세이레나를 위해 몸에 좋은 것들을 전국에서 구해 가져다주고 있기는 하지만 그걸로는 부족하다.

애쉬는 세이레나의 이마에 입을 맞추고 말했다.

"약을 거의 다 먹어 간다던데."

세이레나의 머릿속에 그녀가 매일 저녁마다 먹고 있는 갈색의 물이 떠올랐다. 맛도 색깔만큼이나 엄청났다. 그걸 거의 다 먹어 간다는 말을 메디나 백작 부인에게 듣고 안심했던 게 며칠 전이다.

"네. 거의 다 먹었다고 하더군요."

세이레나는 약간 안도한 표정으로 말했다. 약의 효과는 확실히 좋았다. 아침에 일어나는 게 피곤하지 않았고 임신하면서 생겼던 빈혈도 사라졌다.

임신 전으로 완벽히 돌아간 건 아니지만 거의 돌아갔다는 생각이 들었다. 하지만 그렇다고 그걸 더 먹을 생각은 들지 않는다. 진짜로 맛이 엄청나게 역했기 때문이다.

하지만 그런 그녀의 생각과 달리 애쉬는 여전히 작고 가느다란 세이레나의 허리를 끌어안으며 한숨처럼 말했다.

"효과가 별로 없는 것 같아."

믿을 수 없는 말에 세이레나의 눈이 동그래졌다. 이거보다 더 효과가 있으려면 어떻게 해야 하지? 그녀는 어이가 없어서 키득거리며 말했다.

"설마 내가 당신을 이기길 바라는 거예요?"

"당신이 원한다면."

애쉬의 표정이 진지해서 세이레나는 입을 다물었다. 그건 어렵지 않을까. 그녀는 물론 애쉬보다 강해지면 좋겠다고 생각하기는 한다. 하지만 현실적으로 생각하면 실력의 차이는 둘째치고 두 사람은 체격이 다르다.

세이레나는 그녀의 허리를 감은 애쉬의 팔을 힐끔 내려다봤다. 키가 크다는 건 팔 길이가 길다는 거고, 그건 검을 들었을 때 공격 범위가 넓다는 말이 된다.

왕비가 되었고 어머니가 되었지만, 그녀는 여전히 틈날 때마다 훈련을 하고 있다. 죽을 때까지 검을 놓은 생각은 없다.

그녀는 자신이 왕비거나 어머니이기 이전에 기사라고 생각하고 있었다.

"그럼 보약보다는 키가 커지는 약이나 마법을 구해 줬으면 좋겠는데요."

세이레나는 한숨을 내쉬며 말했다. 가끔 키가 한 뼘만 더 컸으면 좋겠다는 생각이 들긴 한다. 하지만 그건 검을 들거나 높은 곳에 있는 것을 꺼낼 때뿐이지, 그녀는 기본적으로 자신의 몸에 만족하고 있었다.

애쉬는 고개를 기울이며 의미심장하게 물었다.

"키가 커지는 마법이면 되는 거야?"

이 남자는 진심이다. 애쉬의 표정을 본 세이레나는 그가 진짜로 키가 커지는 마법을 개발하라고 궁정 마법사들에게 명령할 것임을 깨닫고 매달렸다.

"노, 농담이에요."

"진짜로?"

애쉬의 한쪽 눈썹이 올라갔다. 그는 세이레나가 원한다면 얼마든지 키를 커지게 하는 마법을 개발하기 위해 개인 자금을 사용할 생각이었다.

키를 커지게 하는 마법이라니, 사업적으로도 부족함이 없는 아이템이지만 원래 큰 키로 살아온 그는 그걸 바라는 사람이 얼마나 많은지 알지 못했다.

다만, 검을 쥐는 사람으로서 키가 크면 전투 시에 유리하다고 생각했을 뿐이다. 기사단에 인기 있을지도 모르겠는데. 그는 가진 자의 편협한 생각으로 고작 유용하게 사용할 타깃을 기사단 정도로 한정하고 있었다.

세이레나는 그와 비슷하면서도 다른 생각을 하고 있었다. 키가 크면 훨씬 우아해 보인다는 장점이 있다. 하지만 그녀 역시 애쉬와 같은 이유로 큰 키를 부러워하고 있었다.

그녀의 친구인 로렌은 여자치고는 훤칠한 키를 가지고 있다. 그 키로 검을 휘두르는 로렌의 모습은 멋지다는 말로 부족하다.

"가끔은 그렇지만, 충분히 만족하고 있어요."

만족한다는 말에 애쉬는 입을 다물었다. 그는 그보다 한참 작은 세이레나의 얼굴을 물끄러미 쳐다봤다. 그녀가 만족한다면, 그걸로 됐다.

한참 후에야 그는 한숨을 내쉬며 세이레나와 함께 육아실을 빠져나왔다. 애쉬의 손이 먼저 세이레나의 손을 잡았다.

왕과 왕비라기보다는 젊은 연인처럼 보이는 두 사람 뒤로 시종들이 거리를 두고 따랐다. 애쉬는 긴 복도를 세이레나의 손을 잡고 걸으며 그녀의 얼굴을 슬쩍 쳐다봤다.

두 사람은 이렇게 말없이 걷기만 하는 것도 좋았다. 서로의 손을 통해 따뜻함이 느껴지는 이런 여유 있는 시간이 두 사람의 마음은 단단하게 연결해 주곤 했다.

"다른 건? 원하는 건 없어?"

필요한 게 아니라 원하는 것. 애쉬는 세이레나에게 그녀가 원하는 것이라면 뭐든지 주고 싶었다. 단순히 필요한 것이 아니라 아무 쓸모가 없더라도 가지고 싶은 것으로.

"글쎄요."

하지만 세이레나는 시큰둥했다. 솔직히 지금 그녀는 모든 게 너무 완벽해서 딱히 바라는 게 없었다. 사랑하는 남편과 사랑스러운 딸이 있으면 됐지, 뭐.

그러다가 그녀는 문득 생각났다는 듯 물었다.

"둘째는 어때요?"

"안 돼."

대답은 세이레나의 말이 끝나기도 전에 날아왔다. 어찌나 빠르고 단호하던지 세이레나가 깜짝 놀라서 발을 멈출 정도였다.

애쉬는 끙 하고 신음을 내뱉고 세이레나의 허리를 끌어안은 채 앞으로 걸어가며 말했다.

"둘째는 됐어. 난 제네비브면 충분해."

"하지만 난 제네비브에게 형제가 있었으면 좋겠어요."

"난 형제 없어도 충분히 행복하게 자랐어."

"난 형제가 있어서 행복한걸요."

끙. 애쉬는 세이레나의 말에 다시 신음을 내뱉었다. 그녀가 에즈라를 얼마나 소중하게 여기는지 알고 있다. 반대로 에즈라도 누나를 소중하게 여긴다는 것도 안다.

제네비브에게 그런 형제가 생긴다면 물론 그녀를 위해서는 좋을 것이다. 하지만 그러기 위해서 세이레나가 또 그런 고생을 해야 한다는 말이다.

애쉬는 한숨을 내쉬고 솔직하게 말했다.

"네가 또 고생하는 게 싫어."

세이레나의 눈이 동그래졌다. 인간은 망각의 동물이라고, 그녀는 그사이에 벌써 임신과 출산 후의 고생을 잊어버리고 있었다.

제네비브가 사랑스러운 만큼 딸에게도 형제를 만들어 주고 싶었던 것뿐이다.

애쉬는 충격받은 세이레나의 얼굴을 보고 복도 한가운데에 멈춰 서서 그녀를 끌어안았다. 국왕 부부의 모습을 본 사람들이 재빨리 허리를 숙이고 슬쩍 물러났다.

"나도 널 닮은 아이가 보고 싶어. 하지만 그게 네가 또 그런 고생을 할 정도는 아니야."

그의 말에 세이레나의 얼굴에 미소가 번졌다. 그녀는 팔을 뻗어 애쉬의 어깨를 끌어안았다.

"난 고생이라고 생각 안 하는 데요."

"내가 싫어."

"하지만……."

역시 둘째는 갖고 싶다고 세이레나가 말하려 했을 때였다. 누군가 급하게 이쪽을 향해 다가오는 소리가 들렸다.

또 무슨 일이야? 애쉬는 불만스러운 표정으로 고개를 들었다. 회의가 일찍 끝난 덕에 다음 일정까지 시간이 좀 남았었다. 그러니까 지금은 세이레나와 단둘이 있어도 된다.

하지만 안타깝게도 관리가 찾는 것은 애쉬가 아니었다. 그는 세이레나를 향해 다가오려다가 그녀가 국왕의 품에 안겨 있는 것을 보고 우뚝 멈춰 섰다.

"뭐지?"

애쉬는 방해하지 말라는 티가 팍팍 나는 표정과 목소리로 물었다. 관리는 편지를 든 채 세이레나를 쳐다보며 우물우물 말했다.

"왕비님께 전서구가 도착했습니다."

나한테? 세이레나는 그녀를 아쉬워하는 애쉬의 몸을 밀어내고 돌아섰다. 그녀의 얼굴을 보자 관리가 눈에 띄게 안도하며 다가왔다.

"수도원에서 전서구가 왔습니다."

수도원이라고? 이번에는 애쉬의 얼굴에도 어리둥절한 표정이 떠올랐다. 두 사람 다, 수도원에서 전서구를 보낼 만한 이유가 뭔지 바로 떠올리지 못했다.

수도원에서 국왕 부부를 향해 어떤 요청을 하기도 하고, 안부 편지를 보내기도 한다. 하지만 모두 정식으로 편지를 보내지 이런 식으로 전서구를 보내지는 않는다.

"어느 수도원이죠?"

세이레나는 관리의 손에서 작은 통을 받아 들며 물었다. 비둘기의 다리에 매달기 위해 아주 작고 가볍게 만들어진 통이었다. 이것을 열면 얇은 종이가 들어 있다.

"맨도자 수도원입니다."

순간 세이레나의 눈동자가 어두워졌다. 맨도자에 있는 수도원의 수도원장은 그녀와 주기적으로 연락을 주고받고 있었다. 하지만 언제나 편지를 통해 알렸지 전서구를 보낸 적은 한 번도 없었다.

이건 좋지 않다.

세이레나의 표정을 본 애쉬가 다가왔다. 그는 그녀가 통을 열어 안에서 돌돌 말린 종이를 꺼내는 것을 보며 물었다.

"거기야? 네 사촌이 있는 곳?"

애쉬의 머릿속에 세이레나의 사촌, 아드리아나가 어느 수도원에 들어가 있다는 게 떠올랐다. 그게 어느 수도원인지는 기억나지 않지만 세이레나의 표정을 보니 전서구를 보낸 맨도자 수도원인 모양이다.

"네."

세이레나는 한숨을 내쉬며 대답하고 빈 통을 애쉬에게 건넸다. 그리고 도르르 말린 종이를 펼쳐 재빨리 그 안에 적힌 내용을 읽었다.

누군가 환기를 위해 연 창문을 닫지 않았는지 어디서 서늘한 바람이 흘러들어 왔다. 애쉬는 세이레나가 차가운 바람에 감기가 걸릴까 싶어 자신의 몸으로 그녀를 감쌌다.

짧은 시간이었지만 애쉬와 관리에게는 길게 느껴졌다. 다 읽은 세이레나가 다시 한숨을 내쉬며 관리에게 말했다.

"전달해 줘서 고마워요."

원래 그의 일이지만 감사의 표시를 받는 것은 늘 기쁜 일이다. 관리는 세이레나의 인사를 고개를 숙이고 물러났다.

세이레나는 물러나는 관리를 쳐다보며 종이를 애쉬에게 넘겼다. 그리고 앞으로 걸어가며 말했다.

"아드리아나가 탈출했다네요."

"수도원에서?"

거기가 감옥은 아닐 텐데? 애쉬는 의아해하며 세이레나가 넘긴 종이를 재빨리 눈으로 읽어 내렸다. 그녀의 말이 맞았다. 수도원장은 아드리아나를 지켜보는 많은 눈에도 불구하고 그날 아침, 아드리아나가 사라진 것을 발견했다고 써 놓았다.

"그녀가 나가는 것을 아무도 못 봤다고?"

말도 안 된다. 애쉬가 마지막 문장까지 다 읽은 뒤 어이없다는 듯 외치자 세이레나는 한숨을 내쉬며 말했다.

"누군가 도와준 사람이 있었던 거죠."

모든 수도원이 다 그렇지만 맨도자 수도원은 찾는 사람이 더 적었다. 방문객은 받지 않았고 장기로 머무는 사람은 여자만 받았다. 대부분의 수도승들은 침묵 서원 중이었기 때문에 수도원에 머무는 사람들은 조용하고 청렴하게 사는 수밖에 없었다.

세이레나는 맨도자 수도원이 아드리아나에게 꽤 힘든 곳일 거라고 생각했다. 그럼에도 그곳으로 그녀를 보낸 것은 방문객을 받지 않으니 외부와 접촉할 일이 없을 거라 생각했기 때문이었다.

방문객이 많을수록 들을 수 있는 이야기가 많아진다. 자연히 자신의 처지와 밖에 있는 사람들의 처지를 비교하게 된다. 세이레나는 아드리아나가 그곳에서 조용하게 살기를 바랐다.

그녀를 위해서가 아니라 아드리아나를 위해서.

아드리아나가 벌이는 사건은 전부 그녀가 가질 수 없거나, 가질 수 있어도 노력 없이 갖고 싶어 하기 때문에 발생했다.

"사람을 풀어서 찾지 않아도 괜찮을까요?"

메디나 백작 부인이 세이레나를 위해 차를 내려놓으며 조심스럽게 물었다. 맨도자 수도원에서 전서구가 날아온 지 두 달이 지났다.

두 달이 지났지만, 아드리아나가 사라졌다는 것을 아는 사람은 그리 많지 않았다. 세이레나와 애쉬, 두 사람을 보필하는 메디나 백작 부인과 마일즈 백작. 그리고 로렌과 모아나, 데니스에게만 알렸다.

사실 다른 사람들에게는 굳이 알려야 할 필요가 없기도 했다. 수도원으로 들어간 왕비님의 사촌이 도망쳤다고 해 봤자 가십이나 되고 말 테니까.

그래서 세이레나는 믿을 수 있는 사람들 외에는 알리지 않았다. 그리고 아드리아나를 찾으려 하지도 않았다.

"그냥 두세요."

세이레나는 찻잔을 들어 올리며 심드렁하게 말했다. 어차피 그녀가 찾지 않아도 애쉬나 모아나가 사람을 풀었을 것이다. 어쩌면 둘 다 사람을 풀었을지도 모르지.

모아나라면 몰라도 애쉬는 분명히 풀었을 것이다. 그는 아드리아나가 제네비브를 노릴지도 모른다고 생각했기 때문이다.

하지만 세이레나는 그렇게 생각하지 않았다.

어차피 아드리아나는 혼자서 살 수가 없다. 그녀는 세이레나만큼이나, 어쩌면 세이레나보다 훨씬 더 아가씨로 자라 왔기 때문이다.

수도원에서 도망쳤다는 것도 분명 혼자서 도망친 것은 아닐 거라고, 세이레나와 애쉬는 생각했다. 그렇다면 아드리아나를 데리고 도망친 사람이 어떤 목적을 가지고 그랬는지가 관건이 된다.

애쉬는 아드리아나를 이용해 왕궁에 침입해서 세이레나나 제네비브를 공격하려는 목적일 거라고 생각했고, 세이레나는 그렇게 생각하지 않았다.

아드리아나는 지금의 세이레나에게 그리 중요한 사람이 아니다. 예전의 세이레나라면 모르지만 지금의 세이레나는 백작 영애가 아니라 왕비다.

그녀에게 아드리아나는 그녀의 명령을 무시하고 달아난 천덕꾸러기 사촌에 불과했다.

"차라리 사랑하는 사람이 생겨서 같이 달아난 거면 좋겠는데 말이죠."

세이레나는 그렇게 말하며 소파 등받이에 몸을 기댔다. 아드리아나는 절대로 수도원 밖으로 나가서 살 수가 없다. 그녀는 돈을 쓸 줄만 알지 벌 줄은 모른다.

혹시 모르지. 세이레나는 약간 냉소적으로 생각했다. 수도원에 있으면서 먹고 살 수 있는 기술을 익혔을지도 모른다. 약초 재배를 하거나, 요리를 하거나, 옷을 만들거나.

어느 쪽이어도 입에 풀칠은 할 수 있다. 하지만 그녀가 아는 아드리아나는 그런 방법으로 사느니 수도원에 처박히는 쪽을 택할 사람이었다.

"왕비님께서도 누군가 헌터 양을 이용하기 위해 납치했다고 생각하시는 거군요."

메디나 백작 부인은 조심스럽게 말했다. 애쉬는 아드리아나가 세이레나에게 복수하기 위해 누군가와 손을 잡았다고 생각하는 모양이지만 세이레나는 달랐다.

아드리아나는 단순한 편이다. 누군지 몰라도 그녀를 이용하려는 사람은 아드리아나를 회유하기 쉬웠을 것이다.

"글쎄요. 과연 납치일까요."

세이레나는 회의적으로 말하고 차를 한 모금 마신 뒤 다시 입을 열었다.

"제 삼촌은, 그러니까 게일 헌터 경은 제가 모르는 빚이 많았을 거예요. 하지만 빚쟁이들이 제게 빚을 갚아 달라고 하지는 못했을 테죠."

그녀의 말이 맞다. 게일의 빚이 아무리 많았어도 빚쟁이들이 감히 세이레나를 찾아오지는 못했을 것이다. 세이레나가 왕비라서가 아니다. 게일이 그녀를 죽이려다 역으로 당했기 때문이다.

메디나 백작 부인은 약간 화난 표정으로 말했다.

"감히 그런 요구를 하는 멍청이들이 있다면 제 선에서 잘랐을 겁니다."

알고 있다. 세이레나는 백작 부인의 태도에 빙그레 웃었다가 곧 어두운 표정으로 말을 이었다.

"그러니 아드리아나를 이용하려 할 수도 있다고 생각해요."

여러 가지 가설을 떠올릴 수 있다. 어쨌거나 아드리아나는 부잣집 아가씨로 자랐고 단순하고 언행이 가볍기는 하지만 일반 평민보다 예절이나 품위가 있다. 그리고 왕비의 친척이라는 가장 훌륭한 장점이 있다.

그리고 그런 사람을 배우자로 원하는 사람들도 있기 마련이다.

세이레나는 한숨을 내쉬며 말했다.

"어딘가의 부자와 결혼한 거라면 다행이지만요."

아드리아나를 위해 생각할 수 있는 가장 긍정적인 가설은 이것과 수도원에서 만난 남자와 사랑에 빠졌다는 것뿐이다. 그 외에는 그다지 생각하고 싶은 가설이 아니다.

그렇기 때문에 세이레나는 아드리아나가 그녀를 해치기 위해 왕궁까지 오는 일은 일어나지 않을 거라고 생각했다.

무엇보다 세이레나가 아드리아나를 혼자 만날 리도 없거니와, 왕궁 사람들이 아드리아나를 세이레나 앞으로 데려올 리도 없다.

그럼에도 애쉬가 제네비브와 세이레나의 호위 인력을 늘리는 것을 반대하지 않은 것은 혹시 몰라서였다. 그리고 그게 그의 마음을 조금이라도 편하게 해 준다는 것을 알았기 때문이다.

"두 달이나 지났으니까, 어쩌면 이 나라를 떠났을지도 모릅니다."

메디나 백작 부인의 말에 세이레나는 천천히 고개를 끄덕였다. 차라리 그게 나을지도 모른다. 아드리아나는 타인머스에서 살기엔 어려울 테니까.

그녀의 아버지는 작위를 노리고 조카를 죽이려 했고, 그 조카는 왕비가 되어 버렸다. 세이레나는 자신이 아드리아나라고 해도 타인머스를 떠났을지도 모른다고 생각했다.

하지만 그녀의 생각이 완전히 박살 나는 것은 그로부터 며칠 후의 일이었다.

"레나."

애쉬는 어두운 표정으로 정신없이 들어오는 세이레나를 불렀다. 아드리아나와 그 남편이 발견됐다. 할렉에서 먼 지방이었다.

아드리아나는 타인머스를 떠난 게 아니었다. 그렇다고 세이레나를 죽이기 위해 왕궁으로 오지도 않았다.

심지어 아드리아나의 남편으로 보이는 남자까지 발견했다는 말에 세이레나의 머릿속이 혼란스러워졌다. 그녀가 생각한 가장 아드리아나에게 긍정적인 가설이 사실인 모양이다.

"나, 남편이 있다고요?"

애쉬는 당황한 것으로 보이는 세이레나의 손을 잡고 가볍게 입술을 눌렀다. 그리고 세이레나의 뺨을 감싸며 말했다.

"진정해. 진짜 남편인지는 아직 몰라."

"하지만 남편으로 보이는 남자가 곁에 있다면서요?"

"설령 남편으로 보인다고 해도, 신전에서 결혼 확인서를 제출하지 않았다면 남편이 아니지."

"그게 더 큰일이죠!"

그렇다면 결혼도 안 한 남자와 단둘이 두 달이 넘게 돌아다녔다는 말이 된다. 세이레나의 조바심과 상관없이 애쉬는 느긋하게 말했다.

"선택지가 생기잖아. 그 남자와 결혼시키거나, 수도원으로 보내거나."

"두 달이나 함께 다녀 놓고 결혼을 안 하려고 할까요?"

"그건 모르지."

애쉬는 어깨를 으쓱해 보였다. 솔직히 그도 모르겠다. 아드리아나와 그 남자가 정말로 무슨 관계인지. 세이레나는 두 사람이 차라리 사랑하는 사이이길 바랐지만, 아닐 가능성이 더 크다는 것을 알았다.

남자는 아드리아나가 부잣집 딸이라고 생각해서 돈을 노리고 유혹해 데리고 나갔을 가능성이 크다. 아드리아나 역시 수도원을 도망치기 위해 남자의 손을 잡았을 테고.

진정이 되자 세이레나의 머릿속이 제대로 돌기 시작했다. 그녀는 애쉬의 손을 잡은 채 의자에 앉아서 한숨을 내쉬었다.

"그나저나 어떻게 찾았어요?"

조용히 살았다면 애쉬가 내보낸 사람들이 아드리아나는 찾는 데만 일 년이 걸렸을 것이다. 고작 두 달 만에 잡혔다는 건 눈에 띄는 행동을 했다는 뜻이다.

세이레나의 질문에 애쉬는 쓰게 웃었다. 그는 세이레나의 곁에 앉아 나직하게 말했다.

"무전취식."

"무, 네? 뭘 어째요?"

믿을 수 없는 말에 세이레나의 눈이 커졌다. 애쉬는 입을 다물고 다시 어깨를 으쓱해 보였다.

진짜로 아드리아나를 발견할 수 있었던 이유는 그거였다. 무전취식.

그는 메디나 백작 부인에게 잠시 물러나라고 눈짓했다. 그리고 그녀가 시녀들을 이끌고 방 밖으로 나가, 세이레나와 단둘이 되자 입을 열었다.

"자신이 이 나라에서 가장 높은 사람의 가까운 친척이라며 돈을 내지 않았다더군."

틀린 말은 아니네. 세이레나의 머릿속에 제일 먼저 떠오른 생각은 그거였다.

이 나라에서 가장 높은 사람은 왕과 왕비니까 맞는 말이다. 아드리아나는 왕비인 세이레나의 가까운 친척이 맞고.

그런 사람이 돌아다녔으니 금세 소문이 퍼졌을 것이다. 너무나 아드리아나다운 행동에 세이레나는 이마를 짚었다.

"남자는 어떤 사람이에요?"

세이레나의 질문에 애쉬의 눈이 반짝였다. 당연히 그 질문이 나올 줄 알았다. 세이레나는 남자가 아드리아나와 정말 사랑에 빠진 건지, 아니면 그녀를 이용하려 한 건지 궁금한 거다.

하지만 어느 쪽이더라도 남자는 아드리아나를 사랑하는 것처럼 행동할 테니, 그가 어떤 사람인지 먼저 알아보는 게 낫다.

애쉬는 고개를 기울이며 말했다.

"좀 더 찾아보고 있어. 지금까지는 홀트 후작이나 크로우드 백작과의 관계는 발견되지 않았어."

일 왕자와 결혼했던 캐서린의 아버지, 홀트 후작도, 일 왕자의 삼촌인 크로우드 백작도 애쉬와 세이레나에게 불만을 품고 있는 사람이다.

그러니 애쉬는 어떤 사건이 일어나면 가장 먼저 그 두 가문을 의심했다. 물론 지금까지 그 두 가문이 수면 위로 떠오른 적은 단 한 번도 없었다.

특히나 크로우드 백작은 더 그랬다. 그들은 이 년 전 가문이 멸문당할 위험에서 가까스로 벗어났다. 크로우드 백작의 누이는 왕을 속이고 다른 남자의 아이를 왕자로 키웠다. 그 죄를 자신들은 아무것도 몰랐고 왕비가 독단적으로 한 짓이라는 말로 간신히 도망친 게 이 년 전이다.

괜한 불씨를 만들고 싶지 않을 것이다.

하지만 그렇다고 그들을 배제할 수도 없다. 애쉬는 모든 일을 철저하게 조사하고 있었다.

"그럼 정말 연인일 수도 있겠네요."

세이레나는 한숨처럼 말했다. 솔직히 말하면 그녀의 바람이다. 차라리 그랬으면 좋겠다. 그렇다면 둘을 결혼시켜 어딘가 먼 지방으로 보내서 살게 하면 된다.

애쉬 역시 그녀의 마음을 알았다. 그는 안타깝다는 듯 말했다.

"연인의 사이 안 좋은 사촌 이름을 팔아 무전취식을 한다고? 남자라고 부르면 안 될 것 같은데."

그의 기준으로는 말도 안 되는 짓이다. 그리고 그 정도로 수준 이하의 남자가 있을 거라 생각하지 못하는 애쉬의 태도에 세이레나의 얼굴이 어두워졌다.

그렇다면 아드리아나를 이용하는 거다. 목적이 뭔지는 모르지만 뻔하다.

아드리아나를 이용해서 사기를 치려는 걸 수도 있고, 세이레나의 평판을 더럽히려는 걸 수도 있다.

무전취식하는 사촌을 둔 왕비라니. 수도 내라면 몰라도 지방에서라면 구설수에 오르기에 충분하다.

여기서 문제는 이 행위에 아드리아나도 적극적으로 가담했는지다. 남자를 연인이라 생각해 속은 거라면 안 됐지만 참작이 가능하다.

하지만 사기를 치기로 합의하고 행동한 거라면.

"걱정 마."

애쉬는 어두운 표정을 짓는 세이레나에게 다정하게 말했다. 아드리아나를 잡아 왔어도 세이레나가 그녀를 만나게 할 생각은 없었다.

세이레나에게 알린 것은 그래도 사촌이니까 알려야 한다고 생각했을 뿐이다.

"네가 그녀를 만날 필요는 없어."

애쉬는 남자의 배후에 대해 어느 정도 알고 있었다. 이미 사람을 풀어 아드리아나를 찾을 때부터 그녀를 수도원에서 몰래 빼낸 세력이 누구인지 조사를 시작했다.

하지만 아드리아나와 함께 있는 남자에게도 증언을 얻어야한다. 그러기 위해서 그는 두 사람을 고문하는 것도 기꺼이 할준비가 되어 있었다.

하지만 그걸 굳이 세이레나에게 말할 생각은 없다. 그녀가 모르길 바라서가 아니다. 세이레나가 굳이 알 필요가 없다고 생각했기 때문이다.

어쨌거나 아드리아나는 세이레나의 사촌이다. 애쉬는 세이레나에게 괜한 말을 하고 싶지 않았다.

하지만 세이레나는 아니었다. 그녀는 크게 숨을 들이켠 뒤 허리를 펴고 애쉬를 똑바로 쳐다봤다.

"이야기해 보고 싶어요."

애쉬의 한쪽 눈썹이 올라갔다. 그는 뭐라고 말하려다 멈췄다. 그도 아드리아나가 피해자일 수 있다는 것은 알고 있었다. 당연히 세이레나는 더 신경 쓰일 것이다.

결국, 그는 못마땅한 표정으로 고개를 끄덕였다.

"그래."

아드리아나는 왕궁 안에 있는 작은 방에 감금되어 있었다. 수도원에서 입고 있던 옷은 이미 벗어 버린 지 오래다. 그녀는 어느 마을에서 만든 드레스를 입고 있었다.

덕분에 그녀는 수도원으로 들어가기 전처럼 보였다. 그러니까 어느 부잣집 영애처럼 보인다는 말이다. 심지어 추운 날씨 때문에 목까지 올라오는 드레스를 입어서 얌전한 아가씨처럼 보였다.

병사들이 몸수색을 하기는 했지만 위험한 물건을 제외하면 아무것도 빼앗기지 않았다. 무전취식을 하다가 잡혀 온 건 맞지만 그걸로 고발은 당한 건 아니었기 때문이다.

그녀가 다녀간 가게의 주인은 모두 높은 분의 친척이라는 아드리아나의 말을 듣고 자발적으로 돈을 받지 않았다.

"안녕, 아드리아나."

세이레나는 메디나 백작 부인에게 뭔가를 부탁하고 아드리아나가 갇힌 방으로 들어갔다. 초조한 듯 방 안을 서성거리던 그녀는 세이레나를 보고 그대로 우뚝 멈춰 섰다.

아드리아나는 마지막으로 만났을 때보다 약간 말라 있었다. 하지만 세이레나는 아드리아나에게 오래 시선을 두지 않았다.

그녀가 자신을 스치듯 쳐다보고 자연스럽게 상석에 앉자 아드리아나의 시선이 세이레나에게 고정되었다.

세이레나는 훨씬 더 아름다워져 있었다. 아드리아나가 마지막으로 봤던 이 년 전보다 훨씬 더.

이제는 꽤 자란 금발을 길게 땋아서 틀어 올린 머리카락 위에 그녀의 보라색 눈동자와 닮은 보석 핀으로 장식하였다. 가느다란 목 위로는 커다란 분홍색 다이아몬드가 달린 목걸이를 걸고 흰색과 녹색이 섞인 드레스를 입고 있었다.

더 이상 백작 영애로 보이지 않는 사촌의 모습에 아드리아나는 말을 잃었다.

수도원에서 그녀가 비참하게 사는 동안 세이레나는 왕궁에서 우아하게 지내고 있었던 모양이다.

아드리아나의 눈동자가 가벼운 분노가 떠오르자 세이레나의 등 뒤에 서 있던 시녀들이 긴장했다. 그와 동시에 언제라도 아드리아나를 잡아챌 준비를 하고 있던 기사들도 긴장했다.

하지만 세이레나는 아니었다. 그녀는 자리에 앉아 허리를 세우고 아드리아나를 쳐다보더니 왜 서 있냐는 듯 말했다.

"앉아."

아드리아나의 몸은 반사적으로 움직였다. 부드러운 말투였음에도 그녀는 마치 명령이라도 들은 것처럼 세이레나의 맞은편에 있는 소파에 앉았다.

그리고 자신이 세이레나의 명령에 따랐다는 사실에 놀라 눈을 크게 떴다.

"오랜만이야."

세이레나는 시녀가 건네는 찻잔을 받아 들며 입을 열었다. 당연하게도 아드리아나에게는 아무것도 나오지 않았다. 자신에게는 아무것도 주지 않는 것을 알아차린 아드리아나의 얼굴 위로 가벼운 분노가 떠올랐지만 놀랍게도 그녀는 곧 감정을 가라앉혔다.

수도원에 있는 동안 뭔가를 배우긴 한 모양이다. 세이레나는 그렇게 생각하며 계속해서 말했다.

"수도원에서 어떤 남자를 만났다면서?"

"네가 알아서 뭐하게?"

하지만 아드리아나의 입에서 나온 말은 여전히 뾰족했다. 세이레나는 찻잔을 든 채 고개를 한쪽으로 기울였다.

단지 그 태도만으로도 아드리아나는 자신의 실수를 깨달았다.

"아, 아니. 전하께서 아실 필요 없는 일입니다."

어색한 존대지만 아드리아나의 입에서 흘러나오긴 했다. 세이레나는 빙그레 웃었다. 이 정도라면 아드리아나와 대화할 수 있다.

세이레나가 가장 걱정한 건 아드리아나가 이 년 전과 똑같은 태도를 보이는 거였다. 그때처럼 그녀가 자신에게 적의를 불태우고, 주제에 맞지 않는 태도를 취한다면 세이레나도 그녀를 도와줄 수가 없다.

세이레나는 아드리아나를 빤히 쳐다봤다. 확실히 이 년 전보다 말랐다. 그리고 피부가 약간 그을려져 있었다.

맨도자 수도원은 모든 사람에게 노동을 시킨다고 들었다. 가볍게 청소를 하거나, 밭을 돌보게 한다. 아무것도 하지 않는 자에게는 음식이 나오지 않는다.

그러니 아드리아나도 뭔가를 해야 했을 것이다. 아마 그녀는 밭을 돌보지 않았을까.

세이레나는 그렇게 생각하며 다시 입을 열었다.

"나는 지금 고민 중이야."

"뭐, 뭘? 아니, 뭘요?"

"나는 아직 네게 그 수도원을 나와도 좋다고 한 적이 없잖아. 하지만 너는 나를 무시하고 수도원을 빠져나왔지. 그렇다면 죄를 물어 다시 수도원으로 돌려보내야 할까, 아니면 이번 한 번만은 봐줘야 할까?"

한 번만은 봐줄 수도 있다는 말에 아드리아나의 눈이 휘둥그레졌다. 그녀는 세이레나를 뚫어져라 쳐다보다가 침을 한 번 삼켰다.

"봐, 봐준다는 건……?"

"너와 함께 온 남자 말이야. 보통 사이는 아니겠지. 두 사람의 결혼을 허락하고 어딘가 작은 마을에 정착하게 할 수도 있겠지."

아드리아나의 눈이 반짝이기 시작했다. 어지간히 수도원이 싫었던 모양이라고 생각하며 세이레나는 쓰게 웃었다.

그것도 괜찮을 것이다. 함께 온 남자와 결혼시켜 먼 지방으로 보내는 것도. 하지만 과연 그럴 수 있을까.

"그, 그래 줄 수 있어?"

"내가 헌터 백작은 아니어도 에즈라의 보호자로, 그리고 왕비로 그 정도는 할 수 있지."

세이레나의 말에 아드리아나의 가슴에 희망이 차올랐다. 그녀는 상체를 내밀며 말했다.

"그렇게 해 줘, 응? 그럼 정말 조용히 살게."

그랬으면 좋겠다. 세이레나는 약간 가슴이 아파서 한숨을 내쉬었다. 그리고 아드리아나를 향해 물었다.

"그럼 왜 내 이름을 팔고 다녔어?"

"네, 네 이름 판 적 없어!"

지은 죄가 있어서, 아드리아나의 목소리가 높아졌다. 기사들은 여차하면 아드리아나와 세이레나 사이에 끼어들기 위해 한 발짝 다가왔다.

하지만 세이레나는 신경 쓰지 않고 말했다.

"나라에서 가장 높은 사람의 친척이라고 했잖아. 그게 내가 아니라면, 넌 사기를 친 거야."

아드리아나의 얼굴이 핼쑥해졌다. 그녀는 이제 수도원이 아니라 감옥으로 갈지도 모른다. 차라리 세이레나의 이름을 팔았다고 하는 게 낫다.

하지만 그럼에도 아드리아나는 세이레나에게 미안하다고 말하기가 죽기보다 싫었다. 아드리아나는 입을 꾹 다문 채 세이레나를 노려보기 시작했다.

"난 그냥 네가 왜 그랬는지 알고 싶어. 너는 나를 싫어하잖아.

굳이 내 이름을 입에 올릴 이유가 없다고 생각하거든."

세이레나의 이름을 파는 거로 그녀를 구설수에 올릴 수 있기는 하다. 하지만 세이레나는 아드리아나가 그걸 노리고 행동했을 거라고는 생각하지 않았다.

누군가 그렇게 시키지 않았다면 말이다.

방 안에 침묵이 가득 메워졌다. 좁은 틈 사이까지도 침묵이 차곡차곡 쌓여, 세이레나의 뒤에 선 시녀들이 숨 쉬기 힘들다고 느껴졌을 때쯤, 아드리아나가 입을 열었다.

"가진 게 없었으니까."

"돈 말이지?"

"그래. 나도, 빅터도, 가진 게 없었으니까. 우리가 둘이 살기 위해서 필요한 것을 얻었을 뿐이야. 너는 돈이 많잖아."

그러니까 세이레나의 이름을 팔았다. 사람들이 그녀에게 대신 갚아 달라고 해도 상관없고, 그러지 않아도 상관없었다.

아드리아나는 진심으로 그 정도쯤은 세이레나에게 피해가 없을 거라고 생각하고 있었다.

세이레나는 고작 한 모금 마신 찻잔을 쳐다봤다. 맑은 붉은 빛 수면 위로 그녀의 얼굴이 떠올랐다.

"가진 게 없으면 어떻게 살려고 했어?"

"빅터의 고향에 가서……."

가면? 세이레나는 표정만으로 그렇게 물었다. 빅터라는 남자의 고향에 가면 뭐가 있어? 아드리아나는 당연하게도 아무 말도 하지 못했다.

"빅터라는 남자를 믿을 수 있어?"

세이레나는 다시 물었다. 솔직히 말하면 그녀는 그가 자신을
괴롭히기 위해 아드리아나를 노린 게 아니라는 것을 확신하냐
고 묻고 싶었다. 하지만 차마 그렇게 물어볼 수는 없었다.

아드리아나는 허리를 세우고 어깨를 펴더니 당당하게 말했
다.

"바보 같은 소리 하지 마. 수도원에 갇힌 여자를 왜 속이겠
어?"

빅터는 좋은 사람이다. 그녀는 그렇게 말했다. 수도원에서 외
로워하던 아드리아나에게 말을 걸어 주었고 그녀의 사정을 동정
해 주었다.

물론, 아드리아나의 입에서 나온 사정이니만큼 상당히 편파
적인 내용이긴 했지만.

그리고 그녀를 이곳에서 도망치게 해 주겠다고 제안까지 했
다. 거기까지 설명한 아드리아나는 재빨리 덧붙였다.

"날 위해 엄청나게 위험한 일도 해 줬어."

"위험한 일?"

세이레나가 무슨 소리냐는 듯 묻자 아드리아나의 입이 반사
적으로 열렸다. 하지만 아슬아슬한 순간에 그녀는 말해서는 안
된다는 것을 깨달았다.

"정확하게 무슨 일인지는 말할 수 없어. 하지만 날 기쁘게 하

기 위해 목숨을 걸었다고."

그렇게 말하는 아드리아나의 표정에 이상하게도 세이레나를
향한 경멸이 떠올라 있었다. 이상한 일이다. 세이레나는 잠시 그
녀를 쳐다봤다.

빅터가 위험한 일을 한 것과 세이레나가 무슨 관계가 있는 걸
까.

설마. 한 가지 사건이 떠올랐다. 하지만 아드리아나가 솔직하
게 대답해 줄 것 같지 않아서 그녀는 다른 것을 물었다.

"널 위해 목숨을 걸었다고?"

"너도 들으면 놀랄걸? 하지만 말하지 않을 거야."

세이레나의 머릿속이 복잡해졌다. 그때 메디나 백작 부인이
방문을 두드렸다. 들어오라는 말에 작은 상자를 들고 들어온 백
작 부인은 세이레나를 향해 허리를 숙인 뒤 물었다.

"오후에 착용할 목걸이를 가져왔습니다."

세이레나는 잠시 곤란한 표정을 지었지만, 곧 고개를 끄덕였
다. 이 목걸이를 아드리아나에게 보여 줘도 될지 잠시 판단이 되
지 않았다.

애초에 오후에 다른 목걸이를 착용할 예정 따위는 없었다. 세
이레나는 아드리아나에게 자신이 쓰지 않는 목걸이를 보여 주
고, 그녀가 관심을 보이면 선물을 할 생각이었다.

그걸로 아드리아나의 호의를 사서, 세이레나가 묻는 질문에
대답을 이끌어 내는 게 당초 계획이었다.

아드리아나는 단순한 성격이다. 목걸이를 선물 받으면 기분이 좋아서 한두 번 정도는 저도 모르게 솔직하게 대답을 할 거다.

게다가 세이레나가 메디나 백작 부인을 시켜 가져오게 한 목걸이는 페시 남작에게 선물 받은 것으로, 시녀가 손을 대서 보석을 바꿔치기하는 바람에 가치가 떨어진 것이다.

시녀는 감히 왕비의 물건에 손을 댄 죄로 손이 잘려 쫓겨났고, 그 배후로 그 목걸이를 선물한 페시 남작이 지목됐지만 그는 억울하다고 우겼다.

페시 남작이 시녀를 사주한 증거도 없었고, 딱히 그럴 만한 이유도 없었기 때문에 애쉬와 세이레나는 더 이상 남작의 죄를 묻지 않았다.

하지만 그건 페시 남작이 무죄라고 생각해서가 아니었다. 페시 남작의 뒤에 또 다른 배후가 있을 거라 생각했기 때문에 그 또 다른 배후도 잡기 위해서 좀 더 증거를 모으고 있는 것뿐이었다.

하지만 방금, 아드리아나의 말로 세이레나는 페시 남작과 아드리아나 사이에 연결 고리가 있을지도 모른다고 생각했다. 정확하게는 아드리아나가 아니라 빅터라는 남자에게.

"보시겠어요?"

메디나 백작 부인은 세이레나가 잠시 지었던 곤란한 표정을 포착해 내고 다시 한 번 물었다. 세이레나는 아드리아나의 얼굴을 쳐다봤다.

만약 이 목걸이와 아드리아나 사이에 어떤 연결 고리가 있다면 그녀는 분명 반응을 보일 것이다.

세이레나는 다시 메디나 백작 부인을 쳐다보고 고개를 끄덕였다.

"그래요. 어디 봐요."

목걸이라는 말에 아드리아나도 호기심을 내보였다. 그녀가 목을 쭉 빼고 메디나 백작 부인이 상자를 여는 것을 보는 게 세이레나의 눈에 들어왔다.

세이레나는 상자 안의 목걸이보다 아드리아나의 표정에 더 집중하고 있었다.

백작 부인은 조심스럽게 상자를 열었다. 그녀는 이미 이곳에 오기 전에 상자를 열어 안을 확인했다. 하지만 그럼에도 지금 이 순간 이상하게 긴장이 됐다.

상자가 열리면서 보석이 박힌 메달이 달린 두 줄짜리 목걸이가 모습을 드러냈다. 세이레나의 시선은 여전히 아드리아나의 얼굴에 못 박혀 있었다.

그 순간, 아드리아나의 얼굴이 창백하게 질렸다. 세이레나는 아드리아나가 비명을 지를 것처럼 입을 벌리는 것을, 그리고 반사적으로 벌떡 일어나는 것을 차분하게 쳐다보고 있었다.

동시에 세이레나를 보호하기 위해 따라 들어왔던 기사들이 아드리아나가 세이레나를 공격하지 못하도록 두 사람 사이로 파고들었다. 하지만 아드리아나는 세이레나를 공격하려는 게 아니었다.

"괜찮아요."

세이레나가 그녀와 아드리아나 사이를 막고 선 기사들에게 고개를 젓자 기사들이 다시 슬쩍 물러났다. 하지만 메디나 백작 부인은 아니었다.

그녀는 여차하면 자신의 몸을 던져 세이레나를 지킬 수 있도록 그녀의 옆에 바짝 붙어 있었다. 그리고 두 사람 앞에서 아드리아나가 새하얗게 질린 얼굴로 자신의 옷 속으로 손을 집어넣었다.

기껏 산 새 드레스인데 목이 다 늘어나게 생겼다. 하지만 중요한 건 그런 게 아니다. 아드리아나는 억지로 옷 속에서 목걸이를 잡아 뺐다. 보석이 박힌 메달이 두 줄짜리 체인에 달려 달랑였다.

"헉."

누군가 아드리아나가 무기를 꺼내려 한다고 생각했는지 깜짝 놀라 신음을 내뱉었다. 어떻게 보면 무기로 착각할 수도 있을 것 같았다. 어찌나 세게 잡아당겼던지 아드리아나의 목걸이는 누군가를 공격할 것처럼 튀어나왔다가 그녀의 손을 후려쳤으니까.

목걸이에 달린 메달이 아드리아나의 손을 후려쳤지만 그녀는 분노 때문에 고통조차 느끼지 못하고 있었다. 이런 걸 좋다고 받은 자신이 바보처럼 느껴졌다.

"목숨을 걸고 훔쳐 왔다고 했는데!"

아드리아나의 손이 목걸이를 집어 던질 것처럼 뒤로 휘어졌다. 그 순간 세이레나가 입을 열었다.

"보석에 흠이 가면 그 남자가 복제품이라고 둘러댈 수 있어."

느닷없는 말에 아드리아나의 움직임이 멈췄다. 그녀는 무슨 소리냐는 듯이 세이레나를 쳐다봤다.

"뭐?"

"그 목걸이의 보석 말이야. 이 목걸이에서 빼내어 가서 만든 거거든."

세이레나는 그렇게 말하며 자신의 목걸이를 집어 들었다. 여기서 빼간 보석을 어떻게 했는지 아무리 찾으려 했지만 찾지 못한 이유를 알겠다.

애쉬와 그녀는 시녀와 페시 남작이 보석을 어딘가로 팔아넘겼을 거라고 생각했다. 혹은 누군가에게 주거나.

하지만 그게 영향력을 가진 사람일 거라고 생각했지 아드리아나일 줄은 몰랐다.

물론 어떤 의미론 아드리아나도 영향력을 가진 사람이긴 하다.

"여기 봐."

세이레나가 보석을 가리키자 아드리아나는 분노하던 것도 잊고 몸을 숙였다. 그녀는 아드리아나를 향해 서로 다른 줄의 보석을 가까이 대고 설명했다.

"보석 등급이 다르잖아."

확실히 한쪽이 더 투명하다. 아드리아나의 시선이 그녀가 쥐고 있는 또 다른 목걸이로 향했다. 아드리아나는 목걸이를 세이레나의 목걸이 옆에 놓으며 말했다.

"날 위해 목숨을 걸고 훔쳐 온 거라고 했어. 네 것이라고."

누군가 신음을 내뱉지는 않았지만 아드리아나의 고백에 기사와 시녀들이 긴장하는 게 공기로 느껴졌다. 세이레나는 술렁거리는 공기를 무시하고 아드리아나의 목걸이로 손을 뻗었다.

아드리아나가 빅터라는 남자에게 넘어간 이유를 알겠다. 세이레나는 한숨을 내쉬었다. 그는 처음부터 아드리아나를 이용하기 위해 접근했을 것이다.

아드리아나는 그녀의 처지를 진심으로 동정하던 빅터를 떠올렸다. 그녀가 못된 사촌 때문에 거기 있다는 것도 알고 있었다. 그리고 그런 그녀를 위로해 주기 위해서 뭐든 할 수 있다고도 말했다.

그중 하나가 세이레나의 목걸이를 훔쳐다 주는 거였다. 빅터는 그것으로 자신의 마음을 보여 주겠다고 했고 진짜로 왕비의 목걸이를 훔쳐 왔다.

"일부러 똑같은 걸 만든 거네."

세이레나는 한숨을 내쉬며 아드리아나의 목걸이를 들어 살폈다. 돈이 많은 사람이라면 차라리 새로운 목걸이를 두 개 만들어서 세이레나와 아드리아나에게 각각 줬을 것이다.

그러지 못한 것은 자금 융통에 문제가 있는 사람이겠지.

그녀는 아드리아나의 목걸이에 있는 보석이 자신의 목걸이에서 빼간 것임을 확인하고 두 개를 모두 메디나 백작 부인에게 건넸다. 시녀가 그것을 들고 나가자 밖에서 기다리고 있던 다른 시녀가 아드리아나를 위한 차를 가지고 들어왔다.

"앉아."

조금 부드러워진 어조로 세이레나가 말했다. 시녀가 아드리아나의 앞에 차를 따른 찻잔을 내려놓고 물러났다. 아드리아나의 시선이 차로 향했다.

함께 즐길 수 있도록 케이크도 딸려 있었다. 수도원에서는 전혀 먹지 못했던 것이다. 돌아다니는 동안에도 이런 고급스러운 디저트는 먹어 보지 못했다.

빅터를 향한 분노와 다과에 대한 반가움 때문에 아드리아나의 경계가 완전히 풀렸다. 세이레나는 그녀의 표정이 부드러워진 것을 보고 말을 이었다.

"빅터는 왕궁의 물건에 손을 댔으니 벌을 받을 수밖에 없어."

아드리아나의 시선이 다시 세이레나를 향했다. 벌을 받는다는 말에 그녀의 표정에 두려움이 떠올랐다.

"하지만 너는 달라."

세이레나는 찻잔을 들어 다 식을 차를 마셨다. 보석을 훔치는데 아드리아나는 가담하지 않았다. 그리고 빅터와 그 배후의 계획에도 가담하지 않았을 것이다. 그녀가 빅터에 대해 이야기하는 것을 보면.

"너는 어떤 범죄도 저지르지 않았잖아."

그 순간 시녀들과 기사들의 머릿속에 아드리아나의 무전취식이 스쳐 지나갔지만 그것을 지적하는 사람은 아무도 없었다.

아드리아나는 굳은 표정으로 세이레나를 쳐다보고 있었다. 그녀의 머릿속에 지나가듯 빅터가 하던 말이 떠올랐다. 그리고 돌아다니면서 그와 만나 뭔가 이야기를 나누던 사람들도.

"사과는 안 할 거야."

아드리아나의 말에 세이레나는 무슨 소린가 하고 눈을 동그랗게 떴다가 곧 알아차렸다. 빅터가 그녀의 목걸이에 손을 댄 것에 사과하지 않겠다는 말이다.

예전의 아드리아나였다면 그걸 사과해야 한다는 생각조차 하지 않았을 것이다. 그녀도 변했다는 사실에 세이레나는 고개를 끄덕였다.

아드리아나는 어차피 그녀가 갈 곳이 수도원이라는 것을 받아들였다. 수도원에서 살면서 그녀는 생활하기 위해 얼마나 많은 노동이 필요한지 알았다. 그녀는 저택을 유지할 능력이 없다. 유지하기 위해 세이레나에게 손을 벌리지 않을 만큼의 자존심도 가지고 있었다.

"그리고 네가 아닌 다른 사람한테 이야기할래."

그것도 상관없다. 세이레나는 자리에서 일어났다. 놀랍게도 아드리아나는 그 외에는 요구하지 않았다. 더 좋은 수도원으로 옮겨 달라거나, 옷이나 보석을 달라고 할 수도 있었지만 하지 않았다.

세이레나는 아드리아나가 필요로 하는 것은 뭐든 들어주라고 말하고 방을 나섰다. 그녀가 자신의 응접실로 돌아오자 소식을 들었는지 애쉬가 기다리고 있었다.

"이리 와."

애쉬는 세이레나의 얼굴을 보자마자 두 팔을 펼쳐 보이며 말했다. 어쩐지 이상한 기분이 들었다. 안도가 되면서 동시에 서글 퍼졌다. 세이레나는 그대로 애쉬의 품에 파고들었다.

그는 세이레나를 꽉 끌어안은 채 아무 말도 하지 않았다. 세이 레나도 아무 말도 하지 않았다.

그 직후, 아드리아나의 증언에 따라 조사가 시작되었다. 아드리아나의 정보 자체는 그리 대단한 게 아니었지만 그녀가 들었던 빅터의 말이나, 빅터가 사람들과 만났던 장소를 뒤져서 연결 고리를 찾아냈다.

범인은 크로우드 백작으로 밝혀졌다. 데이비드의 삼촌.

애쉬가 크게 분노한 것은 말할 것도 없다. 그는 데이비드의 출생을 속여 왕실을 농락한 사건을 전혀 몰랐다는 주장을 눈감아 줬더니 이런 식으로 뒤통수를 치냐고 화를 냈고 빅터는 물론 그와 연루된 사람들을 모두 감옥에 넣거나 귀양을 보냈다.

자연스럽게 홀트 후작은 사교계 활동을 멈추고 애쉬와 세이레나에게 충성의 표시로 선물을 가져왔다. 사교계에서도 한차례 바람이 불었다. 어디나 그렇듯이 친왕파와 반왕파 사이에서 알력 싸움이 자리 잡고 있었지만, 이 일을 계기로 반왕파의 세력이 크게 줄어들었다.

그리고 아드리아나는 다시 예전에 있던 수도원으로 돌아갔다.

"침묵 서원 중이래."

오랜만에 찾아온 로렌이 제네비브를 안은 채 말했다. 사람들의 눈을 피해 세이레나의 개인 응접실로 찾아온 그녀를 위해 세이레나는 메디나 백작 부인의 시중만 남기고 모든 시녀들을 내보낸 상태였다.

"그래?"

"별로 부족한 건 없어 보이더라. 아픈데도 없는 것 같고."

로렌은 세이레나를 위해 슬쩍 아드리아나의 상태를 살피고 온 뒤였다. 수도에 한차례 피바람이 불고 몇 달이 지났다. 로렌의 무릎 위에서 제네비브는 로렌에게 계속해서 뭔가를 묻고 있었다. '이건 뭐예요? 저건 뭐예요?' 끊임없는 질문에도 로렌은 말을 하는 제네비브가 신기한지 친절하게 답해 줬다.

"그렇구나."

세이레나는 약간 안타까운 마음에 건성으로 말했다. 아드리아나를 미워하던 때도 있었다. 그녀가 고통을 당하길 바란 적도 있었다.

하지만 그런 시기도 모두 지나가 버렸다.

"자기가 더 크게 이용당할 뻔했다는 사실에 놀란 눈치더라."

크로우드 백작의 계획은 좀 더 컸다. 그는 아드리아나를 데리고 드럼란리그로 넘어갈 생각이었던 모양이다. 그리고 아드리아나를 세이레나가 총애하는 사촌으로 꾸며 사기를 칠 예정이었던 모양이다.

굳이 목걸이를 이용한 건 그래서였다. 왕비가 직접 자신의 목걸이를 나누어서 두 개로 만들어 하나를 선물했다고 헛소문을 퍼트릴 예정이었던 모양이다.

다행히 아드리아나가 드럼란리그로 가기 전에 잡았기에 망정이지 만약 잡지 못하고 드럼란리그로 갔다면, 그리고 그녀의 목걸이가 총애의 징표로 타인머스의 왕비가 준 것이라는 소문이 퍼졌다면 곤란할 뻔했다.

왕궁에서 도둑질 맞았다고 사실대로 말했다간 타인머스 왕궁의 명예가 추락한다. 그렇다고 아드리아나를 왕비가 총애한 게 맞다고 수긍하기엔 이미 크로우드 백작이 아드리아나를 이용해 국제적인 문제를 일으켰을 것이다.

꽤나 아찔했던 사건이라는 것을 떠올리며 세이레나는 한숨을 내쉬었다.

"뭐, 애쉬가 그렇게 화를 냈으니 앞으로 헛짓할 녀석은 없겠지."

로렌은 제네비브를 안고 벌떡 일어나며 말했다. 눈 깜짝할 사이에 몸이 공중에 뜨자 제네비브가 즐거운 듯 소리를 질렀다.

그랬으면 좋겠다. 세이레나는 희미하게 미소를 지으며 고개를 끄덕였다.

8

공주님의 가출

　제네비브는 화가 나 있었다. 아버지를 닮아 새까만 머리카락과 새까만 눈동자를 가진 공주님은 볼을 부풀린 채 책을 거칠게 넘겼다.

　팔락팔락하고 커다란 동화책이 조그마한 공주님의 손 안에서 거칠게 넘어갔다. 그것을 디아즈 백작 부인이 멀리서 지켜보며 쓰게 웃었다.

　그녀는 공주님이 왜 화가 났는지 안다. 올해 열 살. 제네비브의 열 살 생일 파티가 이틀 후로 다가왔다. 애쉬는 성대하게 치르지는 않았지만 제네비브를 위해 왕궁 안에서 작은 파티를 열어 주기로 했다.

　물론 그 작은 파티란 제네비브와 또래인 귀족 영식들을 모아

아침부터 저녁까지 놀게 해 주는 거라 절대 작지 않지만.

디아즈 백작 부인은 어떻게 공주님을 달래야 할지 고민하고 있었다. 제네비브가 화가 난 이유는 간단했다. 세이레나가 그녀의 생일 파티에 참석할 수 없을지도 모르기 때문이다.

"공주님."

디아즈 백작 부인은 살그머니 제네비브에게 다가가 말을 걸었다. 마치 인형처럼 예쁘게 생긴 공주님은 화난 투가 역력한 얼굴로 고개도 들지 않고 대답했다.

"왜요?"

"케이크 드시겠어요?"

제네비브는 갈등하기 시작했다. 케이크. 제네비브가 단 것을 맛볼 수 있게 된 건 올해부터였다. 그전까지는 세이레나가 허락하지 않았다.

너무 어린 나이에 단것을 먹으면 좋지 않다는 의견에 디아즈 백작 부인도 동의했기 때문에 제네비브는 올해가 되어서야 케이크를 맛볼 수 있게 되었다.

그것도 일주일에 딱 두 번뿐이다.

제네비브는 슬쩍 고개를 들어 올리고 물었다.

"윌리엄도요?"

올해 여섯 살이 된 윌리엄은 제네비브의 동생이다. 아버지를 닮아 새까만 머리카락과 새까만 눈동자를 가진 제네비브와 달리 윌리엄은 금발에 파란색 눈동자를 가지고 있었다.

디아즈 백작 부인은 생긴 건 요정 같지만 몬스터급으로 말썽꾸러기인 왕자님 윌리엄을 떠올리고 다정하게 말했다.

"왕자님은 안 되죠. 그분은 아직 여섯 살이시니까요."

"케이크는 열 살이 돼야 먹을 수 있죠."

열 살의 특권이다. 제네비브의 기분이 조금 나아졌다. 그녀는 뿌듯한 표정으로 고개를 끄덕이려다가 멈칫하더니 다시 물었다.

"지금 먹으면 생일 파티 때 못 먹어요?"

제네비브는 이미 이번 주에 케이크를 한 번 먹었다. 그러니 지금 먹으면 두 번째인데 생일 파티 때는 세 번째니까 못 먹느냐는 말이다. 디아즈 백작 부인은 빙그레 웃으며 말했다.

"오늘 먹는 건 왕비님께 비밀로 할게요."

그렇다면 좋다. 생일 파티에 참석하기 힘들다던 어머니를 향한 원망과 케이크라는 보상이 잘 맞아떨어졌다. 제네비브가 고개를 끄덕이자 디아즈 백작 부인은 재빨리 시녀에게 눈짓했다.

하지만 그걸로 화는 풀렸을지언정 어머니를 향한 원망이 풀린 건 아니다. 시녀가 가져온 케이크 한 조각을 야무지게 먹으면서 제네비브는 생각했다.

"너무해!"

잠깐 생각이 말로 나왔다.

제네비브는 다시 케이크를 입에 넣고 오물오물 씹기 시작했다. 그녀는 자신의 생일 파티에 참석할 수 없을 것 같다던 어머니를 떠올리고 우울한 생각을 했다.

어쩔 수 없다는 건 안다. 그래도 섭섭한 건 섭섭한 거다. 다른 또래 귀족 영애들의 생일 파티에 몇 번 초대됐었는데 전부 영애의 어머니가 와서 얼굴을 비추고 갔다.

물론 그 어머니들이 얼굴을 비춘 건 제네비브가 참석했기 때문이지만, 아직 열 살인 제네비브는 거기까지는 몰랐다. 그저 생일 파티에 어머니가 와 준 영애들이 부러웠을 뿐이다.

그녀는 자신의 생일 파티에 참석한 친구들에게 어머니를 보여 주고 싶었다. 우리 어머니가 세상에서 제일 예쁘다고 자랑도 하고 싶었다.

그런데 정작 그 어머니가 참석할 수 없다니!

약간 원통한 마음이 들었다. 거기에 케이크까지 먹어서 제네비브의 작은 뇌는 가볍게 흥분했다.

"가출할 거야."

가출만이 이 원통한 마음을 달랠 수 있을 것 같았다. 제네비브는 포크를 내려놓고 방을 살펴봤다. 문으로 빠져나가는 건 어려울 것 같다. 그렇다면 창문은? 여기는 이 층이라 어렵다.

어떻게 가출을 하지? 그녀의 머리가 빠르게 돌았다. 우선 혼자 있어야 한다.

"백작 부인."

제네비브의 부름에 시녀들의 보고를 받고 있던 디아즈 백작 부인이 고개를 돌렸다. 제네비브는 시치미를 뚝 떼고 말했다.

"졸려서 그러는데 잠깐 낮잠을 자도 괜찮을까요?"

"많이 피곤하세요?"

"조금만 자고 싶어요."

평소 낮잠을 자는 분이 아닌데, 이상하다. 디아즈 백작 부인은 제네비브가 여섯 살 때부터 낮잠을 자지 않았던 것을 떠올렸지만 곧 고개를 끄덕였다.

이틀 후에 있을 생일 파티 때문에 흥분해서 밤에 잠을 설친 모양이다. 그녀는 제네비브를 위해 시녀들을 시켜 침대를 정리하고 말했다.

"그럼 한 시간 뒤에 올게요."

"네."

좋아. 이걸로 한 시간을 벌었다. 제네비브는 얌전하게 침대 속으로 들어가 눈을 감았다. 그녀가 눈을 감은 것을 본 디아즈 백작 부인이 방을 나가는 소리가 들렸다.

탁 하고 문이 닫히는 소리가 들린 순간, 제네비브는 벌떡 일어났다.

"가출할 거야."

생일 파티고 뭐고 다 필요 없다. 제네비브의 머릿속은 거기까지 번져 있었다. 어머니가 오지 않는 생일 파티는 필요 없다. 바로 몇 달 전에 있었던 윌리엄의 생일 파티에는 오셨었는데!

섭섭한 마음에 제네비브는 스스로 옷을 갈아입고 소중한 물건을 보관하는 바구니를 집어 들었다.

여기엔 어릴 때 선물 받은 카드와 가장 좋아하는 머리핀, 그리고 어머니에게 선물 받은 리본이 들어 있다. 제네비브는 그대로 방 밖으로 나가려다가 멈칫했다.

세이레나는 왕비이자 기사였다. 그녀는 딸 곁에 자신이 늘 함께 있을 수 없다는 것을 알았다. 그래서 사랑하는 딸을 보호하기 위해 몇 가지 대비를 해 놓았다.

제네비브의 손이 침대 옆에 있는 엔드테이블로 향했다. 거기서 비상용 마법 스크롤까지 꺼낸 뒤 그녀는 다시 용감하게 방 밖으로 나갔다.

왕궁 안은 늘 돌아다니는 사람들이 있다. 국왕 가족의 생활 환경이기도 했지만 동시에 왕궁에서 일하는 사람들의 직장이기도 했기 때문이다.

하지만 제네비브는 왕궁에서 십 년을 살았다. 그녀는 사람이 없는 복도를 잘 알고 있었다. 덕분에 그녀가 사는 본궁을 빠져나오는 것은 그리 어렵지 않았다.

"어디로 갈까?"

시녀들과 병사들, 그리고 기사들을 피해 본궁을 빠져나온 제네비브는 사람들의 눈을 피해 관목 뒤에 숨어서 중얼거렸다.

가출이니까 친하게 지내는 영애의 집에 갈 수도 있고 가끔 시녀들이 이야기하는 시내로 나가 볼 수도 있다.

그게 아니라면…….

"누나, 어디 가?"

귀찮은 동생의 방해를 받을 수도 있다.

제네비브의 고개가 휙 하고 뒤로 돌아갔다. 그녀가 잘 숨었다고 생각한 관목 뒤에 있는 건 자신뿐만이 아니었다. 금발에 파란 눈을 하고 아버지를 쏙 빼닮은 제네비브의 여섯 살짜리 남동생, 윌리엄도 함께 있었다.

"너, 너 어떻게 여기 있어?"

"누나 따라왔는데?"

전혀 몰랐다. 제네비브가 굳어 있자 윌리엄의 얼굴에 못된 미소가 떠올랐다. 그는 누나의 여기저기를 살펴보다가 물었다.

"그런데, 누나 어디가?"

"내가 어딜 간다고 그래?"

"누나, 그 가방 들고 있잖아."

아차. 제네비브가 바구니를 뒤로 감췄지만 이미 늦었다. 윌리엄은 그게 제네비브가 가장 아끼는 것을 넣어 놓는 바구니라는 것을 이미 잘 알고 있었다. 호기심에 몇 번 건드렸다가 혼쭐이 난 적도 여러 번이었다.

"어디 가는데?"

가출해야 하는데 동생이 딸리게 생겼다. 제네비브는 자신이 무슨 말을 해도 동생이 따라올 거라는 것을 알았다.

어딘가에 동생을 떨궈 놔야 한다. 그녀는 잠시 고민하다 말했다.

"삼촌한테 갈 거야."

제네비브의 삼촌이라는 말에 윌리엄의 눈이 반짝였다. 윌리엄과 제네비브의 삼촌은 한 명밖에 없다. 윌리엄과 똑같은 금발에 파란 눈을 가진 남자.

물론 생긴 건 완전히 다르게 생겼다. 윌리엄은 애쉬를 닮았고 에즈라는 세이레나를 닮았으니까. 머리카락 색과 눈 색만 빼면 오히려 제네비브와 에즈라가 비슷할 정도로 윌리엄과 에즈라는 전혀 닮지 않았다.

"나도 갈래."

동생의 말에 제네비브는 잠시 망설이는 척했다. 당연히 그녀는 에즈라에게 갈 생각이 없었다. 거기 갔다간 바로 끌려 돌아올 게 뻔하다.

하지만 윌리엄을 어딘가에 떼어 놓아야 한다. 에즈라라면 믿을 수 있고 윌리엄이 부모님을 빼면 유일하게 말을 듣는 사람이다.

"좋아. 대신 조용히 하고 따라와야 해."

동생을 속이기 위해 어쩔 수 없는 척 말한 제네비브는 윌리엄이 고개를 끄덕이는 것을 보고 몸을 돌렸다. 왕궁 안이라면 손바닥처럼 환하다. 그리고 여기서 기사단까지라면 한 번 가 본 적이 있다. 마차를 타고서지만.

열 살짜리 공주님과 여섯 살짜리 왕자님의 가출이 시작됐다. 두 사람은 지나다니는 사람들의 시선을 피해 요리조리 관목 뒤로 숨으며 길을 나아갔다.

마지막에 왕궁 문을 빠져나가는 게 가장 어려웠는데 이건 오히려 당당하게 나갔다. 제네비브는 설마 왕궁 문을 지키는 병사들이 자신의 얼굴을 알아볼 리 없다고 생각했다.

"어?"

아니나 다를까 병사들은 제네비브와 윌리엄을 보고 고개를 갸웃했다. 어디서 이런 아이들이 나오는 거지? 그들은 아이들의 부모가 따라 나오나 싶어서 왕궁 안쪽으로 고개를 돌렸다.

"뛰어!"

그 순간 제네비브가 소리쳤다. 윌리엄은 누나의 뒤를 따라 열심히 달리기 시작했다. 한참을 달린 후에야 제네비브는 뒤를 돌아보고 윌리엄이 간신히 따라오고 있다는 것을 확인했다.

"이 정도면 못 따라올 거야."

"헉, 헉, 꼭 이렇게, 헉, 해야 돼?"

윌리엄이 물었다. 그는 평범하게 마차를 타고 기사단에 가면 안 되는 거냐고 묻고 있었다.

당연히 안 된다. 제네비브는 가출한 거니까. 하지만 가출했다고 솔직하게 말하면 윌리엄을 에즈라에게 떼어 낼 수가 없다. 제네비브는 허리에 손을 얹고 말했다.

"싫으면 넌 돌아가!"

효과는 바로 나타났다. 윌리엄은 고개를 도리도리 흔들더니 제네비브의 곁으로 다가와 누나의 손을 잡았다.

"누나랑 같이 갈래."

윌리엄이 돌아갔어도 좋았을 거다. 그럼 기사단으로 가지 않고 바로 가출하면 되니까. 혹시나 동생이 돌아가겠다고 말할까 하는 기대에 눈을 반짝이던 제네비브는 기운이 빠졌다.

하는 수 없이 기사단으로 가야 한다.

두 사람은 손을 꼭 잡고 기사단으로 향하는 길을 걷기 시작했다.

왕궁에서 기사단은 가까운 곳에 있다. 왕궁 바로 앞은 수도의 번화가로 통하는 커다란 도로가 있지만, 기사단은 거기서 내려가지 않고 오른쪽으로 꺾으면 된다.

그렇기 때문에 왕궁에서 기사단으로 향하는 길은 한적했다. 대부분 기사들이나 병사, 왕궁 직원이 이용하다 보니 마차나 말을 타고 다녀서 걷는 사람이 없기도 했다.

그래도 마차가 다녀야 하기 때문에 길은 넓었다. 그 넓은 길을 열 살짜리 여자아이와 여섯 살짜리 남자아이가 손을 잡고 걷고 있었다.

누구라도 그 광경을 봤다면 자신이 잘못 봤다고 생각해서 한 번쯤은 돌아봤을 것이다. 이 길은 아이들이 다닐만한 길이 아니다.

제네비브와 윌리엄은 말도 없이 길을 걷고 있었다.

윌리엄은 그다지 말이 많은 아이가 아니다. 그래서 왕궁의 시녀들은 윌리엄은 조용한 몬스터라고 부르고 있었다.

말도 없이 가만히 있다가 잠깐 눈을 뗀 틈을 타서 어마어마한 사고를 치기 때문이다.

최근에 친 사건만 나열해도 다 만들어 놓은 케이크를 보고 싶다고 잡아당기는 바람에 엎어 버리거나, 커튼에 기어 올라가는 바람에 커튼이 다 찢어지거나, 선물 받은 대련용 검으로 나무를 자르겠다고 하다가 검에 이마가 찍힌 사건을 들 수 있다.

윌리엄의 이마에 난 상처를 본 세이레나는 한숨을 내쉬었고 애쉬는 웃음을 터트렸다. 두 사람은 왕자님을 제대로 돌보지 못했다는 죄책감에 고개를 들지 못하는 디아즈 백작 부인과 시녀들에게 윌리엄을 위한 치료사를 별도로 고용하라고 했을 뿐이다.

그렇게 구한 실력 있는 치료사가 있지만, 윌리엄의 이마에는 여전히 흉터가 남아 있었다. 윌리엄이 흉터를 자랑스러워했기 때문이다.

작은 어린이용 검으로 나무와 싸워 만든 흉터다. 여섯 살짜리 남자아이에게는 꽤나 뿌듯한 훈장인 모양이다.

"누나."

한참을 말도 없이 걷고 있던 윌리엄이 느닷없이 입을 열었다. 어떻게 윌리엄을 에즈라에게 맡기고 도망칠지 궁리하던 제네비브는 깜짝 놀라서 고개를 돌렸다.

"응?"

"나, 이 흉터, 에즈라한테 자랑할 거야."

"에즈라가 아니라 삼촌."

"삼촌."

보여 줘라, 보여 줘. 제네비브는 네 살 어린 동생이 어리다고 생각하며 한숨을 내쉬었다.

어른들은 그런 흉터 같은 거 보여 주면 감탄하는 게 아니라 걱정한단 말이야, 바보야. 하지만 굳이 동생에게 그렇게 말할 생각은 없었다.

두 사람은 한참을 걸었다. 왕궁에서 기사단까지는 마차로 좀 달려야 한다. 아이들의 걸음으로는 몇 배는 더 걸린다.

결국, 먼저 지친 건 윌리엄이었다. 윌리엄은 갑자기 우뚝 멈추더니 제네비브를 쳐다봤다.

"왜?"

다리가 아프다. 하지만 누나에게 다리 아프다고 말하기는 자존심이 상했다.

윌리엄은 제네비브에게 뭐라고 말해야 할지 잠시 고민했다. 다행히 제네비브가 먼저 눈치챘다.

"다리 아파? 잠깐 앉아서 쉬자."

그러고 보니 슬슬 배도 고프다. 제네비브는 케이크를 먹었지만, 윌리엄은 간식 먹는 시간에 몰래 빠져나오느라 못 먹었다.

윌리엄은 나무 아래에 앉아서 불쌍한 표정으로 제네비브를 쳐다봤다.

"누나, 먹을 거 없어?"

그런 게 있을 리가 없지만 제네비브는 혹시나 싶어서 바구니를 뒤졌다. 선물 받은 리본과 친하게 지내는 영애들과 교환한 카드가 어지럽게 뒤섞여 있었다.

그중에 침대 옆에 있는 엔드테이블에서 빼내 온 마법 스크롤도 들어 있었다. 제네비브는 스크롤을 열어 보고 안의 내용을 읽었다.

'필요한 순간 공격할 상대방을 향해 스크롤을 힘껏 찢으세요.'

이건 아무래도 아닌 것 같다. 제네비브는 스크롤을 다시 바구니에 넣었다. 그리고 윌리엄을 향해 조금만 참자고 말하려 했다.

'기사단에 가면 먹을 게 있을 거야. 에즈라 삼촌이 뭔가 가지고 있지 않을까?'

그렇게 말하려 했을 때였다. 어디선가 툭 하고 제네비브의 드레스 위로 떨어졌다.

"어?"

"어?"

새파란 사과가 제네비브의 드레스 위로 떨어져 있었다. 제네비브와 윌리엄의 눈이 동그래졌다. 제네비브는 나무 위를 쳐다봤고 윌리엄은 사과를 집어 들며 물었다.

"먹어도 돼?"

"나무 위에서 떨어졌나 봐."

"와, 우리 운 좋다. 그렇지, 누나?"

그러게. 제네비브는 나무를 살피며 또 다른 사과가 있는지 확인하려 했지만, 나무에 다른 열매는 열려 있지 않았다. 그사이에 윌리엄은 사과를 대충 닦아 먹기 시작했다.

제네비브의 시선이 두 사람이 걸어온 길을 향했다. 하지만 역시 거기에도 아무도 없었다.

진짜 나무 위에서 떨어졌나 봐. 딱 하나 남아 있던 사과가 운 좋게 떨어진 거지. 제네비브는 그렇게 생각했다.

물론 이 나무는 사과나무가 아니고 지금은 사과가 열릴 철도 아니지만 고작 열 살인 제네비브가 그걸 알 리가 없다.

윌리엄이 사과를 다 먹고 나자, 두 사람은 다시 일어나서 손을 잡고 걷기 시작했다. 윌리엄의 손은 사과즙이 묻어서 끈적거렸지만 제네비브는 아무 말도 하지 않았다.

두 사람의 신발이 땅바닥에 닿아 타박타박하는 소리가 이어졌다. 마차로는 금방이었는데 아이들의 걸음으로는 꽤 걸렸다. 제네비브는 슬슬 걱정이 되기 시작했다.

길을 잘못 든 건 아닐까? 그렇게 생각했다가도 그녀는 외길이라는 것을 떠올리고 마음을 다잡았다. 그녀는 자신은 열 살이고 누나니까 윌리엄을 무사히 에즈라 삼촌에게 보내 줘야 한다는 의무감을 가지고 있었다.

"어, 뭐야."

그때, 두 사람 앞에 남자들이 나타났다. 기사들은 아니었다. 제네비브는 남자들의 옷차림을 보고 그들이 기사단이나 왕궁 직원은 아니라는 것을 알아차렸다.

기사단이라면 기사복을, 왕궁 직원이라면 제복을 입는다. 메 다나 백작 부인이나 디아즈 백작 부인, 마일즈 백작이라면 왕족 을 가장 가까이에서 모시는 사람들이니 옷도 좋은 것을 입는다.

하지만 이들은 아니었다. 제네비브가 보기에 이들이 입은 옷 은 어딘지 모르게 허술하고 뭔가를 덜 입은 것처럼 보였다. 평범 한 사람이 평소에 입고 다니는 옷이지만 왕궁에서 자란 공주님 이 보기엔 뭔가를 덜 입은 것처럼 보이기에 충분했다.

"웬 꼬맹이들이 있네."

남자들은 제네비브와 윌리엄을 보고 실실 웃으며 다가왔다. 제네비브는 멀뚱멀뚱 남자들을 쳐다보다가 그들이 뭘 안 입었 는지 깨닫고 물었다.

"왜 조끼를 안 입었어요?"

"뭐?"

"조끼요."

귀족이라면 셔츠를 입고 위에 조끼를 입고 그 위에 재킷을 입 는다. 이게 기본 복장이다. 한여름에도 재킷을 안 입는 경우는 있어도 조끼는 반드시 입었다. 겨울에는 당연히 재킷 위에 코트 나 망토를 걸치기도 한다.

하지만 이 남자들은 조끼를 입지 않았다. 평민들은 의복비를 줄이기 위해 재킷을 입으면 가려지는 조끼를 만들지 않는 경우 가 많았다. 하지만 왕궁에서만 자란 제네비브는 그 사실을 몰랐 다.

"이 꼬맹이는 돈이 좀 있는 집 앤가 본데?"

남자들은 그렇게 말하며 제네비브에게 다가왔다.

아닌 게 아니라 제네비브가 입고 있는 옷은 상당한 고급품이다. 위아래가 하나인 원피스에 속에 풍성하게 러플이 달린 속치마를 입었다. 허리에 천을 넉넉하게 잡아 묶고 남는 천으로 리본을 크게 매었다.

부풀린 소매와 목 부분에 달린 섬세한 레이스. 옷차림만 봐도 제네비브는 보통 부잣집 아가씨가 아니었다. 거기에 애쉬를 닮아 깜짝 놀랄 미모까지.

누군가 가볍게 휘파람을 불었다. 날카로운 소리에 제네비브가 깜짝 놀라 고개를 들자 남자가 말했다.

"쪼끄마한 게 보통 미모가 아닌데?"

"나이 들면 남자 여럿 울리겠어."

재미있는 농담이라도 되는 것처럼 남자들이 껄껄대고 웃었다. 처음 듣는 기분 나쁜 말에 제네비브는 허리에 손을 얹었다. 그녀는 남자들을 향해 단호하게 말했다.

"아버지께서 그런 무례한 소리를 하는 사람은 남자가 아니랬어요."

남자들은 제네비브를 보고 배를 잡고 웃었다. 진짜 부잣집 아가씨인 모양이다. 그들은 그녀를 가리키며 비웃었다.

"지가 공주님이라도 되는 줄 아나."

진짜 공주님이 맞다.

제네비브가 처음 겪는 무례함에 놀라서 얼어붙어 있을 때였다. 갑자기 제네비브의 옆에 있던 윌리엄이 뛰어나갔다. 그러더니 있는 힘껏 뛰어올라 가장 앞에 있던 남자의 턱을 들이받았다.

"악!"

있는 힘껏 들이받은 덕에 남자는 턱을 쥐고 주저앉았다. 하지만 아픈 건 윌리엄도 마찬가지다. 윌리엄은 눈물이 찔끔 나오는 것을 참으며 제네비브 앞을 막아섰다.

"쪼끄마한 것도 주제에 남자라고 저러는 거 봐라."

"야, 넌 애한테 맞고 우냐?"

남자들은 윌리엄에게 턱을 받히고 주저앉은 동료에게 한마디씩 던졌다. 간신히 턱을 잡고 일어난 남자의 시선이 윌리엄을 향했다.

"이 건방진 애새끼가."

부끄러움과 고통 때문에 눈에 보이는 게 없는 남자가 소리쳤다. 하지만 그 순간 제네비브도 움직였다.

그녀는 남자를 향해 걸어가더니 남자의 앞에 멈춰 섰다. 그리고 소리쳤다.

"내 동생 욕하지 마!"

"욕하면 어쩔 건데?"

유치한 도발이 이어졌다. 제네비브는 아버지한테 배운 대로 바구니를 들어 있는 힘껏 남자의 다리 사이를 후려쳤다. 이번에는 억 소리도 없이 남자가 쓰러졌다.

순간 침묵이 이어졌다. 다들 움찔하고 한 발짝 뒤로 물러나자 뒤에 남아 있던 윌리엄이 제네비브에게 다가오더니 말했다.

"누나, 아버지가 끝장을 보랬잖아."

애쉬가 그렇게 가르치긴 했다. 하지만 여기서 더 어떻게 끝장을 보라는 거야? 제네비브가 어리둥절한 표정을 짓자 윌리엄은 그대로 남자의 몸 위로 뛰어올랐다.

"억! 악! 야! 이 자식 잡아!"

남자의 비명이 이어졌다. 윌리엄은 남자의 몸 여기저기를 밟고 다니다가 다시 제네비브가 바구니로 후려친 부위를 있는 힘껏 밟았고 이번에야말로 남자는 입에 거품을 물고 기절했다.

"저, 저 애새끼가?"

남자들은 욱해서 검을 뽑아 들었다. 상대는 고작 열 살도 안 된 아이들이지만 동료가 당했다는 분노에 그들의 눈에 보이는 게 없었다.

제네비브는 재빨리 윌리엄을 끌어안고 바구니 안에 손을 집어넣었다. 여차하면 스크롤을 찢을 생각이었다.

하지만 금세라도 두 사람을 검으로 공격할 것 같던 남자들이 멈칫했다. 그들은 검을 든 채 제네비브와 윌리엄의 뒤를 쳐다보더니 슬그머니 검이 든 손을 내렸다.

"가, 가자."

"멍청한 자식!"

남자들이 쓰러진 동료를 질질 끌고 떠나갈 때까지 제네비브는 바짝 긴장한 채 그들을 쳐다보고 있었다. 그녀는 남자들이 더 이상 시야에 보이지 않게 된 다음에야 안도의 한숨을 내쉬었다.

"윌리엄, 괜찮니?"

괜찮다. 윌리엄이 고개를 끄덕이자 제네비브는 뒤를 돌아보았다. 남자들이 뭘 보고 도망친 걸까.

하지만 뒤에는 여전히 아무것도 없었다.

그럼 역시 제네비브와 윌리엄이 무서워서 도망친 모양이다. 두 사람의 자신감이 올라갔다. 언제 기운이 빠졌냐는 듯이 두 사람은 다시 손을 잡고 씩씩하게 기사단을 향해 걷기 시작했다.

작은 승리에 고무된 윌리엄은 더 이상 발이 아프지도 않았다.

제네비브 역시 잠깐 놀라서 심장이 거세게 뛰었지만, 곧 가라앉았다. 그녀는 뿌듯한 마음에 턱을 들어 올리고 당당하게 걷기 시작했다. 여전히 길은 두 아이가 걷기엔 너무 크고 기사단은 보이지 않을 정도로 멀었지만 두 사람은 아까 전까지의 걱정을 잊어버렸다.

두 사람의 걸음으로 한참을 더 걷는 동안 더 이상 앞을 가로막는 자들은 나타나지 않았다. 지나가는 마차라도 있으면 얻어탈 수 있을 테지만 그날따라 마차조차도 없었다.

"누나."

눈앞에 기사단 지붕이 보이기 시작하자 윌리엄이 잡고 있던 제네비브의 손을 흔들었다. 제네비브의 눈에는 좀 더 많은 게 보였다. 지붕과 정문 위에 장식된 것까지.

"도착했다."

제네비브는 한숨을 내쉬며 말했다. 그리고 그 순간 휙 하고 뒤를 돌아보았다.

길은 여전히 휑하니 비어 있었다. 마른 바닥이라 두 아이의 발자국 역시 남아 있지 않았다.

"누나?"

윌리엄이 왜 그러느냐는 듯 제네비브의 손을 흔들었다. 제네비브는 동생을 내려다봤다가 다시 뒤를 돌아보고 앞을 향해 고개를 돌렸다.

"아니야, 아무것도."

두 아이를 발견한 것은 기사단 정문을 지키고 있던 기사였다. 그는 손을 꼭 잡은 아이들이 기사단을 향해 다가오는 것을 보고 이맛살을 찌푸리며 동료에게 물었다.

"나 지금 자나 봐."

"한낮에? 술 마셨어?"

동료의 빈정거림에 남자는 턱으로 멀리 떨어진 아이들을 가리키며 말했다.

"웬 애기들이 오고 있는데?"

"입단 신청자 아니야?"

열네 살이면 입단할 수 있는 기사단 특성상 열네 살이 된 아이들이 가끔 찾아와서 입단하고 싶다고 말하곤 한다. 물론 전부 매년 말에 이뤄지는 입단 시험을 봐야 한다는 말로 돌려보내곤

한다.

하지만 기사의 눈에 보이는 아이들은 도저히 입단 신청자로 보이지 않았다. 그는 고개를 갸웃거리며 말했다.

"너무 어린 거 같은데. 아무리 그래도 저 꼬마애가 열네 살은 아닐 거 아니야?"

동료의 눈에도 제네비브와 윌리엄이 들어왔다. 확실히 열네 살로 보이지는 않는다. 한 명은 열 살이고 한 명은 여섯 살이니 당연하다.

그는 아이들의 복장을 보고 다시 말했다.

"길을 잃어버린 거 아니야?"

"여기서?"

말도 안 된다. 기사단 앞의 길은 두 곳으로 향한다. 왼쪽의 성으로 향하는 길과 정면의 번화가로 향하는 길이 있다. 두 아이들은 왼쪽에서 오고 있으니 번화가가 아니라 성에서 오고 있다는 말이다.

남자는 동료의 반문에 고개를 갸웃했지만, 아이들을 향해 다가가지는 않았다. 공격을 대비해 절대로 자리를 이탈해서는 안 된다. 그는 제네비브와 윌리엄이 다가오기를 기다리며 다시 말했다.

"왕궁으로 가는 길에 누가 강도를 당해서 아이들만 도망쳤다거나?"

"그러기엔 옷이 너무 깨끗하잖아? 태도도 느긋하고."

그것도 그러네. 남자는 고개를 끄덕였다. 부모가 공격을 당했다면 좀 더 겁에 질리거나 절박한 표정일 것이다. 하지만 제네비브는 당연하게도 기사를 보고 턱을 들어 올리고 천천히 그리고 당당하게 걸어오고 있었다.

점점 아이들의 얼굴이 두 기사의 눈에 들어오기 시작했다. 눈에 확 띄는 얼굴이 시야에 마치 날아오듯 꽂혔다. 두 기사는 제네비브의 얼굴을 보고 몸을 굳혔다.

"설마?"

"설마."

제네비브는 애쉬를 닮았다. 어디서 많이 본 얼굴이지만 그게 여자 얼굴은 아니다. 기사들은 어디서 많이 봤다고 생각하며 서로를 마주 보고 더 어린 남자아이 쪽으로 시선을 돌렸다.

이 얼굴도 알고 있다. 윌리엄은 좀 더 나왔다. 남자애라 똑같이 생긴 남자가 떠올랐다. 기사는 그제야 허둥지둥 제네비브를 향해 달려갔다.

"고, 공주님?"

"두 분만 오신 거……?"

둘이서만 왔냐고 물어보려던 기사의 눈이 제네비브와 윌리엄의 뒤를 향했다. 두 사람이 숨을 들이켜는 순간 제네비브는 재빨리 뒤를 돌아보았다.

여전히 없다. 아무것도. 개미 한 마리도 없었다.

이상하다. 제네비브는 고개를 갸웃거리며 말했다.

"에즈라 헌터 경을 만나러 왔어요."

단둘이 에즈라를 만나러 왕궁에서 기사단까지 왔다는 말에 기사단은 뒤집어졌다. 정문을 지키던 기사 두 명 중 한 명이 아이들을 데리고 안으로 들어갔다.

에즈라는 근무 중이었다. 그는 제네비브와 윌리엄이 둘이서 자신을 만나러 기사단까지 걸어왔다는 말에 말을 달려 헐레벌떡 기사단에 도착했다.

"젠!"

에즈라는 기사단으로 들이닥치자마자 제네비브를 찾았다. 그는 너무 당황해서 여기가 기사단이고 자신이 가족끼리 있을 때가 아니면 제네비브를 애칭으로 부르지 않는다는 것도 잊어버렸다.

"헌터 백작님."

제네비브는 우아하게 앉아서 주스를 마시고 있었다. 그러니까 그게 단장의 책상 맞은편에 앉아서 바닥에 닿지 않는 발을 달랑거리며 앉아 있는 걸 우아하다고 말할 수 있다면 말이다.

"맙소사."

에즈라는 제네비브와 윌리엄이 느긋한 태도로 앉아 각각 주스와 우유를 얻어 마시고 있는 것을 보고 그대로 주르륵 주저앉았다. 처음, 전달하러 온 기사에게 제네비브와 윌리엄이 기사단에서 자신을 찾는다는 말을 듣고 그들이 뭔가 잘못 알고 있다고 생각했다.

하지만 제네비브와 윌리엄이 왕궁에서 걸어온 것 같다는 말을 들었을 때 그는 근무지를 인계하지도 못하고 그대로 말을 타고 달려와 버렸다.

"누님은? 너희 어머니는 너희가 여기 있는 걸 아니?"

에즈라의 질문에 제네비브는 고개를 저었다. 그 앞에서 로렌이 쓰게 웃으며 말했다.

"아까 사람을 보냈어."

"보냈다고요?"

사람을 보냈다는 말에 당황한 건 제네비브였다. 그녀는 로렌을 향해 어떻게 이럴 수 있냐는 듯 외쳤다.

"가출한 건데!"

그러자 옆에서 우유를 홀짝이던 윌리엄이 조용하게 물었다.

"누나, 우리 가출이야?"

잠시 단장실 안에 침묵이 찾아왔다. 로렌은 자리에서 일어나더니 제네비브와 윌리엄에게 잠시 앉아 있으라고 말하고 에즈라를 끌고 단장실 밖으로 나왔다.

"죄송하, 아니, 감사합니다. 단장님."

에즈라의 사과인지 감사인지 모를 인사에 로렌은 팔짱을 끼며 웃었다. 그럴 필요 없다. 세이레나의 아이들이라면 그녀의 아이들이나 마찬가지다. 그녀는 대신 턱으로 한쪽을 가리키며 말했다.

"감사는 나 말고 저쪽에 해야지."

에즈라의 시선이 로렌이 가리킨 쪽을 향했다. 갈색 머리카락을 짧게 잘라 마치 소년처럼 보이는 여기사가 많은 기사들에게 둘러싸여 있었다. 역시나 그녀의 손에도 제네비브와 윌리엄의 손에 들려 있던 컵이 있었지만 다행히 주스나 우유가 아니라 커피였다.

"헤이젤."

에즈라는 머리를 쓸어 넘기며 다가갔다. 기사들과 웃으면서 대화하던 헤이젤이 자신을 부르는 소리에 뒤를 돌아봤다가 눈을 크게 뜨더니 곧 미소를 지으며 말했다.

"오랜만이야, 헌터 경."

"됐어, 무슨 경이야."

서로 이름 부르는 사이에 딱딱하게 이게 무슨 짓이냐는 말에 헤이젤의 눈이 다시 즐겁다는 듯 휘었다.

"그래, 에즈라."

"네가 내 조카들을 보호해 줬다며?"

제네비브와 윌리엄을 보호해 줘서 고맙다는 말에 헤이젤은 고개를 기울였다. 처음 기사단에 들어왔을 때는 비슷하게 작았던 것 같은데 지금은 차이가 확 나 버렸다.

물론 비슷하다는 건 어디까지나 헤이젤의 기준이다. 그녀가 그렇게 말할 때마다 에즈라는 한 뼘을 비슷하다고 할 수는 없는 거라고 반박하곤 했다.

헤이젤은 그녀보다 머리 하나는 더 큰 에즈라를 올려다보고 눈을 가늘게 떴다.

"네 조카가 아니라 내 공주님과 왕자님이지."

스무 살이 되자 일 분단으로 올라간 헤이젤은 제네비브의 호위로 발탁됐다. 물론 헤이젤은 거절할 수도 있었다. 하지만 그녀는 다음 왕이 될 제네비브의 호위를 영광스럽게 받아들였다.

세이레나와 애쉬는 믿을 수 있는 가문의 영애를 제네비브의 호위로 맡길 수도 있었다. 하지만 평민의, 몇 년 전에 부모님마저 모두 돌아가셔서 고아가 된 헤이젤을 제네비브의 호위로 발탁했다.

그녀가 그 사실을 자랑스러워한다는 것을 에즈라는 잘 알고 있었다. 그는 피식 웃으며 사람이 없는 복도로 헤이젤을 데려왔다.

"누님은 모르신다던데."

에즈라의 질문에 헤이젤은 팔짱을 끼며 씩 웃었다.

"내가 함께 있는 건 아셔."

어디로 갔는지 모르는 것뿐이다. 하지만 그것도 곧 알게 되겠지. 헤이젤은 제네비브가 방에서 빠져나올 때부터 붙어 있었다. 그게 그녀의 일이니까 당연하다. 제네비브가 눈치채지 못하도록 약간 떨어져서 보호하는 게 세이레나와 헤이젤의 방침이었다.

헤이젤은 제네비브와 윌리엄이 성을 빠져나올 때 성문을 지키는 병사들에게 자신이 따라가고 있음을 알렸다. 그리고 제네비브와 윌리엄 앞에 남자들이 나타났을 때도 뒤에 있었다.

사실 제네비브와 윌리엄이 만난 남자들은 강도도 아니었다. 그들은 시정잡배였고 헤이젤은 자신의 검을 꺼내 검기를 보여 줌으로써 그들을 간단하게 쫓아내 버렸다.

"네가 따라붙은 걸 애들은 몰라?"

"글쎄. 공주님은 알지 않을까?"

왕궁에서 자란 것치고는 눈치가 빠르니까. 헤이젤은 그렇게 덧붙이고 커피를 홀짝 마셨다. 눈치가 빨라서 계속 그녀를 찾는 바람에 좀 고생했다.

"어쨌든 고마워."

에즈라는 머리를 쓸어 넘기며 투덜거리듯 감사했다. 그 모습에 헤이젤의 눈이 가늘어졌다. 그녀는 에즈라의 가슴을 쿡 찌르며 단호하게 말했다.

"내 공주님이야. 너한테 감사받을 일 없어."

알았다, 알았어. 에즈라는 찔린 가슴을 문지르며 쓰게 웃었다. 그러다가 생각났다는 듯 물었다.

"그런데, 아까 가출 어쩌고 하던데 그건 무슨 말이야?"

"아, 그거."

헤이젤은 남은 커피를 홀짝 마셔 버리고 별거 아니라는 듯 말했다.

"이틀 후 공주님의 생일 파티에 왕비님이 참석을 못 할 수도 있다고 하니까 그거 때문에 섭섭하셨나 봐."

그럴 수 있다. 헤이젤은 충분히 그럴 만하다고 생각했다. 그녀도 세이레나를 좋아하니까, 그녀의 딸인 제네비브라면 엄청나게 좋아하는 게 당연했다.

에즈라는 헤이젤의 말을 듣고 얼굴을 굳히며 물었다.

"왜? 누님, 어디 안 좋아?"

"그건 아니고."

헤이젤은 다 마신 컵을 당연하다는 듯 에즈라에게 넘기며 말했다.

"임신하셨대."

9

과거와 미래

선선한 날씨였다. 얇은 긴팔을 입으면 덥지도 춥지도 않은 맑은 날.

세이레나는 왕궁 직원에게 집행된 급여 보고서를 검토하고 있었다. 그다지 이동이 잦은 것은 아니지만 최근에 그만둔 직원이 둘이나 있어서 가볍게 승진과 이동으로 변동이 있었다.

그녀는 집행된 내역에 아무 이상이 없음을 확인하고 말미에 자신의 사인을 적어 넣었다. 그리고 잉크가 마르기를 기다리며 열린 창문 밖으로 시선을 던졌다.

"뭐해?"

익숙하지만 볼 때마다 가슴이 뛰는 얼굴이 창밖으로 불쑥 나타났다. 설마 거기서 나올 거라고는 생각도 못 해서 세이레나는 깜짝 놀라서 벌떡 일어났다.

"애쉬! 뭐 하는 거예요?"

"시간이 좀 남아서."

애쉬는 소년처럼 웃으며 안으로 불쑥 들어왔다. 너무 쉽게 들어오지만 여긴 2층이다. 게다가 저 창문은 연결된 베란다도 없었다.

세이레나는 허둥지둥 창문으로 다가가 애쉬의 손을 잡았다. 그리고 힐끔 창밖을 내다봤지만 그녀가 아는 대로 근처에 타고 기어오를 나무도 없었다.

"어떻게, 아니, 어째서, 아니⋯⋯."

뭘 어떻게 물어봐야 할지 모르겠다. 여길 왜 올라왔냐고? 아니면 어떻게 올라왔냐고? 뭘 먼저 물어야 할지 몰라 허둥거리는 세이레나의 얼굴을 보고 애쉬는 빙그레 웃었다.

그는 잊을 만하면 세이레나를 놀라게 하는 게 좋았다. 결혼한 지 십이 년, 세이레나가 왕비가 된 지도 십이 년이다. 그는 그녀가 왕비로서 감정을 지운 표정을 지을 때면 어떤 방법으로든 그녀를 놀라게 하곤 했다.

"경비들은 알아요?"

애쉬가 벽을 기어오르는 걸 경비병들이 봤느냐는 뜻이다. 애쉬는 어깨를 으쓱해 보이며 말했다.

"알았으면 당신이 알아차리지 않았을까?"

그랬겠지. 세이레나는 한숨을 내쉬었다. 분명 경비병들이 놀라서 웅성거리는 거로 그녀의 관심을 샀을 것이다. 그리고 이걸로 경비병들의 훈련이 한층 강화되겠지.

애쉬와 세이레나가 왕과 왕비가 된 이후로 왕궁 경비들의 실력이 점점 높아지고 있다. 왕궁을 위해서라면 좋은 일이지만 경비 개개인을 생각하면 좀 미안한 일이다.

세이레나는 애쉬의 가슴을 찰싹 때리며 비난했다.

"그러지 말아요. 여러 사람 기절시킬 일 있어요?"

"당신은 기절 안 하잖아."

"할 뻔했어요! 아주 깜짝 놀랐다고요."

"그래?"

애쉬는 씩 웃으며 세이레나의 허리를 끌어안았다. 그리고 그녀의 얼굴 위로 고개를 숙이며 말했다.

"보상을 하고 싶은데."

잘생긴 얼굴이 다가오자 세이레나의 눈이 커졌다. 이런 상황의 끝은 늘 침대로 끝나곤 했다. 세이레나는 집무실 문이 잠겼는지 떠올리기 위해 기억을 더듬으며 물었다.

"어, 어떤 보상이요?"

"이후의 일정이 어떻게 돼?"

애쉬의 질문에 세이레나의 머릿속이 빙글빙글 돌기 시작했다. 설마 오후 시간 내내 침대에 있자는 건 아니겠지. 애쉬라면 가능하고도 남는다.

"어때?"

애쉬의 얼굴이 점점 가까워졌다. 세이레나의 머릿속이 빙글빙글 돌다 펑 터지기 직전에 그는 나직하게 웃더니 그녀의 코끝에 가볍게 키스했다.

"소풍 갈 거였으면 아이들도 데리고 올 걸 그랬어요."

몇십 분 후, 세이레나는 애쉬의 손을 잡고 투덜거리며 걷고 있었다. 이후 일정이 어떻게 되냐고 물어보더니 어디선가 커다란 피크닉 바구니를 가져와서는 그녀의 손을 잡고 거침없이 가기 시작했다.

그녀는 아무것도 준비할 시간이 없었다. 고작해야 승마복으로 갈아입는 것 정도.

단둘이서만 잠깐 다녀오자길래 왕궁 안에 있는 정원 중 하나에 가자는 건 줄 알았다. 그런데 애쉬는 그녀를 말에 태우더니 질주하기 시작했다.

"아이들이 있으면 데이트가 아니잖아."

별것도 아닌 말이었는데 세이레나의 얼굴이 달아올랐다. 결혼한 지 십이 년이나 됐는데 새삼 이런 말에 설렌다는 게 놀랍기도 해서 세이레나는 괜스레 애쉬를 흘겨봤다.

"어쩌면 그렇게 아무렇지 않은 얼굴로 그런 말을 할 수 있는 거예요?"

"그런 말이 뭔데?"

설레는 세이레나와 달리 애쉬는 그녀가 왜 그러는지 모르겠다는 표정이었다. 다른 여자들에게 이런 말을 해 본 적이 없으니 자신의 말이 세이레나를 얼마나 설레게 하는지 모르는 거다.

세이레나는 웃음이 나오기도 하고 어이없기도 해서 애쉬의 손을 놓고 그의 팔을 끌어안았다. 반대쪽 손에 커다란 피크닉 바구니를 든 그는 왜 그러냐는 듯 그녀를 쳐다보더니 씩 웃으며 고개를 숙였다.

두 사람의 입술이 부딪쳤다.

"그러고 보니 오랜만이네요."

왕궁에서 멀지 않은 한적한 숲으로 들어가서 호수 옆에 자리를 잡고 나자 애쉬는 세이레나를 위해 피크닉 바구니를 열어 음식을 꺼내기 시작했다.

예전에도 이렇게 둘이서 데이트를 한 적이 있다. 그때는 왕궁 정원이었지만.

세이레나는 그때를 떠올리며 애쉬의 손에서 잔을 받아 들었다.

"너무 오랜만이지."

그녀의 잔에 차를 따르며 애쉬가 안타깝다는 듯 말했다. 두 사람은 이런 느긋한 데이트를 한 지 일 년이나 지났다. 더 자주 이런 시간을 가졌어야 했는데 바빠서 그러지 못했다는 게 그는 미안했다.

세이레나는 별생각 없이 말했다가 애쉬의 얼굴에 죄책감이 떠오르는 것을 보고 눈을 크게 떴다. 왜 미안해하는 거지?

애쉬는 피크닉 바구니에서 접시를 꺼내 늘어놓기 시작했다. 접시 위로 요리사가 두 사람을 위해 만든 요리들이 올라갔다.

살짝 구운 뒤 찐 소고기와 버터를 듬뿍 넣어 만든 롤빵. 곁들여 먹을 수 있는 칠면조 햄과 야채.

그는 빵을 발라 먹을 수 있도록 소분해서 포장한 버터와 크랜베리 잼을 꺼내며 천천히 말했다.

"미안해. 너무 오랜만에 이런 시간을 만들어서."

"애쉬, 오랜만이라고 해도 고작 일 년 전이에요. 그 사이에 아이들과 소풍도 여러 번 갔었고요."

"아이들과는 상관없지."

애쉬는 세이레나의 접시에 소고기와 롤빵을 덜어 주며 말을 이었다.

"당신과 아이들은 별도잖아. 나한테는 아이들보다 당신이 먼저고."

예전에도 그는 그렇게 말했었다. 세이레나는 접시를 받으며 쓰게 웃었다. 그녀가 셋째 아이를 임신했을 때였다. 애쉬는 아이가 셋이나 필요 없다고 말했고 세이레나가 세 번이나 고생하는 게 싫다고 했다.

아이들보다 그녀가 먼저라고도 말했었다.

그럼에도 강행한 건 세이레나가 아이들이 많은 것을 원했기 때문이었다.

그녀는 아이를 많이 원했다. 이번 생에서 에즈라와 사이가 좋

아지면서 아이들이 많으면 좋을 것이라고 생각했다. 형제자매
는 같이 자랄 때는 원수일지 몰라도 나이를 먹으면 서로를 지탱
해 준다. 지금 세이레나를 에즈라가 지탱해 주는 것처럼.

"나한테도 당신이 먼저예요."

세이레나는 웃으면서 말했다. 솔직히 말하면 그녀는 애쉬와
아이들이 거의 비슷하게 소중했다. 누가 먼저라고 우열을 가릴
수 없다.

그리고 애쉬 역시 그것을 알았다. 그는 세이레나의 눈을 물끄
러미 쳐다보다가 피식 웃었다. 그는 자신이 세이레나가 가장 소
중한 것과 달리 그녀에게 자신은 아이들과 함께 소중하다는 것
을 알았다.

하지만 그걸 비난하거나 섭섭해하고 싶은 생각은 없었다. 세
이레나가 아이들을 얼마나 좋아하는지 아니까.

두 사람은 느긋하게 음식을 먹었다. 마지막으로 요리사가 솜
씨를 발휘해 만든 슈크림까지 먹어 치운 뒤, 누가 먼저라고 할
것도 없이 두 사람은 그대로 벌렁 누워 버렸다.

"느긋해서 좋네요."

바람이 살랑살랑 불고, 해가 서편으로 뉘엿뉘엿 저물고 있었
다. 세이레나는 애쉬의 팔에 머리를 베고 그를 향해 돌아누웠다.

담요 아래에 잔디가 푹신하니 기분이 좋았다. 어쩌면 이대로
스르르 잠들 수도 있을 것 같다.

애쉬는 배부른 고양이처럼 기분 좋은 표정을 짓는 세이레나

를 보고 미소를 지었다. 그의 남은 손이 그녀의 머리카락을 천천히 쓸었다.

세이레나의 머리카락은 꽤 자라 있었다. 한 번 길게 기르더니 단발로 싹둑 잘랐는데 최근에 다시 기르기 시작해서 어깨까지 닿았다.

"머리카락이 긴 게 더 좋아요?"

조금 졸린 지 세이레나가 눈을 가늘게 뜨고 물었다. 머리카락을 쓸어 넘기는 손길이 기분이 좋아서 그녀는 반쯤 잠이 취해 있었다.

"당신 머리카락이면 뭐든 좋아."

애쉬는 그렇게 말하고 고개를 숙여 세이레나의 이마에 키스했다.

빈말이 아니다. 그는 세이레나의 모든 것이 좋았다. 화가 나면 붉은 기가 도는 보라색 눈동자도, 햇빛을 받으면 황금처럼 빛나는 머리카락도.

만약 그에게 이상형이라는 게 있다면 그걸 그대로 빚어낸 게 세이레나일 거라고 애쉬는 생각했다. 그는 세이레나가 키가 커도 좋았고 작아도 좋았다.

지금보다 고집이 세도 좋았고 더 마음이 약해도 좋았다.

그냥, 세이레나라서 좋았다.

"그만 만져요."

세이레나는 천천히 자신의 머리카락을 쓸어 넘기는 애쉬의 손을 잡으며 말했다. 이대로라면 잠들 것 같다. 그녀는 애쉬의 손에 깍지를 끼며 덧붙였다.

"잠들 것 같아요."

"잠들어도 돼."

내가 안고 가지 뭐. 애쉬의 말에 세이레나의 얼굴에 미소가 떠올랐다. 그러면 그러고도 남을 것이다. 그녀가 잠들면 혼자서 피크닉 바구니를 정리하고 세이레나가 깨지 않도록 조심스럽게 안아서 왕궁으로 돌아갈 거다.

"내가 싫어요. 오랜만에 단둘이 느긋하게 있을 시간이 줄어들잖아요."

애쉬가 세이레나를 바라만 봐도 좋은 것처럼 그녀도 그랬다. 세이레나는 장난스럽게 애쉬의 입술에 키스했다. 그 순간 애쉬의 몸이 그녀의 몸 위로 올라갔다.

눈 깜짝할 사이에 일어난 일이라 세이레나의 눈이 동그래졌다. 애쉬는 놀란 그녀의 얼굴을 보고 씩 웃더니 다시 부드럽게 키스했다. 그리고 그녀의 이마에 자신의 이마를 댄 채 나직하게 말했다.

"검, 가져왔는데."

그가 검을 가져오는 건 봤다. 하지만 그건 단둘이 왕궁 밖으로 소풍을 가는 거라 혹시 몰라서 가져가는 거라고 생각했다. 분명 약간 떨어진 곳에 근위대가 기척을 숨기고 따라오고 있을 테지만 두 사람을 지킬 수단은 많이 있을수록 좋으니까.

애쉬는 세이레나가 무슨 소린지 이해하지 못하자 다시 말했다.

"당신 것도 가져왔지."

그러자 세이레나의 눈이 반짝이기 시작했다. 애쉬는 벌떡 일어나서 가져온 검 두 자루 중 한 자루를 세이레나를 향해 던졌다.

그사이에 일어난 세이레나가 날아오는 검을 낚아채며 씩 웃었다. 아이를 낳고 나서도 검을 손에서 놓지는 않았지만 시간이 맞지 않아서 애쉬와 대련하는 건 정말로 오랜만이었다.

"먼저 와."

애쉬가 검을 들지 않는 손을 까딱이며 말했다. 세이레나는 검을 든 채 천천히 기를 불어 넣었다. 그녀의 검이 황금색으로 빛나기 시작했다.

"좋은 구경을 하게 되네."

애쉬와 세이레나의 예상대로 멀찌감치 물러나서 국왕 부부를 경호하던 근위대원들이 흥미롭다는 표정으로 말했다. 현직에서 물러난 지 십 년이 지났지만, 국왕 부부의 실력은 여전히 한 손에 꼽힌다.

근위대 눈앞에서 세이레나가 애쉬를 향해 달려들었다. "쟁!" 하고 두 사람의 검이 부딪쳤다. 곧이어 세이레나가 웃음을 터트렸다.

*　　*　　*

왕궁에서 멀지 않은 한적한 숲. 작은 호수가 자리 잡은 빈 공터는 애쉬가 그레이윈드 저택의 훈련장 다음으로 가장 좋아하는 곳이었다.

그는 한참을 고요한 호수를 지켜보고 있었다. 이곳에 오는 날이 많아졌다. 그건 그가 아무도 없이 혼자 있고 싶어지는 일들이 많아졌다는 뜻이다.

여기 온 지도 두 시간이 넘었다. 지금쯤 저택에서 그가 왜 오지 않는지 궁금해하고 있을 것이다. 그걸 잘 알면서도 애쉬는 저택으로 돌아가고 싶지가 않았다.

그가 철이 들면서 몸을 담았던, 그리고 지금은 단장으로 있는 기사단도 지긋지긋하게 느껴졌다. 그레이윈드가의 가주라는 직함도, 공작이라는 작위도 끔찍했다.

모든 게 거추장스럽고 답답했다. 마치 자신이 고여 있는 작은 연못 아래 가라앉아 천천히 썩어 가는 것처럼 느껴졌다. 차라리 일 년쯤 전에 떠나 버릴 걸 그랬다. 그게 아니라면 이 년 전에. 아니, 오 년쯤 전에 떠났어야 했다.

애쉬의 머릿속이 자꾸만 과거로 거슬러 올라갔다. 내가 그때 그 선택을 했더라면…….

그는 바꿀 수 없는 것을 되새기며 고민하는 사람이 아니다. 이미 끝난 일은, 끝난 거다.

그게 자신의 선택이든 아니든 그냥 받아들이는 수밖에 없다.

하지만 최근 들어 애쉬는 계속해서 자신의 선택을 뒤돌아보고 있었다.

이랬다면 어땠을까, 저랬다면 어땠을까.

하지만 전부 부질없는 일이다. 그는 마지막까지 망설였던 자신의 멍청함에 화가 나서 견딜 수가 없었다.

결국, 문제는 그였다. 주변이 지긋지긋하다는 건, 자신의 자리가 끔찍하다는 건, 문제를 자신이 아니라 주변으로 돌리는 거였을 뿐이다.

"하."

애쉬는 검을 쥔 채 신음을 내뱉었다. 여기까지 와 버렸다는 게, 더 이상 그가 뭘 어떻게 할 수 없다는 게 미칠 것 같았다. 화가 났고 좌절감 때문에 무슨 생각을 할 수가 없었다.

어떻게든 하고 싶지만 무엇을 어떻게 해야 할지 알 수가 없었다.

어떻게 해야 할까. 목숨을 거는 건 차라리 쉬웠다. 그는 왕비가 원한다면 몇 번이고 자신의 목숨을 버릴 수도 있었다. 하지만 그걸 그녀가 원하는지는 모른다.

평생 반역자가 되어 쫓겨 다니며 숨어 사느니 차라리 왕비로 죽기를 바라는지도 모른다.

애쉬의 머릿속에 누구보다도 우아하고 아름다운 왕비, 세이레나의 모습이 떠올랐다.

그는 그녀를 오래 알았다. 세이레나가 처음 기사단에 입단할 때부터 봐 왔으니까 최소한 십오 년을 알아 왔다.

순진무구하던 십 대 때부터, 부모님이 돌아가시고 왕과 결혼하기 전까지 그녀와 같은 기사단이었다.

그때의 애쉬는 세이레나가 마음에 들지 않았다. 그녀는 그의 눈길을 빼앗을 정도로 아름다웠고 눈부신 재능을 가지고 있었다.

그리고 그녀는 그가 가장 싫어하는, 자신의 재능을 가치 있게 생각하지 않는 부류의 사람이었다. 그리고 그가 세 번째로 싫어하는 성실하지 않은 사람이기도 했다.

물론 두 번째로 싫어하는 건 타인에게 해를 끼치는 사람이다.

그게 애쉬는 싫었다. 그의 눈길을 빼앗을 정도로 아름답고 재능을 가진 사람이 성실하지 않다는 게, 자신의 재능을 소중하게 여기지 않는다는 게.

그런 사람에게 끌리는 스스로를 용서할 수가 없었다. 그게 그의 가장 큰 실수였다. 젊은 한때의 아집이 그를 한평생 후회하게 만들었다.

"오지 마세요."

애쉬의 머릿속에 마지막으로 세이레나에게 들은 목소리가 또렷하게 떠올랐다. 그녀의 예전 목소리에 비하면 쉬어 있었지만 거기 품은 뜻은 단호했다.

오지 마세요. 말 걸지 마세요. 쳐다보지도 마세요.

마지막까지 세이레나는 자신이 부정한 짓을 저지르지 않았다고 주장했다. 애쉬의 접근이, 그의 어떤 말, 눈빛 하나조차도 그녀를 공격하는 수단이 될 수 있었다.

그렇기 때문에 그녀는 그를 거부했다. 아니, 그건 거부도 아니었다. 애쉬는 한 번도 세이레나에게 자신의 감정을 표현한 적도, 그녀의 눈길을 원한 적도 없었으니까.

그건 거부가 아니었다. 마지막 부탁에 가까웠다.

그렇기 때문에 애쉬는 차마 세이레나에게 구해 주겠다고, 그녀를 감옥에서 빼내겠다고 말할 수가 없었다.

지금 세이레나를 지탱하고 있는 건 자신이 무고하다는 사실 하나뿐이다. 그녀는 차라리 죽을지언정 남편이 아닌 남자와 부정을 저질렀다는 의혹을 받아들이지는 않을 터였다.

그리고 애쉬와 함께 달아나는 건 그 의혹에 쐐기를 박는 행위나 마찬가지였다.

"안녕히 가세요."

마지막으로 만났던 세이레나는 그렇게 말하고 잠시 머뭇거렸다. 애쉬의 머릿속에 세이레나의 표정이, 그녀의 눈동자가, 입술이 어떻게 움직였는지 똑똑히 새겨져 있었다.

작은 입술이 아주 잠깐, 애쉬라고 발음하려는 것처럼 움직였다. 하지만 그녀는 곧 또렷하게 말했다.

"그레이윈드 공작."

마지막 순간, 두 사람이 대화를 나눌 수 있는 게 이번이 마지막일 것이 확실했음에도 세이레나는 그를 애쉬라고 부르지 않았다.

그의 왕비님은 마지막까지 목숨보다 고결한 것을 선택했다.

그게 애쉬는 견딜 수가 없었다. 그대로 있었다면 미쳐 버릴 것만 같았다. 그는 평생 원칙적으로, 고결하게 살기 위해 노력해 왔다. 하지만 그가 자신의 원칙을 모두 버릴 것을 각오한 순간, 아이러니하게도 세이레나가 고결한 것을 선택해 버렸다.

일 년만, 아니 한 달만. 조금만 빨리 그가 움직였다면 세이레나를 구할 수 있었을지도 모른다.

아무 파동도 일지 않는 고요한 호수 앞에 서 있는 애쉬의 마음이 회오리쳤다가 폭발했고 결국 갈래갈래 찢어졌다. 그는 검을 들어 올려 그대로 있는 힘껏 호수를 향해 길게 베었다. 검에서 뿜어져 나온 거대한 검기가 검집을 녹이고 호수를 갈랐다.

양옆으로 터져 나온 호수의 물이 그대로 끓어올라 수증기가 되어 날아갔다. 애쉬는 움푹 파인 호수를 바라보며 천천히 숨을 골랐다.

그가 가장 좋아하는 장소였지만 아무 느낌도 나지 않았다. 이튿날이면 세이레나는 세 번째 재판을 받게 되고 바로 처형당할 것이다.

이미 재판 결과는 나온 것이나 다름이 없다.

그게 애쉬에게 아무 감정도 느끼지 못하게 만들었다.

"차라리."

이 왕자를 죽여 버리면 어떨까. 애쉬의 눈에 살기가 떠올랐다. 세이레나가 죽는다면 이 왕자를 죽여 버리고 자신도 죽으면 어떨까.

모든 게 무감각해지자 아무것도 꺼릴 게 없어졌다. 그는 텅 비어 버린 호수를 한 번 쳐다보고 몸을 돌렸다.

말을 타고 왕궁을 향해 달리는 애쉬의 머릿속에 세이레나와 단 한 번 손을 잡았던 순간이 떠올랐다. 왕궁에서 열린 신년 파티였고 으레 그렇듯 왕과 왕비가 참석했다.

"그레이윈드 공작, 네가 상대해 주는 게 어떨까."

젊은 왕비는 왕궁에서 열리는 파티에서 단 한 번도 춤을 추지 못했다.

모든 파티는 사람들이 춤을 추기 전에 가장 지위가 높은 사람이 먼저 춤을 추기 마련이다. 하지만 세이레나가 왕비가 되기 전부터 왕은 이미 꽤 나이가 들어 있었다. 그는 나이를 핑계로 춤을 추지 않았고 제일 먼저 춤을 추는 영광을 일 왕자 부부나 최근에 결혼한 부부에게 넘겨주곤 했다.

그래서 그해의 파티에도 세이레나는 춤을 추지 못할 거라고 생각하고 있었다. 그때 왕이 애쉬에게 그렇게 말했다.

왕비와 함께 춤을 추라고.

어쩌면 왕은 애쉬가 세이레나를 마음에 담고 있다는 것을 눈치를 챈 건지도 모른다. 그렇지 않고서야 같이 있던 미혼의 이 왕자가 아니라 애쉬에게 명령했을 리가 없다.

하지만 그때의 애쉬는 몰랐다. 알아차렸다면 달라졌을까. 그의 이마에 주름이 생겼다.

그때 세이레나의 손을 잡지 않았더라면, 품에 안지 않았더라면, 춤을 추지 않았더라면.

그녀의 인생은 좀 나았을까.

자신이 어떻게 할 수 없다는 무력감이, 죄책감이 애쉬의 가슴을 답답하게 죄어 왔다.

그때의 그는 몰랐다. 왕이 어떤 생각을 하고 있는지.

그는 기쁜 마음으로 세이레나의 손을 잡았고 춤을 췄다. 약간 마른 몸이 그의 품에 쏙 들어왔었다. 손에 닿은 그녀의 등뼈가, 작은 숨결이, 체취가 몇 년이 지난 지금까지 생생하게 남아 있었다.

늘, 감정을 지운 보라색 눈동자가 잠깐 우수에 젖은 것처럼 빛나던 것도 기억한다.

그는 몰랐다. 이튿날, 왕비가 팔에 관통상을 입은 이유를.

"젠장."

고통스러운 기억에 애쉬는 입술을 깨물었다. 지금 아는 것을 그때 알았더라면, 시간을 되돌릴 수 있다면.

말 한마디 제대로 나눠 본 적 없지만, 마음에 품었었다. 눈빛을 교환한 적도 없지만, 그의 눈길은 늘 그녀를 향하고 있었다.

단 한 번도 피부가 닿은 적도 없었다. 세이레나는 늘 긴 장갑을 끼고 있었고 그녀에게 키스하려는 사람들은 장갑 낀 손등 위에 입술을 갖다 댔다.

그건 애쉬도 마찬가지였다.

그래도 그는 그녀를 마음에 품었다. 피부를 겹친 적도, 대화를 나눈 적도, 눈빛을 교환한 적조차 없어도 사랑했다.

"너."

왕궁에 도착한 애쉬는 탑에서 막 내려온 마법사를 발견했다. 이 왕자가 데려온 이 젊은 마법사는 늘 후드를 눌러쓰고 다녔고 속을 알 수 없는 표정으로 돌아다니곤 했다.

왕비님과 무슨 이야기를 한 거지? 마법사를 윽박지르려는 그에게 마법사가 말했다.

"잘 만났어요, 공작님."

잘 만났다고? 어리둥절해 하는 애쉬에게 칼리스타는 입술을 휘며 말을 이었다.

"왕비님과 대화하고 내려오는 길이거든요. 안타깝게도 그분은 대가를 지불할 수 없었지만 당신은 할 수 있죠. 어때요? 왕비님의 소원을 들어주겠어요?"

애쉬의 눈이 가늘어졌다. 무슨 흉계를 꾸미는 걸까. 믿을 수 없다는 표정을 짓는 그에게 칼리스타는 다시 작게 속삭였다.

"시간을 돌릴 수 있어요. 당신이 대가만 내놓는다면 말이죠."

시간을 돌린다. 애쉬가 요 며칠 바라던 거였다. 시간을 되돌릴 수만 있다면······.

애쉬의 표정에 칼리스타는 빙그레 웃었다. 그녀는 그 왕비도, 이 공작도, 그리고 이 나라도 아무 관심 없었다.

어떻게 되든 상관없다. 드래곤만 깨어나면 된다. 그래서 그녀가 힘을 가질 수 있다면 어떤 희생이든 상관없었다.

"대가는 뭐지?"

애쉬는 나직하게 물었다. 그의 목숨이라면 내놓을 수 있었다. 세이레나를 구할 수 있다면.

이성이 속임수일지도 모른다고 속삭였지만, 그는 상관하지 않았다. 속임수면 어떻단 말인가. 이대로 손을 놓고 있다면 내일 세이레나는 이 세상에 없을 텐데.

"당신의 가장 소중한 것. 지금 당장 가지고 싶어서 견딜 수 없는 것."

칼리스타는 마치 노래를 부르듯 말했다. 그건 그녀가 말하는 게 아니었다. 그녀의 손에 들린 지팡이가 가볍게 떨리기 시작했다.

세상의 규칙이 칼리스타의 입을 통해 대가를 요구하고 있었다.

"당신의 손에 들어갔다면 세상이 변했을 것."

그 순간 칼리스타의 눈동자가 황금색으로 빛났다. 번쩍 점등했던 눈동자는 곧이어 가라앉더니 그 뒤편에서 다시 칼리스타의 눈동자가 떠올랐다.

"대답을 받을게요."

"대답?"

애쉬는 이맛살을 찌푸리며 마법사를 쳐다봤다. 무슨 대답을 말하는 거지? 천천히 이성이 돌아오면서 그는 이 모든 게 광대놀음이라는 생각이 들기 시작했다.

하지만 칼리스타가 그렇게 두지 않았다. 그녀는 지팡이로 땅에 마법진을 그리며 말했다.

"당신이 듣고 싶어 했던 것에 대한 대답이죠. 당신을 향한 왕비님의 감정."

애쉬의 머릿속에 일순 칼리스타가 그것을 어떻게 아는지에 대한 의문이 떠올랐지만, 곧 사라졌다.

상관없다. 그녀가 그것을 어떻게 알았는지 모르겠지만, 그는 세이레나를 구할 수만 있다면 악마에게 영혼을 팔 수도 있었다.

"그게 무슨 대가가 되지?"

칼리스타의 얼굴에 미소가 떠올랐다. 무지한 인간들은 자신이 가진 게, 그리고 가질 것이 얼마나 소중한지 모른다.

세이레나가 애쉬를 어떻게 생각하는지 그가 안다면, 이 나라의 미래가 바뀐다.

하지만 그녀는 그걸 알려 주는 대신 다른 대가를 이야기했다.

"걱정 마세요. 왕비님께도 대가를 받을 테니까요."

애쉬의 얼굴이 험악해졌다. 그는 칼리스타의 멱살을 잡을 것처럼 손을 뻗으며 물었다.

"그녀에게 뭘 가져가려고?"

"걱정 마세요, 공작님."

칼리스타는 재미있다는 듯 웃었다. 그녀도 뭔가를 내놔야 한다. 시간을 거스르기엔 보잘것없지만 애쉬가 지불하는 대가에 수반되는 것.

"그녀는 어쩌면 그게 없는 게 나을 거예요."

"그게 뭔데?"

마법진에서 빛이 뿜어져 나오기 시작했다. 빛 속으로 칼리스타가 녹아드는 것처럼 보였다. 그녀는 자신을 잡으려는 것처럼 손을 뻗는 애쉬를 향해 말했다.

"당신을 향한 기억. 그리고 감정."

*　　*　　*

애쉬는 그가 내지른 검을 휙 뛰어올라 피하는 세이레나의 움직임에 가볍게 감탄했다. 그는 그녀가 아직도 꾸준히 훈련한다는 것을 알고 있었지만, 현역의 실력을 유지하고 있을 줄은 몰랐다.

"슬슬 말려야 하는 거 아니야?"

멀리서 구경하고 있던 근위대원은 세이레나의 검이 아슬아슬하게 애쉬의 옆구리를 비껴가는 것을 보고 질린 표정으로 말했다.

처음에는 두 소드 마스터의 대련을 보게 됐다고 좋아했는데 점점 수위가 높아졌다. 그들은 두 사람의 움직임을 눈으로 좇는 것만도 벅찼다.

"설마 위험하겠어?"

곁에 있던 다른 근위대원이 별것 아니라는 듯 말했다. 세이레나와 애쉬, 둘 다 검이라면 이력이 난 소드 마스터다. 두 사람이 상대방을 다치게 할 리가 없다는 믿음이 담긴 말이었다.

그 순간, 마치 근위대원을 비웃기라도 하듯 애쉬가 자신의 검으로 세이레나의 검을 세게 내리쳤다. "챙!" 하는 꽤 큰 소리와 함께 부딪친 검이 튕겨져 나갔지만 세이레나는 놓지 않았다. 그녀는 그대로 다리를 들어 애쉬의 정강이를 걸어찼다.

하지만 애쉬라고 호락호락하게 당하지 않는다. 그는 세이레나가 자신의 정강이를 걸어차도록 내버려 두고 검을 들지 않는 손으로 세이레나가 검을 든 손을 낚아챘다.

"아!"

퍽 하고 소리가 날 정도로 걷어찼으니 꽤 아팠을 텐데 애쉬는 눈썹 하나 까딱하지 않았다. 오히려 당황한 건 세이레나였다.

그는 세이레나의 얼굴에 가볍게 죄책감이 스치는 것을 보고 씩 웃었다. 그리고 그녀를 밀어 넘어트렸다.

세이레나가 애쉬의 힘을 이길 수 있을 리 없다. 두 사람의 몸이 한 덩이가 되어 풀밭으로 쓰러졌다. 세이레나는 검을 놓고 웃음을 터트렸다. 애쉬 역시 검을 놓았다. 그의 몸이 그녀의 몸 위로 올라갔다.

"레나."

애쉬의 검정색 눈동자가 세이레나를 향했다. 그는 천천히 그녀의 이마에 키스하고 그녀의 눈을 쳐다봤다가 다시 코에 키스하고 세이레나의 눈을 쳐다봤다.

세이레나의 보라색 눈동자가 부드러운 빛을 담았다.

"사랑해요."

애쉬의 얼굴에 미소가 떠올랐다. 그는 세이레나의 입술에 자신의 입술을 맞대며 속삭였다.

"사랑해."

*　　　*　　　*

"젊은 형씨, 수도요."

수레 앞에 앉아서 말을 부리던 남자가 수레 안에 구겨져 자고 있던 블라드를 깨우며 말했다. 잠에서 깬 블라드의 눈에 정돈된 도시, 할렉이 들어왔다.

"할렉은 처음이요?"

마부의 말에 블라드는 고개를 저었다.

"몇 년 전에 잠깐 머문 적이 있지."

"아는 사람은 있고?"

없으면 자기 집에서 하루 이틀 머물러도 된다는 말에 블라드는 피식 웃었다. 고맙지만 필요 없다. 그에게는 커다란 저택이 있다. 하지만 그렇게 말할 수 없어서 그는 대충 얼버무렸다.

"아는 사람이 몇 있어."

"그래도 혹시 도와줄 일 있으면 찾아와. 자네 덕분에 살았으니 은혜를 갚게 해 달라고."

마부의 말에 블라드는 고개를 끄덕였다. 지방에서 수도로 오는 길에 몬스터를 만난 마부를 구해 준 것이 인연의 시작이었다. 태워 줄 테니 타고 가라는 말에 블라드는 흔쾌히 올라탔다.

수레는 느렸지만 나쁘지 않았다. 블라드는 수레가 멈추자 벌떡 일어나 몸에 붙은 지푸라기와 먼지를 털어 냈다. 마부가 아쉬운 눈빛으로 몇 번이나 고맙다는 말과 함께 떠나갔다.

"돌아왔군."

돌아오는 거지만 돌아왔다는 느낌은 들지 않았다. 여기서 머문 건 고작 몇 달이다. 물론 그 전에 몇백 년이나 이 밑에 잠들어 있었던 시간을 제외하면 말이다.

그는 몇백 년 전, 이 도시에서 잠들었다. 그때는 도시가 존재하지도 않았다. 그리고 눈을 떠 보니 번듯한 도시가 세워져 있었다.

블라드는 자신이 타인머스를 떠났던 기간이 어느 정도였는지 가늠했다.

잠들어 있는 동안 그의 대륙이 어떻게 변했는지 보고 싶었다. 타인머스 곳곳을 돌아다니다가 두 개의 종족이 사는 지역을 살피고, 드럼란리그까지 흘러갔다.

그리고 우연히 몇 달 전, 드럼란리그에서 타인머스의 공주에 대한 소문을 들었다.

왕비를 닮아 그렇게 미인이라고.

그 말을 듣자 블라드는 그가 떠나기 전 들었던 이름이 떠올랐다. 여자아이라면 제네비브, 남자아이라면 제프리라고 짓는다고 했지.

다행히 제프리라는 이름은 사용하지 않았던 모양이다. 블라드는 킬킬대며 걷기 시작했다. 얼마나 컸을까. 그는 세이레나를 닮은 사랑스러운 꼬마 아가씨가 보고 싶었다.

왕궁은 찾기 쉬웠다. 한 번도 본 적 없었지만, 왕궁은 딱 보는 순간 알 수 있었다. 블라드는 타인머스를 떠날 때 세이레나가 준비해 준 반지를 경비병들에게 보여 주고 무사히 문을 통과했다.

물론 반지를 가진 자가 나타났다는 말을 전하기 위해 경비병이 안으로 달려간 것은 말할 것도 없다.

왕궁은 넓은 정원을 지나면 왕궁 직원들이 일하는 건물이 제일 먼저 나온다. 그 뒤로 또 정원이 있고 회랑을 통해 들어가면 국왕 부부가 생활하는 구역이 또 나온다.

블라드는 만나는 경비병들이 방해하지 않도록 반지를 든 채 빠르게 정원을 통과했다. 그는 자신이 지나는 곳이 어떤 곳인지 몰랐지만, 윌리엄 후손의 냄새는 기가 막히게 찾아냈다.

"공주님."

블라드를 발견한 기사와 시녀들이 정원에서 꽃을 꺾고 있던 공주를 향해 달려갔다. 블라드는 공주를 발견하자 그대로 우뚝 멈췄다.

여전히 그는 반지를 들고 있었지만 약간 떨어진 곳에 있는 공주와 시녀들에게는 그가 뭘 들고 있는지 보이지 않았다.

"경비병! 저 남자가 어떻게 여기까지 들어올 수 있지?"

블라드를 막지 않는 경비병을 탓하며 시녀가 공주의 앞을 막아섰다. 그러자 블라드의 뒤를 따라오던 관리 중 하나가 재빨리 나서서 말했다.

"그, 그분일세."

"그분이라니, 뭐가 말이오?"

관리는 블라드를 한 번 힐끔 쳐다보고 그가 들고 있는 반지를 가리켰다. 실제로 본 적은 한 번도 없지만, 왕궁에서 일하는 자들이라면 다들 알고 있는 반지였다.

드래곤과의 연결을 맡고 있는 자에게 국왕이 직접 하사했다는 반지. 그 반지를 가진 자는 왕족에 준하는 대접을 받는다.

시녀의 눈이 경악으로 커졌다. 여기 있는 사람 중 저 반지를 실제로 본 사람은 아무도 없었다.

그때, 시녀의 뒤에 가려져 있던 공주가 고개를 빼꼼 내밀며 물었다.

"그게 뭐예요?"

여자아이의 질문에 블라드의 얼굴에 미소가 떠올랐다. 소문대로 세이레나를 닮아 요정처럼 예쁘게 생긴 아이였다. 그렇군.

그는 허리를 숙여 공주와 시야를 맞추고 물었다.

"네 아버지가 내게 준 반지. 한번 볼래?"

공주는 블라드를 물끄러미 쳐다보더니 곧 한 발짝 다가왔다. 그러자 주변에서 가벼운 비명 소리가 흘러나왔다.

"공주님!"

"안 됩니다!"

왕에게 하사받은 반지를 가졌고 왕족에 준하는 대접을 받을 수 있는 자이지만 어린 공주님 곁에 가까이 가게 둘 수는 없다.

시녀들이 공주를 막기 위해 공주의 손을 잡았을 때 경비병과 관리들에게 소식을 들은 윌리엄이 나타났다.

"뭐야?"

"뭐야?"

윌리엄을 본 블라드와 블라드를 본 윌리엄의 입에서 똑같은 소리가 흘러나왔다. 둘 다 같은 의미로 하는 말이었다. 이놈은

과거와 미래 363

뭐야?

블라드는 윌리엄과 공주를 번갈아 쳐다보다가 인상을 썼다. 눈앞의 소년은 애쉬를 닮았다. 하지만 그는 소문에 애쉬와 세이레나의 첫 아이는 세이레나를 닮아 아주 아름다운 공주님이라고 들었다.

블라드의 눈앞에 세이레나를 닮은 아주 사랑스러운 공주님이 있었다. 그리고 공주님보다 나이가 많은 소년이 있었고.

그렇다면 이 소년은 대체 어디서 튀어나온 거지? 그는 어리둥절해서 물었다.

"넌 누구지?"

"나? 난 이 나라의 왕자 윌리엄인데."

처음 만난 사람을 향한 자기소개치고는 너무 도가 지나치게 소탈하다. 하지만 윌리엄은 바지 주머니에 손을 넣은 채 삐딱하게 서서 블라드에게 물었다.

"댁은 누군데?"

뭐라고 설명해야 할까. 블라드는 잠시 망설였다. 눈앞의 소녀와 소년이 공주와 왕자라고 했으니 애쉬와 세이레나의 아이들이 분명하다. 그는 공주의 뒤에 선 시녀들을 쳐다보고 윌리엄에게 말했다.

"블라드."

"처음 들어요!"

공주가 말했다. 하지만 왕자는 아니었다. 윌리엄은 공주의 머리에 손을 얹으며 말했다.

"난 알아. 부모님의 친구죠? 그리고 드래곤의 전달자고요."

블라드의 얼굴에 쓴 미소가 떠올랐다. 그렇게 설명한 모양이군. 그가 고개를 끄덕였을 때였다. 윌리엄이 슬쩍 다가오더니 속삭였다.

"하지만 사실은 드래곤 타임머스, 맞죠?"

이 녀석 봐라? 블라드는 애쉬와 똑같이 생긴 윌리엄의 얼굴을 쳐다보고 한쪽 눈썹을 들어 올렸다. 그리고 세이레나와 똑같이 생긴 공주를 한 번 쳐다본 다음 윌리엄에게 말했다.

"정답."

블라드의 정체에 대해서는 소수의 사람들에게만 알려져 있다. 윌리엄은 왕자였고 소수의 사람들에 들어가기에 충분했다.

하지만 공주는 아니다. 블라드의 시선이 아직 어린 공주에게로 향했다. 윌리엄은 그의 눈빛을 알아차리고 재빨리 말했다.

"열다섯 살이 돼야 알 수 있어요."

블라드가 사실은 드래곤이라는 것을 누군가에게는 전달해야 할 것이다. 그것을 상대가 열다섯 살이 되어야만 알려 준다는 말이다.

그렇군. 그는 고개를 끄덕이고 공주를 쳐다보며 물었다.

"공주님, 네 이름은?"

세이레나를 닮아 황금색 머리카락을 가진 공주의 얼굴에 미소가 떠올랐다. 그녀는 푸른빛이 도는 치마를 잡고 가볍게 허리를 숙인 뒤 말했다.

"루실이에요."

블라드의 얼굴이 일그러졌다. 왕자의 이름은 윌리엄, 공주의 이름은 루실. 믿을 수 없는 짓이다. 그는 누구에게랄 것도 없이 투덜거렸다.

"누가 그따위 이름을 지은 거야?"

"부모님 말씀으로는 당신이라던데요."

윌리엄이 삐딱하게 서서 말했다. 드래곤을 대하는 그 태도가 얄밉기 그지없다. 블라드는 어이없다는 듯 비웃으며 허리에 손을 얹고 말했다.

"말도 안 되는 소리! 내가 왜 그런 이름을 지어 줘?"

그때, 시녀들의 뒤로 누군가 나타났다. 하얀 드레스를 입은 아름다운 아가씨였다. 블라드는 사람들이 양옆으로 갈라지며 허리를 숙이는 것을 보고 입을 다물었다.

"부모님께선 당신께 편지를 보냈는데 답이 없으셨다고 하더군요."

시녀들 사이를 지나온 아가씨가 블라드의 앞에 서서 말했다. 새까만 머리카락은 자연스럽게 그녀의 등 뒤로 흘러내리고 있었다. 그리고 새까만 눈동자가 블라드를 똑바로 쳐다보고 있었다.

깜짝 놀랄 정도로 아름다운 얼굴이었다. 블라드는 저도 모르게 멍하니 그녀를 쳐다봤다.

"제네비브예요."

제네비브는 사람들이 자신의 얼굴에 넋을 잃는 것에 익숙했다. 태어났을 때는 아버지를 닮았던 이 공주님의 얼굴은 점점 자라면서 어머니의 얼굴도 나타나기 시작했다.

"블라드."

블라드는 제네비브의 손을 잡으며 퉁명스럽게 말을 이었다.

"어머니를 닮았다더니, 소문은 믿을 게 못 돼."

마치 그게 불만스럽다는 태도에 제네비브의 눈이 동그래졌다. 그녀는 웃음을 터트리며 말했다.

"반은 어머니를 닮았잖아요?"

"반은 윌리엄의 후손을 닮았지."

"저요?"

윌리엄이 끼어들었다. 너 말고. 블라드는 이마에 손을 얹으며 한숨처럼 말했다. 아무래도 세이레나와 애쉬는 그를 괴롭히기 위해 아이들에게 그 두 이름을 붙인 게 틀림이 없다.

그는 손을 휘휘 저으며 말했다.

"그 녀석들은 어디 있어?"

"그 녀석들이 누구예요?"

루실이 물었다. 세이레나를 꼭 닮은 아홉 살짜리 소녀의 질문에 블라드는 눈을 가늘게 떴다.

귀엽다. 너무 귀엽다. 루실은 세이레나와 똑같이 생겼다. 블라드는 세이레나의 어린 시절을 본 적이 없지만 루실을 보고 있자니 이미 본 것 같은 기분이 들었다.

"부모님을 말하는 거야."

윌리엄이 말했다. 그는 루실의 손을 잡으며 블라드를 쳐다봤다.

이상한 기분이 들었다. 블라드는 루실과 윌리엄 그리고 제네비브를 쭉 돌아보았다. 타인머스를 떠난 지 몇 년 되지 않았다고 생각했다. 하지만 제네비브를 보니 고작 몇 년 정도는 아닌 것 같았다.

"너, 몇 살이야?"

블라드의 질문에 제네비브는 약간 놀란 표정을 짓더니 빙그레 웃었다.

"열아홉이요."

십구 년. 이번에는 블라드의 얼굴에 놀라움이 떠올랐다. 자신이 타인머스를 떠난 지 이십 년째라는 말이다.

맙소사. 그는 머리를 짚고 다시 한숨을 내뱉었다. 인간의 시간은 빠르다. 너무 빨라서 도저히 쫓아갈 수가 없었다.

급격하게 세이레나와 애쉬가 보고 싶어졌다. 그가 알고 있는, 드래곤인 그를 기억하는 유일한 인간들.

"그리고 부모님은 저녁때 오실 거예요."

제네비브는 그렇게 말하며 블라드의 손을 잡았다. 드럼란리그는 여자가 남자의 손을 먼저 잡지 않는다. 하지만 이곳은 타인머스였다.

다음 왕위 계승자인 제네비브는 블라드의 손을 잡고 안쪽 티

룸으로 안내하며 말했다.

"그전까지 저와 이야기해요. 당신의 이야기를 아주 많이 들었거든요."

대체 무슨 이야기를 들었을까. 블라드의 얼굴에 경계가 떠올랐다. 그는 타인머스와 드럼란리그를 돌아다니며 갑자기 흉폭해진 드래곤과 그 드래곤을 물리친 다섯 용사에 대한 이야기를 귀가 닳도록 들었다.

처음에는 어이가 없어서 웃겼고 그다음에는 화가 났다. 지금은 약간 체념한 상태였다.

"걱정 마세요. 재미있는 이야기뿐이었으니까."

제네비브와 블라드의 곁에 따라붙은 윌리엄이 루실의 손을 잡고 말했다. 주변은 갑자기 도착한 손님을 대접하기 위해 분주해졌다.

제네비브는 블라드의 손을 잡은 채 그를 돌아보며 미소를 지었다.

"전부터 꼭 만나고 싶었어요."

10

공주님의 키스

"전하, 이쪽은 구빈원 지원 예산서입니다."

제네비브는 책상 위에 있는 서류를 훑어보고 도장을 찍다가 서류를 들고 들어온 시종을 쳐다봤다. 그는 두 개의 서류 중 하나를 제네비브의 책상 위에 올려놓고 있었다.

왕위 계승자로 제네비브는 국왕이 해야 할 일을 조금씩 돕고 있었다. 그녀가 승인할 수 있는 건 도장을 찍고, 반려할 만한 것은 반려한다. 이도 저도 아닌, 애쉬의 판단이 필요한 것은 따로 모아서 올려 보낸다.

물론 제네비브가 애쉬를 돕는다기보다는 그녀가 왕위 계승자로서 업무를 배운다는 게 중점이기 때문에 그녀에게 올라오는 서류는 상대적으로 중요하지 않은 것들이다. 그리고 국왕과 왕비가 가장 좋아하는 일도 그녀의 책상에 올라오지 않는다.

"그건 뭐죠?"

제네비브의 질문에 시종이 아직 가지고 있는 서류를 내려다 봤다. 둘둘 말린 서류는 줄을 감고 그 위에 밀랍으로 봉해 놓았다. 이건 왕비님께 바로 올라갈 서류다. 중요해서라기보다는 세이레나가 가장 관심을 가지고 있는 일 중 하나였기 때문이다.

"학원 지원 예산서입니다."

학원은 왕비인 세이레나가 가장 관심을 쏟고 아끼는 일 중 하나였다. 그녀가 왕비가 되면서 제일 먼저 직접 사람을 뽑아 시작한 사업이었고, 세 아이들을 낳으면서도 손에 놓지 않는 일이기도 했다.

한때는 제네비브도 학원에 다니고 싶어 하던 때가 있었다. 그러지 못했던 것은 안전 문제뿐만 아니라 당시 학원에서 가르치는 과목이 검술 하나뿐이었기 때문이기도 했다.

다행히 지금은 상당히 늘어났다.

처음 세이레나가 시작할 때는 검술만 가르쳤던 학원은 조금씩 그 영역을 늘려가더니 지금은 전공 과목만 세 개가 됐다. 검술, 마법, 예술.

각 전공 과목은 필수적으로 언어와 수학, 역사를 배워야 하고 교차 선택으로 다른 전공 수업도 들을 수 있다. 물론 수업비는 어마어마하게 비싸다.

세이레나는 초기에 그녀가 구상했던 대로 가난하지만 재능 있는 평민들을 모아 무상으로 교육을 제공했다. 처음 삼 년 정도는 검술만 가르쳤고 당연히 수익은 손톱만큼도 나지 않았다.

귀족들은 다 세이레나가 쓸데없는 짓을 한다고 생각했다. 그나마 평민 부자들은 학원에 기부를 하긴 했지만 진심으로 학원이 잘될 거라 생각한 건 아니었다.

그들이 학원에 기부를 한 건 딱 두 가지 이유에서였다.

왕비가 하는 사업이니 기부를 해서 왕비에게 잘 보이려 한 게 첫 번째 이유고, 귀족들이 평민이 기사단에 들어오는 것을 그리 좋아하지 않는다는 소문에 욱해서가 두 번째 이유였다.

세이레나는 상관하지 않았다. 그녀는 어쨌든 재능이 있지만 가난한 아이들에게 기회를 주고 싶었고, 기회를 얻을 수 있는 아이들이 늘어나면 다행이지만 늘어나지 않는다 해도 사비를 털어서라도 유지할 생각이었다.

그리고 사 년째 되는 해에 기적이 일어났다.

삼 년 동안 학원에서 수업을 받은 아이들의 반이 기사단에 입단한 것이다. 뒷짐 지고 못마땅한 표정으로 지켜보는 귀족들은 물론, 학원에 기부한 부자들까지 깜짝 놀랐다.

삼 년 만에 학생의 반을 기사단에 입단시켰다는 말에 부자들은 물론 몇몇 귀족까지 자식을 입학시키고 싶어 했다. 세이레나는 그들에게 어마어마한 비용을 받았다.

그럼에도 학원은 인기를 얻었다. 그리고 학원을 만든 지 오 년 만에 학원의 수입은 그동안 만든 적자를 모두 채우고 흑자로 돌아섰다.

그리고 세이레나의 학원은 타인머스는 물론 드럼란리그까지 유명해지기 시작했다.

"주세요."

제네비브는 시종에게 손을 내밀며 말했다. 시종이 망설이자 그녀는 다시 말했다.

"어머니께 제가 갖다 드릴게요."

학원이 흑자로 돌아서자 세이레나는 자신의 이름으로 재단을 만들고 재단을 통해 학원을 경영하기 시작했다.

물론 왕궁에서도 학원과의 연이 끊어지도록 두지 않았다. 매년 왕궁에서는 꽤 많은 금액을 학원에 지원해 주고 있었다. 물론, 이 지원금은 대부분 장학금으로 돌아간다.

시종은 망설이며 말했다.

"왕비 전하께서는 지금 학원에 계십니다."

"학원에요?"

"이전 일정이 좀 일찍 끝나서 학원을 잠시 둘러보신다고 합니다."

어쩐지. 제네비브는 고개를 끄덕였다. 어머니가 학원에 가는 건 원래 일정에 없었다.

그녀에겐 오히려 잘됐다. 제네비브는 자리에서 일어나며 자신의 호위를 불렀다.

"헌터 경."

테라스에 앉아서 차를 마시고 있던 여자가 고개를 들었다. 사내처럼 짧은 머리카락이 트레이드 마크인 헤이젤은 몇 년 전 에즈라 헌터 백작과 결혼해 헤이젤 헌터가 되었다.

"학원으로 가시는 거라면 반댑니다."

헤이젤은 장난스러운 표정을 지으며 말했다. 제네비브 역시 장난스러운 미소를 지으며 말했다.

"아이들에게 엄마가 일하는 걸 보여 줄 좋은 기회라고요!"

"그리고 공주님이 굿맨 경을 만날 좋은 기회고요?"

헤이젤의 지적에도 제네비브는 굴하지 않았다. 그녀는 턱을 들어 올리며 말했다.

"알면서 반대한 거예요?"

어쩔 수 없다. 헤이젤은 쓴웃음을 지으며 자리에서 일어났다. 그녀는 제네비브를 호위하기 전부터 알아 왔다. 헤이젤에게 제네비브는 "내 공주님"이었고 제네비브의 어머니인 세이레나보다 더 그녀에게 약했다.

결국, 옷을 갈아입고 말에 올라탄 두 사람은 학원으로 향했다. 왕비에게 서류를 전달해 준다는 좋은 핑계를 가지고.

"제 아이들이 공주님의 이런 성격을 닮을까 봐 걱정되네요."

헤이젤의 푸념 어린 말에 제네비브는 소리 높여 웃었다. 그녀는 학원 앞에서 말을 멈추며 말했다.

"하긴, 세상에 이렇게 완벽한 사람이 너무 많으면 곤란할 거예요. 그렇죠?"

농담에 가까운 말이지만 부정할 수 없는 사실에 헤이젤은 그저 웃을 수밖에 없었다. 새까만 머리카락과 눈동자와 하얀 피부의 제네비브는 마치 밤의 여신처럼 보였다. 어릴 때는 요정 같다는 생각을 했던 것도 같다.

제네비브는 완벽했다. 한 번이라도 그녀를 본 사람들은 시선을 빼앗겼고 자신의 집으로 돌아가 공주님의 아름다움을 찬양했다. 그 찬양은 드럼란리그에서 온 사자들도 다르지 않아서 대륙 전체에 제네비브의 아름다움이 노래로 전해질 정도다.

게다가 타인머스의 공주님이자 왕위 계승자. 그녀의 부모는 둘 다 각각 최연소 소드 마스터에 제네비브와 마찬가지로 눈에 확 띄는 미모를 가졌다.

그런 완벽한 제네비브에게 단 한 가지 없는 건 아직도 약혼자가 없다는 점이었다. 타인머스는 스물한 살이 되기 전의 여성이 자신이 받을 작위보다 더 높은 작위를 가진 남성과 결혼하면 작위를 받을 수 없다.

하지만 왕위 계승자인 제네비브에게 이 나라에서 그녀보다 더 높은 사람이 있을 리 없으니 당연히 작위 때문에 결혼을 미루는 것도 아니다.

다들 어째서 제네비브에게 약혼자가 없는지 궁금해했다. 그녀라면 어떤 남자든 선택할 수 있을 것이다. 그 어떤 남자라 해도 제네비브가 손가락으로 지목하는 순간 그녀를 거부할 수 있을 리 없다.

왕궁뿐 아니라 대륙의 모든 사람이 그렇게 생각했다.

하지만 단 한 가지 문제점은 제네비브가 원하는 남자가 인간이 아니라는 점이다.

"안녕하세요, 굿맨 경."

블라드는 자신의 연구실로 들어오는 공주와 그녀의 호위를 발견하고 한쪽 눈썹을 들어 올렸다. 황금빛으로 반짝이는 머리카락과 보라색 눈동자를 가진 이 남자는 설명만 들어서는 헌터가와 혈연관계로 착각하기 쉽다.

하지만 실제로 그와 헌터 백작을 본 사람이라면 두 사람이 전혀 혈연관계가 아니라고 판단할 것이다. 블라드 굿맨 경은 키가 크고 호리호리한 체형을 가진 아주 아름다운 남자였다.

"어쩐 일이십니까?"

공주가 들어오는 데도 여전히 자리에 앉은 채 블라드가 물었다. 그가 보인 예의는 단 하나. 안경을 벗는 것뿐이었다.

"어떻게 지내는지 궁금해서 보러 왔어요."

"지난주에 왕궁에서 뵙지 않았습니까?"

건방진 말에 헤이젤의 표정이 일그러졌다. 감히 내 공주님한테 그따위 소리를 해? 하지만 그녀는 나서지 않았다. 대신 제네비브가 말했다.

"굿맨 경. 인간이라면 예의를 보여야죠."

이번에는 블라드의 얼굴이 일그러졌다. 그는 못마땅한 표정으로 일어나더니 제네비브에게 자리를 권하며 물었다.

"차, 드시겠습니까?"

"좋아요."

달그락달그락하는 작은 소리들이 블라드가 차를 내오는 동안 연구실을 채운 정적을 대신했다.

헤이젤은 책으로 빼곡하게 채운 블라드의 연구실을 둘러보고 감탄했다. 그가 이 학원의 교수가 된 지 고작 몇 달밖에 되지 않았다. 그런데 이 방은 마치 십 년은 된 것 같다.

"책을 상당히 많이 모으셨군요."

헤이젤은 블라드에게 잔을 받아 들며 물었다. 책값은 그리 저렴하지 않다. 절대로 못 구할 정도는 아니지만, 평민들에게는 약간의 사치에 가깝다.

그런 책을 이렇게 많이 모았다는 건 블라드가 상당한 부자라는 의미다.

"네. 대륙을 돌아다니며 모은 거죠."

"대륙을 아주 오래 돌아다니신 모양이군요."

헤이젤의 질문에 블라드는 아무 말도 하지 않았다. 그는 외모만 봤을 때는 이십 대 중반 정도로 보인다. 헤이젤은 블라드가 보기보다 훨씬 더 나이를 먹었을 거라고 생각했다.

물론 그가 드래곤일 거라고는 꿈에도 생각하지 못했지만.

"차 우리는 솜씨가 많이 늘었네요."

침묵을 뚫고 제네비브가 말했다. 그녀는 블라드가 내놓은 차를 한 모금 마신 뒤 찻잔을 테이블 위에 내려놓고 있었다.

테이블 위도 책과 종이로 가득했다. 제네비브는 슬쩍 보이는 종이를 보고 놀랍다는 듯 말했다.

"십오 점이요?"

시험지였던 모양이다. 붉은 잉크로 갈겨쓴 15라는 숫자가 보인다. 헤이젤 역시 저도 모르게 시험지를 쳐다보고 신음을 내뱉었다.

과목은 대륙의 역사. 그제야 그녀는 블라드가 학원에서 무엇을 가르치는지 깨달았다. 역사 교수인 모양이다.

"머저리 중 하나죠."

"콜록."

블라드의 대답에 헤이젤이 재빨리 헛기침했다. 공주님 앞에서 사용하기엔 너무 나쁜 단어다. 하지만 블라드는 그렇게 생각하지 않았다.

그는 헤이젤이 왜 헛기침을 했는지 이해하지 못하고 그녀를 쳐다봤다. 그것을 본 제네비브가 씩 웃으며 말했다.

"신사라면 머저리라는 단어를 입 밖에 내놓지 않거든요."

"저런."

헤이젤이 왜 헛기침을 했는지 이해한 블라드가 안됐다는 표정을 지었다. 그는 제네비브를 바라보며 말했다.

"전 신사가 아니라서."

"그런 말을 하면 헤이젤이 당신과 나만 두고 자리를 비워 주지 않는다고요."

이번에는 헤이젤이 한쪽 눈썹을 들어 올렸다. 그리고 제네비브를 쳐다보며 말했다.

"공주님께서 그런 소망을 품고 계실 줄은 몰랐는데요."

저것 봐. 제네비브는 블라드를 흘겨봤다. 그리고 짐짓 얌전한 목소리로 말했다.

"걱정 말아요, 헌터 경. 블라드 씨는 너무 신사라 저를 쳐다보지도 않거든요."

허. 믿을 수 없다는 표정이 헤이젤의 얼굴 위로 떠올랐다. 그녀는 한쪽 눈썹을 들어 올리고 블라드와 제네비브를 쳐다봤다. 이런 미녀를 쳐다보지도 않는다고? 말도 안 된다. 그녀는 제네비브가 열 살쯤 됐을 때부터 남자는 물론 여자들도 그녀에게 시선을 떼지 못하는 것을 봤다.

어느 정도였냐면 매일 제네비브를 돌보는 유모, 시녀들조차도 제네비브의 얼굴을 물끄러미 쳐다보며 한숨을 내쉴 정도였다.

"여행을 다니며 눈이 아주 많이 높아진 모양이죠?"

헤이젤의 말에 블라드는 시선을 피했고 제네비브는 웃음을 터트렸다. 그리고 자신의 찻잔을 들어 올리며 말했다.

"아니면 눈이 멀었거나요."

"공주님."

헤이젤이 가볍게 지적했다. 하지만 블라드는 아무 말도 하지 않았다. 제네비브는 찻잔을 내려놓으며 말했다.

"농담이에요."

여기 있다간 두 사람에게 지적만 하다 시간이 다 갈 것 같다. 헤이젤은 한숨을 내쉬며 자리에서 일어났다. 그녀는 제네비브와 블라드에게 말했다.

"잠깐 이 주변을 둘러보고 오겠습니다. 두 분 다, 위험한 행동은 하지 마시길."

"위험한 행동?"

블라드가 한쪽 눈썹을 들어 올리며 물었다. 하지만 헤이젤은 아무 말도 하지 않고 나가 버렸다. 그의 시선이 이번에는 제네비브를 향했다.

"내가 당신을 공격할 수도 있거든요."

제네비브의 말에 블라드가 비웃는 듯한 표정을 지었다. 하지만 제네비브는 좌절하지 않았다. 그녀는 허리를 펴고 가슴을 내밀며 당당하게 말했다.

"열 살 때 가출한 적 있거든요."

열 살짜리가 가출을 해 봤자 대단한 일일 리가 없다. 그렇게 생각한 블라드는 저도 모르게 말했다.

"자기 방에서 정원으로?"

"가출이 뭔지 몰라요?"

제네비브의 비난에 블라드는 입을 다물었다. 그녀는 약간 뿌듯한 표정을 지으며 말했다.

"왕궁에서 기사단까지 갔죠. 윌리엄을 데리고."

"그때 윌리엄은……."

"여섯 살이요."

블라드의 한쪽 눈썹이 올라갔다. 그도 왕궁에서 기사단까지 얼마나 걸리는지 안다. 성인 걸음으로도 힘든 거리다. 그걸 열 살과 여섯 살짜리 걸음이라면 반나절은 걸렸을 것이다.

"아무 일도 없었겠지?"

"중간에 산적을 만났어요."

툭 하는 소리가 들렸다. 그리 크지 않은 소리였지만 제네비브의 귀에 똑똑히 들렸다. 그녀는 눈을 크게 뜨고 물었다.

"무슨 소리예요?"

"무슨 소리?"

거짓말이다. 제네비브는 블라드가 거짓말을 한다는 것을 알았다. 인간인 그녀의 귀에 들린 소리가 드래곤의 귀에 들리지 않았을 리가 없다.

블라드는 그녀가 파고들어 질문하기 전에 재빨리 물었다.

"그래서 어떻게 됐지? 네 아버지가 나타나서 구해 줬나?"

그랬을 거다. 블라드는 그렇게 믿어 의심치 않았다. 그는 애쉬를 그리 좋아하지는 않았지만 그가 왕으로, 남편으로 그리고 아버지로는 아주 훌륭한 남자라는 것은 인정했다.

"아뇨. 저와 윌리엄이 물리쳤죠."

블라드의 눈이 가늘어졌다. 그는 저도 모르게 상체를 내밀며 물었다.

"어떻게?"

"제가 남자의 음, 그러니까."

제네비브의 얼굴이 가볍게 달아올랐다. 그녀가 얼굴을 붉히는 건 처음 본다. 제네비브는 어떤 경우에라도 부끄러워하는 일이 없었다.

작년, 블라드가 왕궁에 나타났을 때 이미 그녀는 그가 드래곤인 것을 알았지만 겁을 먹는 기색조차 내보이지 않았다. 블라드는 생소한 장면에 잠시 말을 잃었다. 하지만 곧 정신을 차리고 말했다.

"급소?"

"네! 급소요!"

대체 무슨 단어를 말하려 했던 걸까. 가볍게 고민하는 블라드 앞에서 대체할 단어를 찾은 제네비브가 빙글빙글 웃으며 이야기를 이었다.

"급소를 걷어찼거든요."

"흠."

블라드의 얼굴에 만족하는 미소가 떠올랐다. 그는 눈앞의 아름다운 아가씨가 고작 열 살 때 용감하게 달려가서 남자의 급소를 걷어차는 장면을 상상했다.

그의 허리에도 닿지 않는 사랑스러운 소녀가 용감하게 달려가서 거대한 남자의 급소를 걷어차는 거다. 재미있는 장면이다. 블라드는 그 자리에 있지 않았어도 그 장면을 생생하게 떠올릴 수 있었다.

"그리고 윌리엄이 그 위로 올라가서 뛰어다녔죠."

블라드의 얼굴이 일그러졌다. 그는 윌리엄도 잘 알고 있기에 충분히 그러고도 남는다고 생각했다.

"그렇게 물리쳤어요."

열 살짜리와 여섯 살짜리가 산적의 급소를 차서 물리쳤다는 말이다. 말도 안 되는 소리에 블라드는 턱을 괴며 씩 웃었다.

"뒤에 아버지가 있었던 건 아니고?"

제네비브의 눈이 가늘어졌다. 그녀는 기분 나쁘다는 표정으로 말했다.

"헌터 경이 있었거든요?"

거봐. 블라드는 만족하는 표정으로 의자에 등을 기댔다. 평민 출신에 고아인 여기사가 왕위 계승자인 공주의 호위로 발탁됐을 때 다들 헤이젤을 선택한 세이레나의 안목을 의심했다.

하지만 그로부터 몇 년 뒤, 헤이젤은 스물다섯 살의 나이로 소드 마스터가 됨으로써 세이레나의 선택이 틀리지 않았음을 증명해 냈다.

"그 뒤로 가출한 적은 없었고?"

있었다. 하지만 제네비브는 그렇게 쉽게 이야기해 줄 생각이 없었다. 그녀는 빙그레 웃으며 자리에서 일어났다.

"산책하면서 이야기해요."

블라드의 시선이 창밖으로 향했다. 그는 헤이젤의 모습을 찾으며 말했다.

"네 호위는 어쩌고?"

"헌터 경은 제가 어디에 있어도 절 지켜 주니까 괜찮아요."

잠깐 블라드의 얼굴에 못마땅하다는 표정이 떠올랐다가 사라졌다. 하지만 곧 그는 무표정한 얼굴로 자리에서 일어났다.

세이레나의 학원은 수도 외곽과 맞닿아 있다.

학원을 세우기 전에 일어난 지진 때문에 도로를 정비하고 건물을 다시 세우면서 왕궁에서는 수도를 보호하는 벽도 보수했다. 덕분에 약간의 공간이 생겼다. 수도는 성을 중심으로 멀어질수록 치안이 안 좋아지기 마련이다. 가장 많은 공간이 남은 곳은 당연히 벽과 맞닿은 곳이었다.

학원을 세우기 위해서는 가능한 많은 공간이 필요했다. 벽과 맞닿지 않으면 수도 바깥에 지어야 한다. 세이레나는 학원을 벽에 맞닿도록 짓는 것에 우려를 나타냈지만 그건 오히려 좋은 결과로 이어졌다.

시간이 흘러 학원의 인기가 높아지자 쏟아지는 후원금으로 학원과 맞닿은 벽을 더욱 튼튼하게 보수하자는 말이 나왔던 것이다. 덕분에 학원과 맞닿은 벽이 다른 벽에 비해 유독 튼튼해지자 왕궁에서 다른 벽도 개수 및 보수를 했고 현재 수도는 역대 가장 안전해져 있었다.

"이게 벽이죠?"

제네비브는 블라드와 함께 걸으며 낡은 벽을 보고 물었다. 바깥쪽을 강화했기 때문에 안쪽은 여전히 옛날 벽이었다. 세월의 흔적을 고스란히 드러낸 벽의 모습에 제네비브는 신기함을 감추지 못했다.

"벽을 처음 보나?"

"벽이 있다는 건 알아요."

하지만 이렇게 벽을 본 건 처음이다. 그녀는 공주고 거의 왕궁 안에서만 움직이기 때문이다. 설령 밖으로 나온다 해도 벽이란 외곽에 있는 거고, 그녀가 외곽으로 갈 일이 없다.

몬스터의 습격을 막기 위한 벽이다. 가장 가운데에 왕궁이 있고 가장자리로 갈수록 치안이나 사람들의 생활 수준이 떨어진다. 왕궁에서 왕위 계승자를 위험한 외곽까지 가도록 할 리가 없다.

"수도 밖으로 나가 본 적은?"

블라드의 질문에 제네비브는 무례하다는 표정을 지었다.

"겨울마다 므라센 성에 가거든요?"

"므라센? 거기 뭐가 있는데?"

"온천이 있죠."

므라센엔 뜨거운 물이 퐁퐁 솟아난다. 덕분에 겨울을 나기 위해 그곳을 방문하는 귀족은 많았다. 겨울이 아닐 때도 치료를 위해 가는 사람이 있을 정도다.

"온천이라고?"

블라드는 어이가 없다는 듯 물었다. 제네비브는 순진한 표정으로 천연덕스럽게 말했다.

"제가 태어났을 때 온천이 솟았다고 하더라고요. 덕분에 제 이미지가 좋아졌죠."

제네비브가 태어났을 때 온천이 솟은 것을 사람들은 그녀의 탄생을 축하한 신이 이 나라에 선물로 준 거라고 생각했다. 하지만 세이레나와 애쉬는 그게 아니라는 걸 알았다.

온천은 드래곤 때문이다. 봉인에서 깨어난 블라드가 자신의 힘을 되찾으면서 온천이 솟아나고 광석이 늘어났다.

"너도 그렇게 생각하고?"

블라드의 질문에 제네비브는 씩 웃었다. 사랑스러운, 앞으로 왕이 될 사람으로 태어난 자만이 지을 수 있는 자신감 넘치는 미소였다.

"그럴 것 같아요?"

그녀의 대답에 블라드는 한숨을 내쉬었다. 현재 이 나라에서 블라드의 정체를 아는 사람은 손가락을 꼽는다. 그가 드래곤의 전달자가 아니라 드래곤이라는 것은 앞으로도 왕족에게만 전해져 내려갈 것이다.

그 말은 온천이 생긴 이유를 제네비브와 윌리엄도 알고 있다는 뜻이다.

그때, 픽 하는 작은 소리가 들렸다. 블라드가 고개를 돌린 순간 뒤에서 헤이젤이 튀어나왔다.

"펑!" 하는 큰 소리와 함께 학원 건물 벽이 터져 나왔다. 헉하고 제네비브가 신음을 삼키는 소리가 들린 순간, 블라드는 반사적으로 제네비브를 끌어안았다.

"폭발이다!"

"뭐 터졌어!"

학원 안이 시끄러워졌다. 여기저기에서 사람들이 무슨 일인가 하고 튀어나왔다. 뻥 뚫린 벽 안쪽에 마법학부 학생이 멍한 표정을 짓고 있었다.

"누구 다쳤어?"

벽 바깥쪽으로 뛰어나온 사람들은 먼지 안쪽에 서 있는 사람의 형태를 보고 깜짝 놀라서 멈췄다. 한 쌍의 황금색으로 빛나는 눈동자가 마법학부 학생을 노려보고 있었다.

"교수님?"

블라드를 알아본 학생들이 그를 불렀다. 잠깐 잘못 본 모양이다. 블라드의 눈동자는 다시 보라색으로 돌아가 있었다. 그때 먼지 속에서 헤이젤이 말했다.

"공주님, 괜찮으세요?"

공주? 예상하지 못한 호칭에 사람들의 얼굴에 경악이 떠올랐다. 천천히 먼지가 가라앉으면서 블라드의 품에 안긴 여자가 고개를 돌렸다.

보는 사람마다 말을 잃을 정도의 외모. 제네비브는 주변을 돌아보고 자신을 끌어안은 것이 블라드라는 것을 알아차렸다. 그리고 그것 보라는 듯 빙그레 웃었다.

"공주님."

제네비브를 보호하기 위해 그녀의 앞을 막고 서 있던 헤이젤이 다시 한 번 제네비브를 불렀다. 블라드를 쳐다보고 있던 제네비브가 헤이젤을 쳐다보며 대답했다.

"전 괜찮아요."

벽이 폭발했지만 별다른 피해는 없었다. 이럴 때를 대비해서 벽에 그려 놓은 마법진이 발동했다. 벽이 터졌지만 파편은 주변으로 튀지 않고 그대로 밑으로 떨어져 내렸다. 제네비브가 받은 피해라고는 먼지를 뒤집어썼다는 정도뿐이다.

제네비브는 다시 블라드를 돌아보며 빙그레 웃었다. 헤이젤은 모를 수 있다. 하지만 이 학교의 교수인 블라드가 벽에 마법진이 있다는 것을 몰랐을 리 없다.

그녀의 시선을 받은 블라드는 시선을 돌렸다. 그동안 그렇게 열심히 제네비브를 밀어냈는데, 방금 그 행동 하나로 모든 게 무너져 내렸다.

"그만 떨어지시죠."

헤이젤의 말에 블라드는 그제야 자신이 아직까지 제네비브를 끌어안고 있었다는 것을 깨달았다. 재빨리 그녀를 놓는 그를 보며 헤이젤이 의심스럽다는 표정을 지었다.

"블라드."

제네비브는 헤이젤이 다시 그녀를 호위하기 위해 뒤로 가자 슬그머니 블라드를 불렀다.

그는 대답하지 않았다. 심지어 제네비브를 쳐다보지도 않았다. 하지만 제네비브는 신경 쓰지 않았다. 그녀는 그가 자신을 사랑하지 않을 수 없다는 것을 알았다.

"당신 눈빛이 변했던 거 알아요?"

블라드의 얼굴이 일그러졌다. 그는 견딜 수 없다는 듯 말했다.

"네가 착각한 거겠지."

                    *   *   *

"안 됩니다."

세이레나와 애쉬 앞에서 헤이젤은 단호하게 말했다. 절대 안 된다. 어디 사람이 없어서 한낱 교수를 우리 공주님과 결혼을 시킨단 말인가.

세이레나는 그녀가 하려는 말을 헤이젤이 먼저 했다는 사실에 놀라야 할지, 헤이젤도 반대한다는 사실에 놀라야 할지 망설이고 있었다. 반면 애쉬는 턱을 쓰다듬으며 말했다.

"젠, 블라드는 너와 결혼하고 싶어 하고?"

아버지의 질문에 제네비브는 가슴을 펴고 어깨를 세웠다. 그녀는 당당하게 대답했다.

"당연하죠."

애쉬의 시선이 헤이젤을 향했다. 과연 그럴까? 그의 시선을 받은 헤이젤은 재빨리 자세를 바로 했다.

"제가 보기엔 아니었습니다."

당연하다. 어디 아무것도 없는 교수가 감히 차기 왕 후계자를 노린단 말인가. 헤이젤은 학원에서 사건이 일어났을 때 블라드의 행동을 떠올렸다. 제일 먼저 제네비브를 보호하려 한 건 마음에 든다. 하지만 그것만이다.

그녀는 제네비브를 쳐다보며 말했다.

"공주님, 잘생긴 건 한순간이에요."

어머. 세이레나는 눈을 동그랗게 뜨고 애쉬를 쳐다봤다. 전혀 아닌데. 그녀는 애쉬에게 몸을 기울여 속삭였다.

"전 당신 얼굴에 반했는데 말이죠."

"저런. 내가 생긴 것보다 착하지 않아서 실망했겠군."

세이레나의 얼굴에 미소가 떠올랐다. 당연히 농담이다. 그녀가 애쉬에게 반한 건 그의 외모보다 마음 씀씀이였다.

한편 제네비브도 잘생긴 건 한순간이라는 헤이젤에게 눈을 동그랗게 뜨고 말했다.

"헌터 경, 삼촌이 그렇게 잘생기지 않았으면 결혼하지 않았을 거잖아요?"

헤이젤의 얼굴이 가볍게 달아올랐다. 이 집안사람들은 대체 무슨 축복을 받았길래 다 이렇게 미인들인지 모르겠다. 그녀는 애써 근엄한 표정으로 말했다.

"전 에즈라가 왕비님의 동생이라 결혼했습니다만."

그 말에 세이레나가 재빨리 받아쳤다.

"그럴 줄 알았다면 에즈라에게 결혼 축하 선물을 주는 게 아니라 받을 걸 그랬네."

덕분에 분위기가 밝아졌다. 헤이젤과 애쉬는 씩 웃었고 제네비브는 킥킥댔다. 세이레나는 빙그레 웃으며 제네비브에게 말했다.

"제네비브, 난 네가 블라드와 결혼하고 싶다면 굳이 반대할 생각은 없어. 하지만 걱정이 되는 게 두 가지 있단다."

제네비브의 표정이 진지해졌다. 그녀는 여전히 아름다운 자신의 어머니를 향해 허리를 펴고 바른 자세로 고개를 끄덕였다. 경청하겠다는 태도에 세이레나는 천천히 말을 이었다.

"첫 번째로 걱정되는 건 블라드도 너와 결혼하고 싶은지야."

당연히 결혼하고 싶겠지! 헤이젤은 그렇게 소리치고 싶은 마음을 꾹 눌러 참았다. 그녀는 아름다운 사람을 많이 봤다. 그녀의 가장 친한 친구인 다이아나도 미인이지만 남편인 에즈라는 눈을 떼지 못할 정도로 미남이다.

하지만 그 에즈라의 누이이자 왕비인 세이레나는 인간인 것을 의심할 정도로 아름답다. 세이레나는 숲속에서 갓 빠져나온 요정으로 착각할 정도로 아름다웠으니 말 다 했다.

그런 세이레나와 지나가는 여성들은 물론 남성들조차 시선을 떼지 못할 정도로 잘생긴 애쉬 사이에서 태어난 제네비브가 얼마나 아름다운지는 말하지 않아도 알 것이다. 어느 음유 시인은 그녀의 외모를 요정과 신마저 찬사를 보낼 정도로 아름답다고 읊은 적이 있다. 헤이젤은 그 말이 딱 맞는다고 생각했다.

제네비브에게 반하지 않을 사람은 없다. 게다가 타인머스의 다음 왕이 될 사람이다. 그것만으로 이미 제네비브의 발등에 입을 맞추고 싶은 사람들로 왕궁 앞의 대로는 인산인해를 이룰 것이다.

"그리고 두 번째는, 네가 그를 감당할 수 있는지야."

세이레나의 말에 헤이젤의 얼굴에 의문이 떠올랐다. 감당할 수 있냐고? 블라드가 제네비브를 감당할 수 있는 게 아니고? 그녀가 그게 무슨 소리냐고 물어보려 했을 때였다. 제네비브는 진지한 얼굴로 말했다.

"전 열 살 때부터 그에 대해 들으면서 자랐어요. 한순간의 충동이라고 생각하지 마세요. 당연히 감당할 수 있죠."

그렇다면 할 수 없다. 세이레나는 한숨을 내쉬었다.

"그렇다면 문제는 첫 번째 것뿐이구나."

애쉬가 말했다. 그는 세이레나의 손을 잡았다. 그리고 제네비브를 향해 말을 이었다.

"그가 너와의 결혼을 원하지 않는다면 이 이야기는 아무 의미가 없어."

"걱정 마세요, 아버지."

제네비브는 활짝 웃었다. 그리고 당연하다는 듯 말했다.

"그는 저를 사랑해요."

당연히 사랑하겠지. 헤이젤은 한숨을 내쉬었다. 제네비브를 본 남자 중에 그녀를 사랑하지 않을 남자는 없다.

이튿날, 애쉬는 검술 시합을 열겠노라고 선언했다. 스무 살 이상의 타인머스 사람이라면 누구나 참가할 수 있고 우승자에게 어마어마한 상금을 내리겠다는 말에 나라는 한바탕 시끄러워졌다.

"들었어? 우승자에게 공주님이 직접 상금을 전달해 준다던데."

"제네비브 공주님이?"

소문은 저잣거리나 술집뿐 아니라 학원도 들썩이게 만들었다. 수업을 위해 교실로 향하던 블라드의 귀에도 소문이 들려왔다.

"상금 대신 키스해 달라고 하면 안 되나?"

누군가의 말에 주변이 키득거리는 소리가 이어졌다. 블라드는 저도 모르게 발걸음을 멈추고 그들을 쳐다봤다.

"가능할지도 몰라. 그 많은 상금보다 공주님과의 키스를 원한다고 하면 돈을 아끼는 거니까 왕궁도 좋아하겠지"

"혹시 알아? 이 김에 공주님과 결혼이라도 하게 될지?"

거기까지다. 블라드는 결국 참지 못하고 입을 열었다.

"거기, 자네들."

블라드를 발견한 남학생들이 눈에 띄게 긴장했다. 학원 안에 역사 교수인 블라드를 모르는 사람은 없다. 유명한 이유는 세 가지다.

하나는 모든 여학생들의 마음을 설레게 할 정도로 잘생긴 외모 때문이고 두 번째는 역사뿐 아니라 모든 학문에서 누가 어떤 질문을 해도 바로 대답을 할 정도로 박식하기 때문이었다. 그리고 세 번째로 그의 성격 때문이었다.

한 번은 이런 일이 있었다. 자신이 좋아하는 여학생이 블라드에게 반했다는 것을 알게 된 남학생이 블라드의 수업 시간에 술에 취해서 찾아온 적이 있었다.

취해서 중언부언하는 남학생을 본 블라드는 딱 한마디 했다.

"그 꼴을 보니 자네가 인기 없는 이유를 알겠군."

그리고 그대로 학생을 내쫓아 버렸다. 그 후로 그가 채점한 성격에 이의를 제기하는 학생은 단 한 명도 없었다.

"예비 수업 종이 울린 지가 언젠데 아직도 여기서 이러고 있나?"

교수의 지적에 학생들이 흩어졌다. 심지어 다음 시간에 수업이 없는 학생들조차도 슬그머니 도망가 버렸다.

"후."

블라드는 저 멀리 보이는 왕궁 꼭대기를 향해 시선을 던지며 한숨을 내쉬었다. 뭘 어쩌고 어째? 그런 시합에 나가는 자들이 다 믿을 수 있고 예의를 아는 자들이라고 확신할 수 없다. 그런 자들에게 제네비브가 직접 상을 수여하게 하다니.

"윌리엄 후손 녀석, 미친 거 아니야?"

마음 같아서는 애쉬에게 달려가 이게 대체 무슨 짓이냐고 고함이라도 지르고 싶은 심정이었다. 아니면, 시합 날 드래곤의 모습으로 현신해서 시합장에 난입해 버릴까.

블라드의 머릿속이 복잡해졌다.

그리고 그가 어떻게 생각하는지와는 상관없이 타인머스의 수도 할렉에서는 검술 시합 준비가 착착 진행됐다.

시합 날, 타인머스 각지에서 검술 좀 한다 하는 사람들이 몰려들었다. 그리고 라고말리 기사단과 학원에서도 많은 사람들이 시합에 참가했다.

"157번 승!"

심판이 오른쪽에 들고 있던 붉은 깃발을 들어 올리며 외쳤다. 라고말리 기사단 소속인 호프만 경은 투구를 벗어 던지며 맞은 편에 선 사람을 쳐다봤다.

엄청난 실력이다. 그는 상대방이 기사단 소속이 아닐 거라고 확신했다. 이 정도 실력이라면 일 분단일 것이다. 그리고 일 분단에 저런 사람은 없다.

"다음!"

심판의 외침에 상대 도전자가 망설임 없이 몸을 돌려 물러났다. 호프만 경은 주변에서 벌어지고 있는 시합들로 시선을 던졌다.

워낙 많은 수의 도전자가 찾아온 탓에 예선은 동시다발적으로 이뤄졌다. 시합장에 사십 명의 도전자들이 두 명씩 짝을 이뤄 검을 부딪쳤고 승패가 결정 나면 그대로 자리를 떠나게 되어 있다.

호프만 경은 네 번째 순서였고 투구로 얼굴을 가린 키가 큰 남자와 겨뤘다. 그리고 그의 순서에서 가장 먼저 패한 사람이 되었다.

"괜찮아?"

패배감을 안고 자기 자리로 돌아오자 같은 기사단인 플레밍 경이 위로하듯 물었다. 그녀도 호프만 경이 몇 합 만에 패하는 것을 봤다.

"엄청난 실력이더라."

호프만 경은 쓰게 웃으며 말했다. 이렇게 강한 사람은 처음 봤다.

대체 누구지? 플레밍 경은 이미 사라져 버린 호프만 경의 상대를 찾으며 물었다.

"소드 마스터는 아니겠지?"

"소드 마스터는 다 알잖아."

타인머스는 세이레나와 애쉬가 왕위에 앉고 나서 역대 최다의 소드 마스터를 배출해 냈다. 늘 세 명에서 다섯 명 정도의 숫자를 유지하던 소드 마스터가 세이레나가 왕비가 되고 나서 무려 열다섯 명까지 늘어났던 것이다.

하지만 아무리 많아졌다 해도 열다섯 명이다. 전부 기사단 소속이거나 기사단을 거쳤다.

호프만 경은 고개를 저으며 말했다.

"아니야, 모르는 사람이었어."

"그렇게 실력 있는 사람이 어딘가에 숨어 있었단 말이야?"

믿을 수 없는 이야기에 플레밍 경은 입을 딱 벌렸다. 대체 누구지? 큰 키나 힘으로 보아 분명 남자였다.

시합이 무르익어 갈수록 점점 더 강한 자만 남았다. 종래에는 남은 네 명의 도전자 중 세 명이 기사단 소속이었다.

"대체 저 녀석은 누구야?"

결국, 결승전까지 올라와서 패한 기사 스웬슨 경이 투덜거리며 말했다. 3등까지 상금을 준다고 했으니 그녀도 받을 수 있지만, 이 시합에서 자신이 가장 강하지 않다는 게 충격적이었다.

"저 사람 누군지 알아?"

스웬슨 경의 질문에 이미 패한 다른 두 기사가 고개를 저었다.

"저 정도 실력이면 우리가 모를 리가 없는데."

어딘가에 숨어서 실력을 갈고닦은 게 아닌 이상, 타인머스의 실력자들은 전부 기사단에 한 번은 소속되기 마련이다. 그리고 검술이란 마법과 달라서 혼자서 수련하는 데는 한계가 있다.

"승자! 157번!"

심판이 그렇게 외치며 빨간색 깃발을 들어 올렸다. "와아아!" 하는 함성과 함께 구경하고 있던 애쉬와 세이레나가 자리에서 일어났다.

다들 승자에게 주어질 상금을 기대하고 있었다. 그때 누군가 구령처럼 소리치기 시작했다.

"공주님! 공주님! 공주님!"

애쉬와 세이레나 사이에 서 있던 제네비브가 빙그레 웃으며 앞으로 나왔다. 그리고 단상으로 내려갔다.

승리자 역시 심판이 시키는 대로 단상 위로 올라가고 있었다. 단상 위에 제네비브와 승리자가 마주 보고 섰다.

"제가 말했잖아요."

제네비브는 아직도 투구를 쓰고 있는 남자를 향해 빙그레 웃으며 말했다. 그녀의 손이 갑옷을 입은 남자의 가슴에 닿았다가 다시 투구로 올라갔다.

"당신 눈빛이 변했다고."

그녀의 말에 맞다. 블라드는 한숨을 내쉬며 투구를 벗었다. 제네비브에 한해서만은 눈빛이 변하게 된다.

졌다는 듯한 그의 표정에 제네비브는 활짝 웃었다.

〈외전 완결〉